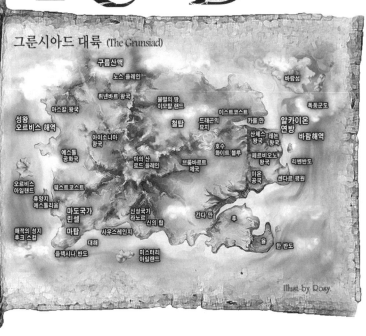

RONDO

그룬시아드 대륙 (The Grunsiad)

구름산맥

노스 플레인

바람섬

휘넨바르 왕국

불멸의 땅
이모탈 랜드

흑룡군도

아스칼 왕국

이스트코스트

알카이온
연방

성황
오르비스 해역

철탑

드래곤의
묘지

카를 만

산체스
왕국

레슨
왕국

바람해역

아이소니아
왕국

호수
화이트 블루

페르비오노
왕국

리벤반도

에스톨
공화국

마의 산
로드 플레인

브롬바르트
제국

이온
공국

센다르즈 평원

오르비스
아일랜드

웨스트코스트

휴양지
에스트리울

마도국가
린셀

신성국가
라노르

신의 탑

긴다 만

후

해적의 성지
후크 스컬

마탑

사우스레인지

울

한 반도

대해

들렉시나 반도

미스터리
아일랜드

Illust by Rosy.

신성 게임 판타지 소설
FANTASY FRONTIER SPIRIT

론도 1

신성 게임 판타지 소설

초판 1쇄 찍은 날 § 2007년 9월 4일
초판 1쇄 펴낸 날 § 2007년 9월 11일

지은이 § 신성
펴낸이 § 서경석

편집장 § 문혜영
편집책임 § 유혜림
편집 § 이재권 · 유경화

펴낸곳 § 도서출판 청어람
등록번호 § 제1081-1-89호
등록일자 § 1999. 5. 31
어람번호 § 제1-0881호

주소 § 경기도 부천시 원미구 심곡1동 350-1 남성B/D 3F (우) 420-011
전화 § 032-656-4452 팩스 § 032-656-4453
http://www.chungeoram.com
E-mail § eoram99@chollian.net

ⓒ 신성, 2007

ISBN 978-89-251-0891-9 04810
ISBN 978-89-251-0890-2 (세트)

론도

신성 게임 판타지 소설

FANTASY FRONTIER SPIRIT

1

태동(胎動)의 장

RONDO

도서출판
청어람

RONDO

Contents

RONDO
작가 서문

주제에 벌써 두 번째 글을 집필하게 되었습니다. 얼떨떨한 기분입니다. 새로운 감회라기보다는, 예상치 못한 폭풍에 휘말려 떠밀린 느낌이 듭니다.

아직 많이 부족합니다. 일천한 경험, 화려하지 못한 인테리어, 어딘가의 어설픔…… 제 글을 볼 때마다 드는 생각입니다.

그럼에도 불구하고 꿋꿋하게 글을 쓸 수 있었던 것은, 늘 제 곁에서 저를 응원하고 지탱시켜 준 수많은 분들이 계셨기 때문이 아닌가 생각합니다.

이 자리를 빌어서 늘 곁에서 응원해 주신 부모님과 은사님, 지인님들, 그리고 책이 무사히 출판될 수 있도록 도와주신 청어람 관계자 분들께 감사의 인사를 드립니다(지면상 한 분 한 분을 거론할 수 없는 점을 양해해 주십시오).

론도는 '그룬시아드 연대기'의 일곱 이야기 중 하나입니다. 하나의 독립적인 이야기를 가지는 일종의 외전으로 볼 수도 있고, 모든 이야기의 시발점으로 보셔도 괜찮습니다. 그룬시아드가 만들어지는 태초의 흐름이 시작되는 곳이 바로 론도이기 때문입니다.

사실 고백하건대, 론도를 집필하는 내내 빈약한 문장력과 구성력에도 불구하고 크게 어려움을 겪지는 않았습니다. 비단 제가 아니라 누구라도 그랬을 것입니다. 저는 단지 이야기를 옮겨 적었을 뿐이니까요.

　그들의 이야기를 듣고, 그들이 성장해 가는 과정을 멀리서 지켜보고… 다만 더 생생하게 옮길 수 없었기에 안타까웠을 뿐입니다.

　그렇습니다.
　이 이야기는 실화입니다.

　지금도 세상 어디선가 벌어지고 있는, 우리가 볼 수 없고 들을 수 없는 세계의 이야기. 저는 지금 제가 알고 있는 그 첫 번째 이야기를 독자 여러분들께 들려드리려 합니다. 보지도 듣지도 못하는 이야기를 어떻게 듣냐고요? 사실은 듣는 게 아닙니다.
　느끼는 겁니다.

　　　끝나지 않는 겨울 속으로 함께 걸어가시겠습니까?
　　　　　　[Yes/Yes]

이것은 작은 영원에 관한 이야기이다.

거리는 잡음으로 가득했다. 네온사인, 광고, 환호성, 대중음
악…… 그 소용돌이 같은 혼란의 귀퉁이에서 잉태되는 잡음들.

그런데 세상에는 종종 잡음과는 관계없이 존재하고 있는 인
간들이 있다. 민성 또한 그런 부류 중의 하나였다.

그림자가 없는 인간들.

그곳에 분명히 존재하고 있으나, 오감을 집중하지 않고서는
도저히 존재를 알아챌 수 없는 길가의 돌멩이 같은 존재들. 하
지만 그들 또한 그 사실에 별 신경을 쓰지 않기에 그건 그다지
중요한 사실이 아니게 된다.

잡음의 근거지는 거리의 한 귀퉁이를 가득 메우다시피 하고
있는 실외 아트홀이었다. 번쩍거리는 빛살 무늬가 와이드 비

전을 스칠 때마다 관중석에서는 환호가 터져 나왔다.

지상 최대의 스페이스 오페라(Space opera) 리그가 펼쳐지고 있었다.

—아, 임윤성 선수의 강습병들이 선회합니다! 이대로 본진을 노리려는 걸까요?

—마태준 선수의 에일리언 랜서(Lancer)들이 빈집을 노립니다! 목적은 엘리전인가요?

"바보, 본진을 막아야지."

"그러게. 유리한 경기를 그르치고 있네."

황제 휴리안 임윤성과 신의 손 마태준.

둘의 승부는 이미 정점에 달해 있었다. 어느 한쪽이 유리하다고도 불리하다고도 말하기 힘든 상황이었으나, 상대적으로 미세하게 앞서 나가고 있는 임윤성의 선택은 결코 좋다고 말할 수 없는 종류의 것이었다.

"바보, 결국 저렇게 되잖아. 엘리전(주:상대방의 건물을 먼저 전멸시키는 사람이 이기는 전투. 게임에서는 건물을 모두 파괴하면 승리한다)에 돌입하면 공중 유닛을 가진 에일리언 쪽이 훨씬 유리하다고."

한 남자가 웅성거리는 관중들 사이로 들어서며 젠 체를 했다. 그러나 그의 말이 사실이었기 때문에 누구도 그에 반박하지는 못했다.

'제길, 아니야. 임윤성도 생각이 있기 때문에 그런 걸 거라고.'

민성은 뭔가 반박을 하고 싶었다. 스페이스 오페라의 초창기 리그, 아니, 그 이전의 스타크래프트 리그에서부터 임윤성의 골수팬이었던 민성은 남자의 말을 인정할 수 없었다. 그러나 엘리전 양상의 싸움에서 점점 밀리고 있는 임윤성의 모습이 그에게 반박의 여지를 남기지 못하게 만들고 있었다.

관중들 사이에서 나지막한 목소리가 흘러나온 것은 그때였다.

"임윤성의 선택은 옳다. 그는 본진을 충분히 방어할 수 있어."

"뭐?"

작지만 확실한 그 음성에 근방의 시선이 한순간 집중되었다. 그러나 그 시선이 떠난 자리에는 이내 코웃음만이 남았다. 시선이 닿은 곳에는 남루한 차림의 한 청년이 퀭한 눈으로 브라운관을 바라보고 있었기 때문이다. 그러나 민성은 그의 모습으로부터 쉽사리 시선을 떼어낼 수 없었다.

기분 탓이었을까.

민성은 사내를 보는 순간 미미한 전율 같은 것을 느꼈다. 그것은 그림자가 없는 자들만이 가질 수 있는 독특한 오오라 같은 것이었다. 하지만 그것은 혼란 속에서 민성의 관심을 오랫동안 붙잡아놓을 법한 종류의 것은 분명히 아니었다.

다음 순간, 경기장은 경악으로 물들었다. 반 정도가 남아 있던 임윤성의 강습병들이 에일리언의 퇴로를 가로막으며 전투가 시작된 것이다.

모두가 자살 행위라고 말했다. 다 이긴 승부를 병력을 나누어 각개격파당하는 꼴이 된 셈이라고 생각했다.

그러나 다음 순간, 경악은 환호성으로 바뀐다.

쿠구구궁—

아트홀을 가득 메운 굉음, 그리고 브라운관을 부드럽게 감싸는 희고 검은 빛의 산란.

등잔 밑이 어둡다더니… 건물들이 밀집된 곳, 띄워놓은 건물들의 틈새에 자그마한 건물 하나가 숨겨져 있었다. 게임 옵저버(Observer)도 발견하지 못했던 뉴클리어 사일로(Nuclear silo).

핵폭탄이 임윤성의 본진에 작렬하며 강습병 반 부대의 희생이 모든 에일리언을 전멸로 이끌었다. 탄성이 별빛처럼 쏟아진다.

"아아!"

퇴로가 가로막힌 에일리언은 꼼짝없이 핏빛 고깃덩이로 산화했다. 그 압도적인 광경에 어안이 벙벙하던 민성은 뒤늦게 무언가를 깨닫고는 예의 그 청년이 있던 곳으로 시선을 돌렸다. 그러나 당연하게도 이미 그곳에는 아무도 없었다.

'그러고 보니 왠지 익숙한 얼굴이었는데……'

민성은 고개를 갸웃거리며 다시 브라운관으로 시선을 돌렸다. 팬들의 파도에 휩쓸려 어느새 그 또한 연신 환호성을 질러대고 있었다.

인영들 사이에 묻힌 그의 그림자가 차츰 사그라져 가고 있었다.

EPISODE 001

Leftover

　세상은 참 빌어먹게 아름다웠다.

　청년은 멀어지는 환성 소리를 들으며 나직하게 한숨을 쉬었다. 할 수만 있다면 귀를 틀어막아 버리고 싶었다. 하지만 귀를 막는다고 해서 소리가 들리지 않는 것은 아니기에 청년은 부질없는 행위를 그만두었다.

　비관적인 생각일까. 아니다. 어쩌면 세상의 스물한 살들은 모두 한 번쯤 이런 생각을 하며 자라는지도 모른다. 완전한 비관론자 같은 것은 없다. 비관이란 건 늘 어떤 틀 속에 갇혀 그 안에서만 영향력을 발휘하는 것이 대부분이다.

　청년 진수련은 그렇게 생각하며 쓴웃음을 지었다. 그는 그래도 가능하면 긍정적으로 생각하려 노력하는 타입이었다. 긍정적. 이 얼마나 좋은 말인가.

즐거운 인생, 유쾌한 인생, 빌어먹을 인생.

12월의 거리는 냉혹했다. 가난한 자에게는 한없이 차갑고, 부유한 자에게는 한없이 따뜻한 거리. 빈익빈 부익부의 명암이 뚜렷한 그곳에서 걱정없는 연인들이 애틋한 눈빛을 서로를 향해 녹이고 있었다. 그 광장의 중심에서 수련은 문득 멈춰 섰다.

눈이 내리고 있다.

하얗게 쏟아져 얼굴을 간질이는 부드러운 감촉. 청년은 눈을 깜빡이며 회상에 젖는다. 몇 년 전의 눈도 이토록 감질나게 차가웠던가.

프로게이머(Progamer).

그중에서도 버려진 프로게이머의 그것은 세상에 잔재하는 수많은 말로 중에서도 가장 최악의 말로라고 할 수 있을 법한 것이다. 세상에는 누구나 한 번쯤 '잘나가던 시절'을 겪는다.

수련에게 있어서 그 시기는 정확히 3년 전이었다.

—진수련 선수의 배틀 쉽(Battle ship)이 등장했습니다! 환상의 무빙 샷(Moving shot)이 시작되는군요!

—하하, 몇 번을 봐도 저 기술은 정말 대단하군요. 저거야말로 신의 컨트롤이 아닐까 싶습니다.

가면 백작 진수련. 그것이 당시 18세였던, 그때는 소년이었던 청년의 진실.

소년이 게임을 접한 것은 수많은 우연 중에서도 손꼽을 만큼 대단한 우연이었다. 아니면 필연이던가.

"야야, 피씨방 안 갈래?"

집은 비교적 부유했으나 어릴 적부터 컴퓨터와는 조금 먼 환경에서 자란 수련에게 게임이란 것은 신선하기 짝이 없는 것이었다.

"아… 나, 잘할 줄 모르는데?"

"괜찮아. 다들 금방금방 배워. 너, 스타크래프트 정도는 해 봤을 것 아냐?"

"아니, 안 해봤는데……."

당시 소년이 의지할 수 있는 몇 안 되는 대상 중의 하나가 친구였다. 친구. 지금 돌이켜 봤을 때 그들이 정말 진정한 친구였는가 하고 묻는다면 확실히 그렇다고는 대답할 수 없지만, 적어도 그때는 진정한 친구란 이런 게 아닌가 하고 착각하며 지냈던 것 같다.

그리고 소년은 그곳에서 자신의 재능을 확인했다. 소년이 처음 접한 것은 블리자드(Blizzard) 사의 스타크래프트(Starcraft)였다.

"야야, 거기선 유닛을 뒤로 빼야지. 소수의 마린(Marine)은 질럿(Zealot)한테 못 이긴다고."

수련은 친구들과 함께 게임을 했고, 내리 세 판을 졌다.

"괜찮아. 처음엔 다 그런 거니까. 처음 하는 것치고는 잘하는 거라고."

친구는 웃으며 수련의 어깨를 쳤다. 그러나 소년의 재능은 네 번째 경기에서부터 빛을 발했다.

"뭐야, 뭐야? 너, 정말 처음 하는 것 맞아?"

수련의 실력이 급성장한 것이다. 처음에는 좀 아슬아슬한 전략을 구사한다 싶더니—놀라운 것은, 그것이 초보자가 생각해낼 만한 전략이 아니라는 것에 있었다—마침내 여덟 번째 경기를 마치고 난 후에는 친구들 중에서 수련을 당할 자가 아무도 없게 되었다. 수련에게는 어릴 적부터 그런 재능이 있었다. 책을 읽는다든가 운동을 하더라도 순식간에 그 책이나 운동의 핵심을, 포인트를 가려낼 수 있는 재능.

게임을 만남과 동시에 수련의 재능은 절정을 맞았다. 그는 그 짧은 순간에 게임의 특징을 간파해 낸 것이다. 신이 내린 천부적인 재능. 그의 마우스 커서는 그가 원하는 방향, 원하는 장소에 어디든 존재하고 있었다.

항상 공부로 그를 구박하던 부모님을 등한시한 채 소년은 게임에 열중했다. 수학 공식 하나를 덜 외우고, 영어 단어 하나를 제치고 전략을 연구하고 컨트롤을 연습했다.

"자네, 프로게이머가 되어보지 않겠나?"

피씨방의 소규모 대회를 휩쓸던 작은 보석인 수련을 발견한 것은 한 무명의 게임 팀 감독이었다. 그의 재능을 일찍이 알아본 감독은 막무가내로 그에게 커리지 매치(Courage match)의 참전을 권유했다.

"참가비는 내가 지원해 줄 테니 한번 해보게."

타고난 게임 센스는 그에게 커리지 매치의 우승을 가져다 주었고, 얼마 안 가 그는 프로게임 구단에 입단할 수 있었다. 물론 구단의 감독은 수련에게 프로게이머를 제안한 남자였다.

구단은 전체 리그에서도 최약체로 손꼽히는 곳이었다.

RF드래곤즈. 거창한 이름과 달리 구단은 연전연패를 기록하고 있었고, 개인 리그에서도 뚜렷한 성과를 거두지 못해 해체 위기에 놓여 있는 상태였다. 막 입단한 새내기인 수련에게 있어서는 최악의 데뷔 조건이라 할 수 있었다.

하지만 인생 역전이라는 건 이런 걸 두고 말하는 것일지도 모른다.

—드래곤즈의 에이스 카드! 진수련 선수의 등장입니다!

진수련의 등장으로 인해 RF드래곤즈는 확실한 개인전 카드를 손에 넣게 되었다. 늘 자기 혼자서 앞의 세 명을 내리 꺾어 스코어를 3:0으로 만들어 버리는 수련 때문에 협회에서는 한 선수가 하루에 두 경기 이상을 할 수 없도록 전례에 없던 규정까지 만들어 버렸다.

게다가 수련에게는 기이한 열정 같은 것이 있어서, 그것이 팀 전체에게 시너지 효과를 부과했다. 그와 연습 게임을 치른 게이머들의 실력이 일취월장하기 시작한 것이다. 그 이면에는 진수련의 꼼꼼한 어시스트가 있었다는 것은 지금도 알려지지 않은 팀의 기밀.

그해, RF드래곤즈는 21승 2패로 팀 리그 우승을 거머쥐었다.

그러나 그것은 전설의 시작에 불과했다.

2011. 2. 27. SH피닉스를 꺾고 스페이스 오페라 팀 리그 우승.

2011. 4. 29. 마왕 강용성을 꺾고 스타크래프트 리그 우승.

2011. 5. 30. 신의 손 마태준을 꺾고 스타크래프트2 리그 우승.

2011. 6. 11. 프로게이머 역대 승률 1위 등극.

그의 천재적인 게임 센스는 한 게임에 머무르는 것이 아니라 모든 RTS(실시간 전략 시뮬레이션) 유의 게임을 아우르는 수준이었다. 상식을 뛰어넘는 심리전과 컨트롤, 운영 능력은 그에게 '심리전의 귀재', '시간의 마술사'라는 별명을 붙여주었다.

역대 최강의 천재 게이머.

소년은 게임계의 살아 있는 전설이었다.

어떤 상대에게도 한 게임 이상을 내주는 법이 없었다. 첫 게임에서 상대방의 모든 것을 읽어내는 천부적인 재능뿐만 아니라, 상대방의 기술을 몇 번 보고 따라 하는 희귀한 재주까지 소년은 갖추고 있었다.

제일 무서운 것은 바로 노력하는 천재다.

어린 소년은 필사적으로 게임을 했다. 필사적으로 마우스를 움직이고, 젖 먹던 힘을 다해 컨트롤러(Controller)에 적응하고,

죽을힘을 다해 키보드를 두드렸다. 소년은 누구도 해내지 못한 전략을 구사했고, 컨트롤을 만들어냈으며, 압도적인 경기력을 보여주며 경기를 이겨갔다. 그리고 지금까지 누구도 해내지 못한 믿을 수 없는 일들을 이루어갔다.

특이 사항으로 그는 늘 게임을 할 때 가면을 쓰고 나왔다. 사람들은 신비주의니 어쩌니 하며 그를 더욱 치켜세웠지만, 사실 그것은 진수련의 외모 콤플렉스 때문이었다. 자격지심을 가지고 관중의 시선을 감당하는 것은 겨우 열여덟 살이었던 소년에게 버거운 일이었던 것이다. 팬들은 늘 가면을 쓰고 나오는 진수련에게 '가면 백작'이라는 별명을 붙여주었다.

그의 가면을 두고 팬들은 양분되었다. 얼굴도 안 보여주면서 무슨 게임을 보여주겠냐며 빈정거리는 안티들과 신비주의를 찬양하며 그의 얼굴에 무궁무진한 기대를 품고 얼핏얼핏 드러나는 얼굴의 윤곽을 통해 그의 얼굴을 추정하려 애쓰는 열혈 팬들.

그러나 빨리 타오른 인기는 그만큼 빨리 식는 법이었다.

2011. 7. 18. 스페이스 오페라 개인 리그 준우승.

3대 리그의 석권을 노렸던 수련은 안타깝게도 리그 하나를 놓치고 말았다. 문제는 그 결과가 그의 재능과는 하등 상관없는 사건 자체에 기인하고 있다는 것이었다.

사고를 당한 것이다.

끼이익!

늘 그렇듯 한 사람의 인생이 망가지는 것은 찰나다. 수련은 멀어지는 의식 속에서 자신을 들이받고 달아나는 검은색 승용차를 똑똑히 보았다. 그리고 그 차 안에 탑승하고 있던 남자의 기괴한 미소 또한. 검은색 정장의 훤칠한 사내는 각인처럼 뇌리에 새겨졌다.

"수련아!"

"이 빌어먹을 자식들……."

RF드래곤즈의 감독 오택성은 한쪽 팔과 다리에 깁스를 한 수련을 바라보며 탄식을 터뜨렸다. 범인은 너무나 뻔했다. 결승전을 앞두고 당한 사고. 분명 SH피닉스의 임윤성 측이 한 짓이리라.

"제길… 제길."

분했다. 죽을 만큼 분했다. 컨트롤러 한 번 못 잡아보고 마우스 한 번 못 쥐어보고 패했다. 심증은 있는데 물증이 없다. 차 번호는 가려져 있었고, 뺑소니 차가 검은색 세단이라는 것 외에는 이렇다 할 증거물도 남아 있지 않았다.

수련은 삼 일 동안 뇌사 상태에 빠져 수술을 받아야 했다.

"왼팔의 신경에 이상이 생겼습니다."

그는 더 이상 게임을 할 수 없게 되었다. 사고는 그의 왼팔 신경을 앗아갔고, 그의 왼팔은 예전처럼 환상의 컨트롤을 보일 수 없게 되었다. 그는 하필이면 왼손잡이였다.

"재활 치료를 하더라도 예전 같은 기량은 선보일 수 없을 것 같습니다. 유감입니다, 진수련 선수."

유감입니다. 의사들은 그 말만 하면 끝이겠지.

수련은 이를 갈고 또 갈았다. 여기서 포기할 수는 없었다.

그에게 게임은 인생의 전부다. 고등학교 중퇴에 대학조차 가지 못한 그가 이대로 게임을 놓고 사회에 나간다면 어떤 대우를 받을지는 불을 보듯 뻔했다.

그렇게 프로게이머 진수련의 인생은 열여덟 살에 그 불꽃을 꺼뜨렸다.

그리고 짧은 전설도 끝이 났다.

물론 그 후 바로 은퇴를 결심한 것은 아니었다. 재활 치료를 통해 어느 정도 왼팔을 움직일 수 있게 된 수련은 다시 게임 리그에 도전했다. 그러나 돌아온 것은 무참한 탈락. 스페이스 오페라도, 다른 RTS나 FPS도, 어느 게임에도 적응할 수가 없었다. 컨트롤의 부재는 그의 모든 것을 앗아가 버렸던 것이다.

얼마 후 입대 영장까지 날아왔고, 프로게이머로서의 전망이 암울한 까닭에 프로게이머들을 우대하여 군 활동과 리그 활동을 겸할 수 있게 해주는 공군이나 해군 팀에도 입대를 거부당하고 말았다.

수련은 리그를 포기하고 일찍 공익이 되었다.

팔의 신경이 제대로 반응하지 않았기에 공익 생활은 잡일이나 간단한 사무 업무를 보며 편안히 보낼 수 있었다는 것이 위안이었다면 위안이랄까. 사람들은 성실한 수련을 좋아했지만,

그에게는 하루하루가 지옥이었다. 매일 같은 재활 치료와 끊이지 않는 악몽.

제대 후 진수련의 나이는 스물하나. 어떻게 검정고시를 치러서 고등학교 졸업장은 따냈지만, 그 이상의 공부는 무리였다. 애초에 공부를 포기했던 진수련에게 있어서 대학 진학은 꿈같은 이야기였던 것이다.

"특차 입학이 가능할 때 해뒀어야 하는데……."

이제는 그를 받아줄 대학도 없었다.

설상가상으로, 프로게이머를 그만두고 난 후 아버지의 작은 사업이 실패하여 집은 빚더미에 올라앉았다. 조용히 파산 신고를 마친 아버지는 자살했고, 유산 상속을 거부한 덕에 빚쟁이가 되는 것은 피할 수 있었지만, 가정 형편이 어려워진 것은 사실이었다.

형편에 맞지 않은 큰 집의 융자도 다 갚지 못해 결국 가구까지 다 팔고 작은 집으로 이사를 하게 되었다. 상속을 포기한 만큼 살림은 더 힘겨워졌다. 당장의 생계를 걱정하게 된 것이다.

액운은 그치지 않았다. 현실감없는 삶 속에서 수련의 어머니는 그나마 통장에 남아 있던 얼마 안 되는 돈을 가지고 로또를 시작했다. 현실 도피란 원래 내려갈 수 있는 계단이 얼마 남지 않았을 때 본격적으로 시작된다.

"그놈의 돈이 웬수여. 그래도 걱정 마라. 내가 복권만 되면……."

처음에는 만 원, 이만 원으로 시작하던 로또의 금액이 나중에는 십만 원, 이십만 원으로 불어났고, 몇 달 뒤에는 수십만 원이 로또 값으로 먼지가 되었다. 수련과 여동생이 어머니를 말려야겠다고 생각했을 때는 이미 상황이 최악으로 치달은 뒤였다.

자제력을 잃은 어머니는 도박에까지 손을 대게 되었고, 결국 수련의 가족은 또다시 집을 팔아 단칸방으로 이사하게 되었다. 다행히 어머니의 도벽은 단칸방에 들어서고 나자 사라졌다. 현실을 직시하게 된 것이다.

더 이상 내려앉을 곳이 있을까.

게임 프로그램 MC 자리라도 맡을 수 있지 않을까 하여 방송국을 기웃거리기도 했으나, 대학교도 가지 못한 그를 MC 자리에 올려주는 마음 좋은 방송사는 없었다. 그것에는 그의 내성적인 성격도 한몫을 했다.

전설적인 프로게이머가 얻을 수 있는 직업이 하나도 없다니.

수련은 현실에 좌절했다. 방송사들은 짜기라도 한 양 그의 출연을 거부했고, 별수없이 그가 발길을 돌린 곳은 근처의 PC 방이었다.

그렇게 또 쏜살같이 수개월이 흘렀다.

말간 눈이 하늘을 물들이고 있었다.

부옇게 빛나는, 사박사박 눈 내리는 소리가 허공을 채워간다. 회상을 마친 스물한 살의 청년은 쓸쓸한 눈으로 황량한 거리를 바라보았다. 어느 모로 봐도 황량함과는 거리가 먼 광장이었으나, 그에게 있어서는 세상 어느 곳보다 더 황폐한 공간이었다.

자살할까.

지금도 머리만큼은, 전략만큼은 누구보다 앞서 나갈 자신이 있었다. 그러나 그것만 가지고는 프로게이머가 될 수 없다.

왼팔. 빌어먹을 왼팔.

울부짖고 또 울부짖어도 둔감해진 신경은 돌아오지 않았다. 1년간의 숨 막히는 재활 훈련 속에서도 신경은 회복되지 않았다.

"미안하다. 팀이 해체되어 버렸어."

그 말을 들은 것이 올해 6월이었다. 코치라도 한자리 얻을 수 있지 않을까 하고 찾아간 RF드래곤즈는 이미 해체된 후였다. 진수련의 부재가 팀 전체에 영향을 끼친 것이었다. 수련과 같은 실업자가 되어버린 감독 오택성은 미안한 낯으로 눈시울을 붉혔다.

터벅터벅.

발걸음에 힘이 없다. 미래가 없는 삶이기에 더욱더 무거운 발걸음. 도벽에서 빠져나와 미용실을 운영하는 어머니. 고된 살림 속에서도 열심히 공부하는 여동생. 남은 가족의 존재가 그의 마음을 더욱 어지럽혔다.

목소리가 들린 것은 그때였다.

'행사?'

아담한 크기의 점포 앞에서는 기묘한 형태의 기기들을 전시해 놓고 작은 선물 같은 것을 돌리고 있었다. 추운 겨울임에도 불구하고 행사용 미니스커트와 하얀 재킷을 걸친 한 미녀가 어깨를 움츠린 채 떨고 있었다. 목을 부드럽게 감싼 하늘색 목도리가 무척이나 이색적이었다.

지나가던 일반인들이 그 모습을 보고 뭔가를 캐묻기 시작했다. 작은 기기들의 소음 같은 혼탁한 목소리의 집합 속에서 수련의 귀에 송곳처럼 꽂힌 한마디가 있었다.

"어, 혹시… 선수 아니세요?"

수련은 잠시 당황했다. 그 말이 꼭 자신을 향하여 묻는 것 같았기 때문이다. 그러나 정작 그 말을 꺼낸 일반인은 행사장 앞의 여자를 보고 있었다.

그녀도 프로게이머 같은 걸까? 이해할 법도 했다. 요즘 여성 프로게이머의 인기는 웬만한 여자 연예인은 상대도 안 될 만큼 타의 추종을 불허하니까.

여자는 그저 가만히 웃을 뿐이었다. 그리고 행사용 선물을 건네주었다.

속절없이 내리는 눈 속에서 그녀의 모습은 마치 그림 같았다. 예쁘다. 하지만 자신과는 상관없는 이야기. 수련은 화풍 속의 꽃을 보듯 먼 시선으로 그녀를 흘깃 바라보고는 천천히 발걸음을 돌렸다.

그리고 그때,

"저기……."

걸음이 멈춰 선다. 그건 분명한 예감처럼 자신을 가리키고 있었다. 먼 듯 가까운 듯 애매하게 들려오는 목소리였지만, 수련은 그것을 분명하게 느낄 수 있었다.

고개를 돌리는 순간 머리에 쌓였던 눈이 하얗게 흩어져 내린다. 순백의 사슴이 그곳에 있다. 행사장 앞의 미녀였다. 수많은 일반인들을 헤치고 다가온 그녀는 한결같은 눈으로 수련을 바라보고 있었다.

까만 흑요석 같은 두 눈동자는 마치 거대한 우주를 담고 있는 것처럼 유유히 흔들리고 있다.

"게임, 좋아하세요?"

붉은 입술에서 새어 나온 하얀 입김이 눈부시다.

추위에 파르르 떨리는 긴 눈꺼풀이 매혹적인, 소녀라고 보기엔 조금 성숙한 듯한 느낌의 여자. 청아한 목소리가 던지는 전율에 수련은 순간 몸을 떨었다.

"아, 네."

새하얗게 부서지는 여자의 웃음. 수련은 엉겁결에 대답하고 말았다. 장난처럼 내민 여자의 손에는 작은 CD 케이스가 쥐어져 있었다.

수련은 황급히 그것을 받아 품에 넣었다. 그리고는 붉어진 얼굴로 작게 인사를 하고는 내빼듯이 그 자리를 피하고 말았다. 말할 수 없을 만큼 어색하다.

멀어지는 그의 뒷모습을 보며 아직은 이름 없는 그녀가 따뜻한 입김을 한숨처럼 내뱉었다.

"오랜만이에요, 진수련 씨."

문의 경첩이 삐걱거렸다. 난방이 잘되지 않은 집 안은 얼음 장만큼 차가웠다.

"다녀왔습니다."

목소리에 들뜬 열기 같은 것이 담겨 있었다. 오는 길에 예쁜 여성을 만났기 때문일까. 선수 시절 쓰던 노트북 옆에 CD 케이스를 던져 둔 진수련은 고개를 잔뜩 숙인 채 집 안으로 걸어 들어왔다. 그도 그럴 것이, 면목이 없는 것이다.

"어딜 쏘다니다가 이제 오냐. 네 여동생은 주말인 오늘도 공부한다고 머리 싸매고 끙끙거리는데."

오늘은 미용실을 쉬는 어머니가 고된 하루를 마무리하는 듯 다리를 주무르고 있다. 수련은 다치지 않기 위해 마음의 한 귀퉁이를 꿰매야 했다.

"사, 사업 구상 했다고요."

"그놈의 사업 구상, 평생 할래?"

피식 웃으며 던지는 그 말이 수련의 가슴에 비수처럼 박힌다. 어머니는 어머니 나름대로 부담을 덜 주려고 농담 삼아 던진 말이겠지만 그는 마음이 아팠다. 언제까지 어머니만 고생시킬 수는 없는 것이다. 안 그래도 과거의 도벽으로 인해 죄책감에 시달리는 어머니다. 그런 그녀를 그가 더 괴롭혀선 안 된다.

돈을 벌어야 한다.

집안 살림은 몹시 좋지 않았다. 월세방에 간신히 얻은 자그마한 가게도 아직 다 갚지 못한 도박 빚 때문에 넘어가기 직전이었다.

"죄송해요."

"그놈의 게임이 문제지……. 세상이 말세야, 말세."

그녀는 자신이 그런 말을 할 자격이 없다는 걸 알면서도 그 말을 하지 않고서는 견딜 수 없다는 투의 목소리로 말했다. 사람이란 그렇다. 무슨 말이든 하지 않고서는 견딜 수 없을 때가 있다. 그건 마지막 남은 부모로서의 자존심 같은 것이었는지도 모른다.

수련은 묵묵히 고개를 숙였다. 그는 어머니를 이해했다. 누가 뭐래도 그녀는 자신의 어머니인 것이다.

프로게이머를 하겠다고 집을 나갔을 때, 수련은 부모님의 큰 반대에 부딪쳤었다. 스스로가 원해서 한 일이었으나, 지금도 과거를 반추하면 찜찜함을 덜 수가 없다. 그때 게임을 포기하고 공부를 했다면, 지금보다 나은 미래가 그려질 수 있었을까.

"아르바이트 다녀올게요."

수련은 힘없이 웃으며 외투 하나를 더 걸치고 밖으로 나섰다. 야간 PC방 아르바이트가 있었던 것이다. 한쪽 팔의 신경이 말을 듣지 않는 탓에 노가다도 할 수 없었던 그에게 있어서 그나마 제일 만만한 게 PC방 아르바이트였다.

"조심해서 다녀오너라."

나가는 길에 노트북 옆에 두었던 CD가 은근히 신경 쓰였으나, 수련은 애써 무시하고 발걸음을 재촉했다. 조금이라도 더 벌어야 남은 도박 빚을 갚고 여동생의 학비를 충당할 수 있을 테니까.

수련은 열심히 일했다. 과거에 다하지 못했던 열정을 호소하려는 듯이, 아직 남은 찌꺼기들을 모조리 불태워 버리려는 듯이 손님이 떠난 자리를 청소하고, 재떨이를 씻고, 카운터에서 계산을 하고…… . 그렇게 일하다 피곤함에 잠시 졸고 있다 보면 다음 교대 알바생이 도착해서 그를 깨워준다.

하루가 끝난 것이다.

"다녀왔습니다."

야간 아르바이트를 마치고 집으로 돌아왔을 때, 이미 시계는 새벽 네 시를 가리키고 있었다. 추가 수당까지 받기 위해서 일부러 오랫동안 가게에 남아 있었던 탓이다. 어깨 뼈마디가 저려왔으나 수련은 애써 미소를 지으며 자기 손으로 어깨를 두드렸다.

여동생과 어머니는 이미 잠에 빠져든 모양이다.

긴 한숨과 함께 노트북이 부팅되었다. 노트북에 빨간 딱지가 붙지 않은 것은 정말 기적 같은 이야기였다. 마침 수리 센터에 맡겨두었던 탓에 강제로 차압당한 가구들 중에서 노트북만큼은 지킬 수 있었던 것이다.

"정말 예뻤는데……."

수련은 CD를 노트북에 넣으며 낮의 일이 떠올라 괜한 웃음을 지었다. 그런 생각이라도 떠올려야 비참한 현실을 잠시나마 외면할 수 있었다. 힘들어서 견딜 수 없을 때마다 되새기는 긍정적인 마인드.

CD를 넣자마자 나온 것은 어느 게임의 홍보 동영상이었다. 예상은 했지만 요즘 게임이라면 신물이 올라올 지경인 수련으로서는 그다지 달갑지 않은 일이었다. 그러면 그렇지, 하고 한숨을 내쉬며 동영상을 끄려는데 한 줄의 메시지가 떠올랐다.

―당신의 삶을 리셋(Reset)하시겠습니까?

무슨 진부한 멘트인가 생각했다. 솔직히 말해서 하찮은 수준의 기대도 가지지 않았다. 아니, 가질 수 없었다. 그러기엔 이미 너무 많은 것을 보고 듣고 경험했기 때문이리라. 수련은 쓰게 웃으며 Yes를 클릭했다.

예상대로 그에게는 아무런 일도 벌어지지 않았다. 심지어 삶이 리셋되어 버렸다는 멘트도 뜨지 않았다.

당연한 것이었으리라. 대신 그의 시야를 채운 것은 한 동영상이었다. 마치 판타지 소설을 영화화한 듯한 수준의 그래픽, 아니, 그래픽인지 실제 동영상인지조차 구분할 수 없을 정도의 퀄리티(Quality)가 그곳에 존재하고 있었다.

우렁찬 뿔피리 소리가 노트북의 낡은 스피커로부터 새어 나온다.

거대한 기병의 해일이 물결처럼 쇄도한다. 녹색이 아른거리는 보병대가 해일에 정면으로 부딪쳤다.

얼기설기 철갑으로 온몸을 두른 초록빛의 괴물.

오크(Orc).

그 강력한 완력에 기병대의 돌진이 무색해지고 있었다.

"기병대는 뒤로 빠진다!"

대장으로 보이는 사내가 검을 높이 쳐들자 기병대가 뒤쪽으로 선회했다. 그 틈을 비집고 보병들이 몰려나와 맞부딪치기 시작한다. 마치 거대한 파도의 상잔(相殘)을 보는 듯한 느낌.

수련은 미미하게 몸을 떨었다. 숨 막히는 스케일의 전투였다. 그래, 언젠가 텔레비전에서 봤던 '반지의 제왕'을 연상시킬 만큼 거대한 전투.

설마설마하는 생각이 가슴속을 조금씩 저미고 있었지만, 그래도 혹시나 하는 마지막 부정의 의사(意思)가 판단을 가로막았다.

"돌격엇!"

대장은 검을 휘두르며 보병 사이를 진두지휘했다. 그가 탑승한 백색의 페가수스가 투레질을 하며 오크들을 날려 버렸고, 금빛 검의 잔향이 닿은 곳에는 오크들이 낙엽처럼 스러지고 있었다. 그런데 그의 진로를 가로막은 자가 있었다.

"드디어 만났군, 겨울왕 카스마 디 브룸바르트."

담담한, 그러나 어딘가 음울한 기색이 감도는 목소리. 온몸에 검은 갑옷을 두른 사내가 남자의 반대편에 대치해 있었다. 갑옷 사이로 돋아난 검은색의 날개는 그가 마족이라는 사실을 반증해 주고 있었다.

"소마왕(小魔王) 벨키서스 리페리온."

대화는 거기서 끝이었다.

인류 최후의 황금빛 검과 암영이 깃든 흑빛의 검이 공중에서 날카로운 파찰음을 일으킨다. 검과 검이 아닌, 거대한 세계가 부딪치는 소리가 전장을 울렸다. 서로의 세계를 걸고 싸우는 두 사람.

수련은 영상의 박진감에 몸을 부르르 떨었다. 이건 대체 뭘까.

마왕의 손이 하늘을 향해 번쩍 솟아오른다. 거대한 암흑의 중첩이 일어나며 먹구름이 먹구름을 먹어치웠다.

"서몬 오브 드래고니아."

전장에 거대한 그림자가 드리워진 순간은 그때였다. 창공을 가득 메운 블랙 드래곤이 거대한 어둠을 뱉어낸다.

크롸롸롸!

한순간 집약되는 암흑의 숨결. 거대한 암흑 불꽃의 파도에 인간과 몬스터가 동시에 휩쓸려 나간다. 그 절대의 숨결 앞에서는 오거도 트롤도 그 어떤 생명체도 살아남지 못한다. 동시에 폭풍 속에서 황금과 흑빛이 어우러지며 거대한 폭발을 낳았다.

후폭풍이 지나간 후, 그곳에는 지고의 힘을 가진 한 존재가 우뚝 서 있었다.

소마왕의 웃음이 천공에 실린다.

"하하하! 나의 승리다, 겨울왕!"

소마왕은 멀쩡히 서 있는 반면, 인간 남자는 바닥에 무릎을 꿇은 채 비틀대고 있었다. 이미 승부는 난 것이다. 입에서 흐르는 피가 그의 패배를 알려주고 있었다. 그 순간, 남자의 얼굴이 클로즈업되었다.

수련은 마치 자신을 보는 듯한 그 시선에 몸을 떨었다. 남자의 어깨 위로 소복이 쌓이는 눈이 붉게 물들고 있었다.

"부디 복수를……."

―끝나지 않는 겨울, 「론도」의 세계로 당신을 초대합니다.

마치 핏빛처럼, 혹은 공포 영화처럼 화면을 붉게 물들인 글씨가 일렁거린다.

동영상은 그것으로 끝이었다. 그 동영상이 한 가상현실 게임임을 광고하기 위한 수단이었다는 것을 알게 된 것은 화면이 끝난 직후였다.

"가상현실 게임이라……."

수련은 뜻 모를 표정으로 멍하니 입을 벌린 채 뇌까렸다. 언젠가 이런 날이 올지도 모른다는 생각은 했지만, 영 와 닿지 않는 것이 사실이었다. 그리고 그 순간까지도 수련은 자신이 그 게임을 시작하게 될 것이라고는 상상조차 하지 못했다.

"팔병신이 뭘 하겠어."

고된 한숨이 새어 나온다. 긍정적이고 싶어하는 그도, 게임에 관해서만큼은 여지없이 부정적이 되어버린다. 수련은 말없이 동영상 창을 닫았다.

뜻밖의 전화가 온 것은 다음날이었다.
"자네, 살아 있나?"
"예?"
뜬금없는 목소리에 수련은 당황을 가득 담아 반문했다. 살아 있으니 전화를 받지. 전화의 주인공은 전 프로게임 구단 감독 오택성이었다.
"오 감독님?"
"그래, 잘 지내는가? 자네, 오늘 시간 되나?"
"시간은 됩니다만……."
마침 오후 아르바이트가 없는 날이었다. 수련이 채 말을 다하기도 전에 오택성이 말을 잘랐다. 단호한 음색이었다.
"그럼 오늘 오후 세 시에 카페 데스티니에서 만나세."

만나자마자 오택성이 던진 말은 다음과 같았다.
게임을 다시 시작해라.
"게임을 해보라구요?"
수련은 기가 막히다는 투로 답문했다. 놀리는 거라면 당장 자리를 박차고 나가겠다는 표정이었다. 오택성이 그런 수련을 간신히 제지했다.

오택성은 진정하라는 듯 수련에게 녹차를 건네며 자신은 블랙커피를 쭉 들이켰다. 차가운 냉녹차가 가슴을 적시자 수련은 마음이 조금 진정되는 것을 느꼈다.

"놀리는 게 아니야. 자네도 할 수 있는 게임이 있어. 아니, 자네만이 최고가 될 수 있는 게임일세."

문장은 화살처럼 뇌리에 꽂힌다.

어제 봤던 CD의 영상이 순간 수련의 머릿속을 스쳐 갔다. 동시에 여자의 하얀 입김이 떠올랐다. 상관관계 같은 것을 변증할 방법은 없었다. 그것은 다만 운명처럼 떠올랐을 뿐.

그는 답을 이미 알고 있다.

"론도라고 들어봤는가?"

당연하게도 오택성은 론도를 말했다. 그리고 수련은 이 기이한 우연의 중첩에 전율했다.

몸을 뒹구르르 선회시키자 장판의 감촉이 볼을 짓누른다.

수련은 바닥에 누워서 생각에 잠겨 있었다. 천장의 형광등이 맛이 갔는지 연신 깜빡깜빡거리며 점멸하고 있다. 정신이 산만해지는 느낌에 수련은 아예 전등을 꺼버렸다. 곧 무기질적인 어둠이 내려앉았다.

어슴푸레한 어둠 사이로 얼룩처럼 천장에 박힌 까만 점에 수련은 정신을 집중했다. 시야가 어우러진다. 검은 점은 블랙 드래곤이 되고, 황금의 검이 되고, 이내는 오택성이 된다.

수련은 낮의 대화를 떠올렸다.

"이제 게임 산업계는 변화하고 있다네. 이제 RTS(Real Time Simulation) 유의 게임이 게임 방송의 주축을 주름잡는 시대는 지났네. 보통 MMORPG 스타일의 게임들은 괜찮은 스타일로 시작한 것도 자금력의 문제 때문에 어쩔 수 없이 현실과 타협하게 되는데, 이번만큼은 다르다네. 스페이스 오페라의 제작사인 (주)레볼루셔니스트에서 제작한 게임 론도는 굴지의 기업인 성환그룹이 후원하고 있거든. 앞으로의 장래가 촉망되는 거야 당연하고, 이미 론도 관련 프로그램 편성으로 방송사들이 동서남북으로 분주하게 뛰어다니는 중이야."

성환그룹.

수련은 그 단어가 주는 압박감에 이를 악물었다. 그의 사고는 분명 성환그룹과 관련이 있었다. 하지만 알다시피 심증은 있지만 물증이 없다. 게다가 상대는 초국적의 대기업. 어느 모로도 상대가 안 된다.

한때 인터넷 여론의 힘을 얻어보려 했지만 오히려 망신만 당했다. 음모론은 음모론일 뿐, 그 이상의 역할을 수행하지 못하는 법이다. 여론은 언제나 냄비처럼 빨리 식는다. 팬카페가 폐쇄되고, 온라인에서 진수련이라는 존재가 묻히는 것은 순식간의 일이었다.

오택성은 넌지시 자기가 게임 '론도'의 알파 테스트에 참가했었다고 귀띔해 주었다.

"나 외에도 게임계에 인지도가 있는 사람들은 대부분 그 테스트에 참가했었지. 곧 론도의 클로즈 베타 테스트가 열릴 걸세. 내가 자네를 도와주겠네."

아직까지 게임 업계에서 자신의 존재가 죽지 않았다는 것을 자랑하는 듯한 그의 말투에서 수련은 과거의 성공을 회상하던 늙은 아버지 같은 느낌을 받았다. 이제 이 세상에는 없는 아버지.

"조금 생각해 봐야겠는데요."

그 때문인지 이상하게 망설임이 커졌다. 오택성은 설마 거절할 줄은 몰랐다는 표정을 지었다. 어쩐지 아연한 기색이었다.

"팔 때문이라면 걱정 말게. 론도는 가상현실 게임일세. 컨트롤러를 조종해 캐릭터를 움직이는 2세대적인 게임이 아니야. 게이머가 캐릭터가 되어 게임을 진행하는 선구적인 3세대의 게임이란 말일세."

"유저가 캐릭터가 된다고요?"

"그래. 론도는 뇌파를 이용한 게임이라더군."

수련은 여전히 결정을 내리지 못했다. 이미 게임에서 한 번의 실패를 맛보았다. 자신이 찾던 게임이 바로 이 게임이라는 예감이 강하게 들었으나 아무래도 실패를 맛본 사람은 다음 도전을 꺼리는 법이다.

더구나 같은 영역에 속한 도전이라면 더욱더.

"이건 기회일세. 곧 론도가 상용화되고 세계에 퍼지게 되면 현 게임 시장의 입지가 대폭 상승할 거야. 론도 프로게이머라는 직종도 탄생할 테고, 캐릭터 간의 대결이 뉴스에 이슈화될 날도 머지않았어. 자네라면 이 게임의……."

"생각할 시간을 주세요."

수련은 그걸로 대화를 중단했다. 오택성은 무겁게 고개를 끄덕이며 '부디 좋은 선택을 하길 바라겠네' 하고 작게 중얼거리며 남은 커피를 후루룩 해치웠다.

진수련의 판단에 결정적인 영향을 끼친 것은 미모의 여인이 건네준 CD도 오택성의 조언도 아니었다. 그것은 바로 다음날 진수련 앞으로 날아온 편지였다.

초대장.

2014년. 요즘 같은 시대에 초대장이라니, 폰 메일로 전송하는 게 보통 아닌가?

막상 편지지를 펼 때에는 그저 웃음만 나왔다. 하지만 내용까지 웃기리란 법은 없었다.

내용은 간단했다.

대구 시립 기가 스테이션(Giga station). 12월 29일 오후 4시.

덤으로 CD 한 장. 요즘은 복고풍 CD가 유행인가? 수련은 부질없는 생각을 지우며 노트북에 CD를 삽입했다. 곧 낡은 노트북의 액정에 한 인물이 등장했다.

[안녕하십니까? 갑작스런 편지에 당황하셨으리라 생각합니다. 저는 (주)레볼루셔니스트의 기획실장 류성혼이라고 합니다. 이번에 저희 레볼루셔니스트에서는 내년 1월 10일을 기점으로 신작 게임인 '론도'를 발표하게 되었습니다…… 이미 많은 게이머 분들이 알고 계시겠지만, 치밀한 알파 테스트를 거친 론도는 이번 1월 10일부터 공개적으로 클로즈 베타 테스터 모집을 시작하여…….]

"왜 이런 걸 내게……."

수련은 이해할 수 없다는 표정으로 화면 속의 사내를 노려보았다.

[그런 의미에서 귀하를 초청하오니 부디 참가하시어 론도의 진가를 미리 맛보시기 바랍니다.]

생각할수록 아리송했다. 자신과 레볼루셔니스트는 아무런 관계가 없다. 거기다가 초대장은 또 뭐란 말인가?

수련은 자신의 근처에서 뭔가가 벌어지고 있음을 깨달았다. 마침 장소도 그가 사는 대구였다. 조금 찜찜했으나 결론은 하나밖에 없었다.

가보면 알게 되겠지.

왜 수많은 프로게이머 중에서 하필 자신을 초대했는지, 누가 어떤 목적으로 그가 게임을 시작하기를 원하고 있는지를 말이다.

게임 리그 경기장 중에서 서울의 오페라 하우스(Opera house)—오페라 하우스에서는 주로 스페이스 오페라의 경기만이 시행된다—다음으로 큰 곳이 바로 대구의 시립 기가 스테이션이었다. 기가 스테이션이 완공된 것은 재작년.

2011년 국제 육상 대회를 개최한 후 대구는 대한민국을 대표하는 거대 도시로 세계로 향하는 발판을 마련하게 되었다. 특히 2008년부터 계획된 게임 산업단지의 조성으로 인하여 서울 다음으로 관광객이 많이 찾는 도시로 거듭날 수 있었다. 현재 세계 게이머들의 머릿속에 게임 하면 떠오르는 곳으로 한국의 서울과 대구가 순위권을 차지할 정도이니 이만하면 할 말 다한 셈이었다.

수련은 한 번도 디뎌보지 못한 곳이었기 때문에 내심 긴장한 상태였다.

"신분증을 보여주시겠습니까?"

입구에서 경호원에게 신분증 제시를 요구받았을 때, 그 긴장은 절정에 달했다. 떨리는 손으로 지갑에서 신분증을 꺼내다가 그만 바닥에 떨어뜨리고 말았던 것이다. 수련은 황급히 몸을 숙여 신분증을 주웠다. 등에서 진땀이 흘렀다.

"쯧쯧쯧."

주변에서 혀를 차는 소리가 들려오자 수련의 얼굴은 더 이상 변할 수 없을 만큼 불그죽죽해졌다.

"저런 옷차림으로 잘도 여길 왔네."

"뭐야? 저런 놈도 초대받았어? 나참, 기막히네."

"이거 우릴 물로 보는 거 아냐?"

차라리 오지 말걸. 수련은 경호원의 확인이 떨어지자마자 입술을 꽉 깨문 채 내부로 들어갔다. 할 수만 있다면 다시 예전처럼 가면으로 얼굴을 가리고 싶었다. 얼굴을 가릴 수 있다면 저들 앞에서도 당당할 수 있을 텐데…….

그에겐 가면이 필요했다.

"아?"

미묘한 신음이 흘러나온 것은 그때였다. 사람들 사이에서 익숙한 얼굴이 보였기 때문이다. 얼마 전 거리에서 그에게 CD를 준 여인이었다. 말이라도 걸어볼까?

왠지 반가운 마음에 수련이 발걸음을 그쪽으로 향하려는데, 먼저 그녀에게 다가간 남자의 목소리가 들렸다.

"와, AI주작의 성하늘 선수시죠? 사인 부탁드립니다!"

AI주작의 성하늘.

2011년 이후로 급격하게 확대된 여성 프로 리그는 수많은 여성 프로게이머들을 낳았다. 그중에서도 연예인 못지않은 인기를 가진 두 명의 여성이 있었는데, 그들은 각각 여성 리그의 양대 산맥인 서머 프리 리그(Summer free league)와 윈터 프리 리그(Winter free league)의 우승자였다.

여름의 백합, 서머 프리 리그의 서머 릴리(Summer lily) 서희경.

겨울의 장미, 윈터 프리 리그의 윈터 로즈(Winter rose) 성하늘.

남자의 말과 함께 성하늘의 주변으로 순식간에 남자들이 몰려들었다. 여성 프로게이머의 인기는 유명 여성 연예인들의 인기를 상회할 정도. 유명 인사들이 모인 곳일지라도 한편으로는 게임 골수팬들이 모인 자리인 이상 그녀들에게 사람이 몰리는 건 당연한 결과였다.

"자, 자, 여러분! 진정하세요!"

팬들을 진정시킨 것은 반대쪽 홀에서 걸어나온 여성이었다. 살짝 찢어진 요염한 눈매에 붉은 입술, 하얀 백합을 연상시키는 투명한 피부가 무척이나 매혹적인 여성.

여름의 백합 서희경.

"서희경 선수!"

"와우!"

아마 레볼루셔니스트에서 팬 서비스 차원으로 두 명을 모두 고용한 모양이었다. 수련은 얼마 전의 일을 떠올렸다. CD를 받았던 날. 거리의 그에게 CD를 건넸던 성하늘. 그건 이벤트 같은 것이었을까?

"아무리 그래도 거리에서까지 홍보할 필요는……."

수련은 독백처럼 중얼거리다가 이내 의미없는 일이라는 것을 깨닫고는 입을 다물었다. 누가 어디에서 홍보를 하든 지금의 자신과는 상관없는 이야기였다.

그가 전설적인 프로게이머로 회자되던 시기는 이미 3년 전… 이라고 생각했는데.

"어? 저 사람, 어디서 많이 본 것 같지 않아?"

"아? 혹시 뭐야, 정말 그런 거 같은데? 근데 얼굴이 좀처럼 기억에 없는데……. 얼굴의 중요 부위만 흐릿한 것 같은……. 아, 혹시 가면 백작 아냐?"

남자는 혼자서 그럴듯한 추측을 해냈다는 표정으로 킬킬 웃고 있었다. 있을 수 없는 논리의 전개였다. 말을 하는 자신도 그가 지칭한 사내가 정말 진수련일 거라고는 생각지 못하는 모양이다.

"아냐. 진수련은 항상 가면을 쓰고 있었잖아. 저 사람이 진수련일 리 없지. 옷차림도 봐라. 허름한 게 어디서 노가다 뛰다 온 것 같잖냐."

이어지는 비웃음에 수련은 어깨를 움츠렸다. 막상 자신을 알아보는 사람이 나타나기 시작하니 불안해졌다. 다행히 추측이 종식되는 것 같아 다행이었다. 하지만 그는 늘 가면을 쓰고 있었는데, 대체 어떻게……?

인터넷에 그의 얼굴을 추측한 사진이 떠돌았다던데, 그것 때문일까.

은연중에 성하늘과 눈까지 마주치고 말았다. 순간 그녀의 눈빛이 흔들렸다고 생각했다면 그건 잘못 본 것일까. 초라한 들키고 싶지 않다.

제발 알아보지 말아줘.

"여, 자네, 여기서 뭐 하고 있나?"

다음 순간 자신의 어깨를 붙잡은 손에 수련은 소스라치게 놀랐다. 그러나 손의 주인공은 다행히 익숙한 인물이었다. 과거 RF드래곤즈의 감독 오택성.

수련은 떠보는 어조로 입을 열었다.

"감독님도 여기 초청받으셨습니까?"

"그렇다네. 그럼 자네도?"

수련은 작게 고개를 끄덕였다. 의문이 다시 제기되었다. 수련은 초청자가 오택성일 거라고 생각하고 있었다. 그런데 오택성조차 그 누군가로부터 초청을 받았다고 한다. 대체 누가 그를 초청했단 말인가?

이윽고 수련과 오택성이 자리에 앉고, 십여 분이 더 지나자 관객석이 빼곡하게 들어찼다. 족히 삼백여 명은 될 듯한 관중이었다. 대체 어디서 이렇게 많은 사람들이 나타난 걸까.

기가 스테이션의 중앙 무대에 환한 불빛이 들어오며 남자 하나가 등장했다.

훤칠한 눈매에 깨끗하게 깎인 턱을 가진 사내. 예의 동영상에 나왔던 바로 그 남자였다.

레볼루셔니스트의 기획실장 류성흔.

"오늘 여러분을 이 자리에 모신 것은 저희 회사에서 곧 서비스를 시작하게 될 가상현실 게임인 '론도'에 대해 소개하기 위함입니다. 다들 알고 나오셨으리라 생각은 하고 있습니다만……"

그의 가느다란 미소에 관중들도 살짝 웃음을 머금었다. 남자가 보기에도 무척이나 매혹적인 호감을 주는 미소였다.

사내는 중앙의 홀로그램 스크린을 켜더니 이내 영상을 재생시키기 시작했다. 입체 영상으로 제작된 그 홀로그램에 곧 게이머 하나가 나타났다. 마치 현실을 투영한 듯한 그 영상 속에서는 지금까지 2D나 3D의 어설픈 그래픽으로만 견식해 왔던 몬스터와 인간들이 생생하게 뛰어다니고 있었다.

인간들은 함께 파티를 이루어 전투를 하기도 했고, 무기를 만들거나 옷을 재단하고 낚시를 하는 등 가상현실에서 할 수 있을 법한 모든 행위를 이룩해 내고 있었다. 잠이 든 듯한 유저의 모습이 홀로그램에 투영되는 것을 마지막으로 웅성거리던 경악이 몇 마디로 일축되었다.

"저럴 수가!"

"허어……!"

이 얼마나 바보 같은 반응들이란 말인가. '말도 안 된다! 진짜 가상현실이라는 말인가?' 라는, 대상의 정신 상태를 의심해 봐야 할 심각한 대사까지는 터뜨리지 않아서 다행이었다.

수련이 코웃음을 치던 찰나의 시간 동안, 관중들은 깊은 침묵에 빠져들었다. 게임이 가져다준 임팩트가 상상을 초월했기 때문이다. 그러나 늘 그렇듯이 적막이란 오래가지 않는다.

"질문입니다!"

"질문!"

기자들과 언론인들이 여기저기서 손을 들고 질문을 퍼부어 대자 기획실장 류성혼이 두 손으로 제스처를 취했다.

"한 분씩 질문을 받겠습니다. 거기, 빨간 뿔테 안경 쓰신 기자 분, 질문하세요."

기자는 자신이 지목되었다는 사실에 몹시 흥분한 것 같았다. 씩씩 콧김을 내뿜더니 다소 격앙된 목소리로 입을 열었다. 몸짓에 비해 질문은 매우 간략했다.

"론도의 게임 원리가 도대체 어떻게 됩니까?"

답변은 바로 시작되었다.

"론도는 여러분이 아시다시피 뇌파를 이용해 만든 게임입니다. 인간의 수면은 두 종류로 나누어집니다. 바로 넌 렘(Non-Rapid Eye Movement) 수면과 렘(Rapid Eye Movement) 수면입니다. 넌 렘은 '숙면을 취할 수 있는 단계'의 수면을 말하며, 렘은 '꿈을 꾸는 단계'의 수면을 말합니다. 론도는 이들 중에서 '렘 수면'을 이용해 만든 게임입니다. 게이머는 게임을 하는 동안 짧은 꿈을 꾸게 되는 것이지요. 하하, 이렇게만 설명하니 꼭 판타지 소설에 나오는 내용 같지 않습니까?"

기획실장의 말에 사람들이 너털웃음을 지었다. 사실이 그랬다. 가상현실 게임이란 소재 자체가 판타지 소설에나 등장할 법한 것이 아닌가.

"그럼 게임을 하면서 수면을 취할 수 있다는 건가요?"

"엄밀히 말하면 No, 가정적으로는 Yes입니다. 사실 렘 수면은 제대로 된 수면 형태가 아니기 때문에 게임을 하며 피로를 회복하는 데에는 적합하지 않습니다."

질문은 계속되었다.

"게임에 위험성은 없습니까? 뇌파 관련 기술은 아직까지 검증이 되지 않은 걸로 알고 있습니다만."

"안전성은 이미 국가기관의 인증을 받았습니다. 저언~혀 위험하지 않습니다."

일부러 혀를 굴리는 발음에 관중들이 피식거리며 웃음을 터뜨렸다. 정말 사람 좋아 보이는 남자다. 하지만 그런 남자가 더욱 위험하다. 수련은 주의를 집중하며 끝까지 남자의 행동에서 눈을 떼지 않았다.

어쩌면 그가 수련을 초청한 남자일지도 모르는 일이니까.

다음번에는 일본에서 온 한 학자가 어눌한 한국어로 질문을 시작했다.

"가상현실이라면, 현실을 완벽하게 구현해 냈다는 말씀이십니까?"

"아닙니다. 정확히 말해서 가상현실이란 '또 하나의 현실'이란 의미에 더 가깝습니다. 우리가 생활하는 현실과는 여러모로 차이가 있지요. 그도 그럴 것이, 게임과 현실에는 시차가 존재합니다. 현실에서의 한 시간은 게임 속에서의 네 시간입니다."

"뭐라구요?"

웅성거림이 급격하게 확대되었다. 기획실장이 손을 들어 잡음을 막았다.

"천천히 질문하십시오."

"이런 획기적인 시스템을 왜 게임에 사용하는 겁니까? 현실에서의 한 시간이 가상현실에서의 네 시간이라면 차라리 이 시스템을 교육업계라든가 그런 쪽으로 진출시키면 전 인류적인 센세이션을 불러일으킬 수 있을 텐데. 아니면 군사 용도로 비밀리에 사용하는 것이 정상적인 가상현실의 발전 과정 아닙니까? 혹시 한국에서는 이미 가상현실이 군사 시설에 적용되어 있는 겁니까?"

약간의 비웃음이 녹아 있는 문장.

가상현실을 고작 게임에 사용하는 것은 어처구니없는 일이 아니냐는 말투에 몇몇 한국인들이 발끈해서 소리쳤다.

"이봐요, 이미 전 인류적인 센세이션이라고. 하여튼 일본 학자란……."

"일본 녀석들은 뭐든지 군사 기술에만 관련시키고 싶은 모양이지?"

기획실장이 손을 들자 금방 혼란이 진정되었다. 몇 번을 봐도 대단한 제스처였다. 권한을 가진 자만이 펼칠 수 있는 마술이다.

"물론 저희도 그런 생각을 안 해본 것은 아닙니다. 상식적으로 생각해도 당연히 가상현실이라면 교육업계 쪽에 먼저 손을 뻗는 것이 당연한 이치겠지요. 하지만 저희는 게임을 선택했습니다. 왜냐구요? 여러분은 꿈속에서 벌어졌던 일을 생생하게 기억하실 수 있습니까?"

그 말에 일본 학자의 얼굴이 아리송하게 변했다가 이내 붉게 물들었다.

확실히 그랬다. 꿈속에서 벌어졌던 일은 또렷하게 기억에 남지 않는다. 아니, 아예 꿈 자체를 기억 못하는 경우도 허다하다. 그건 일반인들도 다 아는 사실.

"저희가 밝혀낸 바에 의하면, 게임 속에서 네 개의 정보를 기억하더라도 현실로 돌아오는 순간 그 정보는 단 하나로 축약되게 됩니다. 다르게 말해보겠습니다. 아주 긴 꿈을 꾸었다는 가정을 해봅시다. 꿈에서 드래곤도 죽이고, 엘프 여자친구도 사귀고, 드워프에게 절세의 검을 받았다고 합시다. 이제 학수고대하던 절세미녀 히로인과의 첫날밤만을 눈앞에 남겨두고 있습니다. 그런데 꿈에서 깨버렸습니다. 아! 젠장! 왜 깨어났을까! 아쉽겠죠?"

작은 웃음이 떠돌았다. 수련도 그 장면에서는 웃고 말았다. 질투일까? 속으로 조금 분한 생각이 들었다.

"하하, 물론 중요한 건 아쉬운 마음이 아닙니다. 문제는 깨어난 후에 우리가 얼마나 그 꿈을 기억하는가 하는 것이죠. 물론 드래곤을 죽이고, 엘프 여자친구를 사귀고, 드워프에게 절세의 보검을 받은 것까지는 기억할 겁니다. 아마도요. 그런 건 대략적인 이야기의 '줄기'에 해당하는 셈이니까요. 하지만 깨어난 후에 과연 드래곤의 눈 색깔이 무엇이었는지, 꼬리 길이가 어느 정도였는지, 엘프의 머리카락이 무슨 색이었는지, 드워프에게 수염이 있었는지 없었는지를 기억할 수 있을까요? 아마 열에 아홉은 기억하지 못할 겁니다. 물론 개인 차가 있긴 합니다만, 그와 같은 겁니다. 게이머들은 론도에서 로그아웃하는 순간 단편적인 정보만을 기억하게 됩니다. 무슨무슨 일을 했고, 어떤 즐거움과 쾌감을 느꼈다 하는 이미지만이 어렴

풋하게 남아 있는 것이죠."

"아……!"

그제야 관중들 사이에서 이해했다는 탄성이 흘러나왔다. 수련도 자기도 모르게 주억거렸다.

"아, 물론 게임이 끝난 후 게임 플레이 동영상을 컴퓨터로 갈무리하여 시청할 수는 있답니다. 그 정도 서비스는 당연한 거니까요."

그런 형식적인 질문이 오가고, 끝까지 고고한 척 침묵을 지키던 몇몇 권위있는 학자들이 질문을 시작하려는 순간 리허설이 종료되었다.

"자, 잠깐! 아직 질문이……!"

"하하, 자세한 건 게임 서비스가 시작되면 직접 체험해 보시길 바랍니다. 백문이 불여일견이라고, 제가 아무리 왈가왈부 떠들어봤자 한 번 게임을 해보는 것만 못하지요."

그 말이 사실이었기에 학자들은 시무룩한 표정으로 손을 내릴 수밖에 없었다. 수련은 이제 거의 확신을 굳히고 있었다.

아마 그가 수련을 초청했으리라.

하지만 여전히 의문에 부딪친다.

대체 왜? 그것도 은퇴한 프로게이머인 자신을?

"마지막으로 저희 게임을 후원해 주신 성환재단의 젊은 회장님을 모셔보겠습니다. 소개합니다! 성환그룹의 신민호 회장님이십니다!"

스포트라이트가 한순간 홀의 귀퉁이로 집중되었다. 귀퉁이에서 중앙으로 걸어나오는 까만 정장의 남자. 두 명의 경호원을 대동한 남자의 모습을 확인한 수련의 동공이 급속도로 확대되었다.

까만 정장, 검은색 세단, 그리고…….

수련의 온몸이 가늘게 경련하기 시작하자 오택성이 기겁한 목소리로 물었다.

"자네, 왜 그러나?"

"빌어먹을 자식!"

수련은 욕설을 터뜨리며 벌떡 일어나더니 홀의 중앙을 향해 달려나갔다. 부릅뜬 눈, 단단히 쥐어진 두 주먹.

날려 버릴 테다!

그의 눈이 향한 곳은 한 남자의 턱. 비릿한 미소가 분노와 교차하는 순간, 모두의 시선이 그에게 집중되었다.

성하늘도, 서희경도, 오택성도, 다른 관중들도 모두 한 청년이 달려가는 모습을 멍하니 바라보고 있었다.

"놔! 이거 놔!"

발악은 단 두 명의 경호원에게 간단히 제지당했다. 공중에 살짝 들린 진수련은 발악성을 외치며 경기장 밖으로 질질 끌려 나갔다. 사람들의 목소리가 귓가에 스며든다.

"쯧쯧, 미친 사람인가 봐."

"어떻게 들어온 거지?"

"외국의 암살 요원 아냐? 기획실장을 암살해서 게임 공개를 막으려고 그러는 게 틀림없어."

아냐! 그게 아니란 말이다! 수련은 울며 부르짖었다. 그러나 아무도 들어주는 사람은 없었다. 모두가 멸시하는 그곳에서 오직 성하늘만이 안타까운 시선으로 멀어져 가는 그를 바라보고 있었다.

경찰서까지 따라와서 취조를 막아준 사람은 다름 아닌 오택성이었다. 그는 아직까지 게임 업계에서 제법 발이 넓은 편에 속했고, 수련의 신분을 증명해 줄 만한 충분한 자격을 갖추고 있었다.

"자네, 아까 왜 그랬나?"

"……."

수련이 말이 없자, 지레짐작한 오택성이 헛기침을 하며 입을 열었다.

"젊은 사람이 말야… 아무리 충격적인 일이 눈앞에서 벌어졌다고 할지라도 그런 공식적인 자리에서는……."

"그놈이 있었습니다."

침울한 목소리에 오택성이 주춤거리며 반문했다.

"그놈?"

"저를 치고 갔던 검은색 세단에 타고 있던……."

오택성은 깜짝 놀라 반문했다. 그의 눈썹이 기묘하게 비틀어져 있었다.

"정말인가?"

진지한 목소리. 오택성은 어딘가 찔끔한 표정이었다. 기정

사실화된 사건의 진실에 놀란 것일까.

"설마… 신 회장이……?"

"아니, 아닙니다. 정확히는……."

그 옆에 있었던 경호원.

상식적으로 생각해도 그렇다. 회장이 직접 세단을 타고 그를 들이받은 후 달아나는 용기를 보일 리가 없었다. 범인은 그의 옆에서 그를 호위하던 경호원. 경호원이 범인이란 말은, 그에게 지시를 내린 사람이 빤하다는 의미.

"신민호 그 사람이 결국……."

그러나 여전히 심증은 심증. 이 정도로는 고소해 봐야 씨알도 먹히지 않을 것이 분명했다. 오택성은 입술을 잘근거리며 황망한 표정의 수련을 바라보았다.

초청장을 보낸 것이 누구인지는 명백해졌다. 이것은 분명한 도발.

"게임 시작하겠습니다."

"뭐?"

단호한 그 음색에 오택성이 반사적으로 되물었다. 문장은 더욱더 확고한 음색으로 되돌아왔다.

"론도인지 뭔지 시작하겠다는 말입니다."

"자네, 정말로……."

의도를 알 수 없었다. 여러 심기가 얽혀 복잡한, 그러나 확고한 결심이 선 표정. 오택성은 이 청년이 진심으로 게임을 시작하려 한다는 것을 깨달았다.

해가 바뀌고, 2015년이 되었다. 년도의 끝자리가 바뀌었다고 해서 충격적인 지각 변동이 일어난다거나 세계가 멸망하지는 않는다. 그저 숫자가 조금 바뀌고, 마음이 조금 들뜨고, 2009년의 통일 이후 급격하게 유입된 노숙자와 실업자의 숫자가 조금 증가할 뿐이었다.

그리고 수련은 스물두 살이 되었다.

얼마 뒤, 론도의 클로즈 베타 테스터(Close beta tester) 모집이 시작되었다. 클로즈 베타 서비스 기간은 삼 개월. 개시일은 1월 15일이었다.

초청장까지 받은 수련이었기에, 클로즈 베타 테스트의 당첨은 명약관화했다.

"이번 클로즈 베타 테스트는 일종의 데모판 게임과 같은 걸세. 죽어라 레벨업만 해서는 얻을 게 없어. 4월 달에 본 서비스가 개시되면 어차피 아이디는 리셋될 테니까. 그보다는 자신만의 노하우를 알아내는 것이 중요하다네. 내가 알파 테스트를 체험할 때도 그랬어. 지독하게 레벨업만 하는 것은 바보 같은 짓이지."

오택성의 의견은 다음과 같았다.

"내가 자네를 본격적으로 밀어줄 수 있는 것은 본 서비스가 시작된 후부터일세. 내가 미리 생각해 둔 방법들이 있으니 어느 정도는 자네에게 도움을 줄 수 있을 걸세. 어떤가?"

"굳이 그러실 필요는 없습니다."

"이건 내 성의일세. 한때 내 팀을 우승의 길로 이끌어주었던 보답이란 말일세."

어쩐지 가여워 보이기까지 하는 그 미소에 수련은 어쩔 수 없이 고개를 끄덕였다. 중년의 부탁은 이토록 거절하기가 힘들다.

수련은 그날부터 운동을 재개했다. 그동안 아르바이트니 뭐니 하며 미뤄왔던 육체의 단련이었다. 현실에서 무술을 익히고 있으면 가상현실에 그것이 그대로 적용이 된다거나 하는 소설에나 나올 법한 생각 때문이 아니었다(실제로도 그런 것은 가능하지 않다고 했다. 유저의 형평성을 고려하면 당연한 것이다).

프로게이머란 직업은 투철한 자기 관리가 필요하다. 규칙적인 운동과 규칙적인 식습관, 그리고 규칙적인 연습, 이 모든 것이 골고루 갖춰졌을 때 프로게이머는 진정한 실력을 발휘할 수 있다. 그리고 그 모든 것의 기저는 개인의 의지가 좌우한다.

수련은 아침마다 운동장을 달리고, 줄넘기를 하고, 팔굽혀펴기를 했다. 아침 운동이 끝나면 최소한의 비용으로 최대한의 영양을 섭취할 수 있는 식단을 짜고, 싸구려 영양제를 먹은 후 게임 관련 정보를 모았다. 관련 서적들은 주로 오택성이 준비해 주었다.

책 중에는 다음과 같은 것도 있었다. 아마 오택성이 얼마 전에 건네준 책인 듯했다.

론도, 이렇게 하면 쉽다!

　　　　　　　　　　　　－프로게이머 나훈영 및 3인 공동 저.

참 부질없다 싶은 제목이다. 과연 이 책이 팔릴까 싶은데, 뜻밖에도 뒷면에는 10만부 판매를 자축하는 로고가 붙어 있었다. 제법 팔리는 모양이다.

상대는 수련도 알고 있는 게이머였다. 저자는 스페이스 오페라의 유명한 나그락 플레이어였기 때문이다. 아마 스페이스 오페라 7회 리그의 4강 대전 상대. 그가 만든 전설의 대미를 장식했던 최후의 게이머였다.

"이 사람도 하던 게임을 바꾼 모양이네……."

수련은 그렇게 중얼거리며 페이지를 팔랑팔랑 넘기기 시작했다. 예전부터 게임 관련 암기는 자신있었던 그는 작은 팁이나 인터페이스 관련 주석 하나도 놓치지 않고 꼼꼼히 읽어나갔다.

며칠 사이에 나빠졌던 건강은 급속도로 회복되었고, 혈색이 돌아오며 금세 예전의 기량을 되찾게 되었다. 목표가 생기니 의지가 강해지고, 강한 의지는 상황의 진전을 낳았던 것이다.

혹시나 독특한 육성 방법이 없을까 싶어서 각종 판타지 게임 소설을 읽어보고—큰 도움은 되지 못하더라도—론도의 팬 사이트나 각종 정보를 수집해서 자신만의 노하우와 육성법을 고민했다. 그리고 필요한 정보는 일일이 외워두기까지 했다.

"쯧쯧, 그렇게 공부를 했으면 서울대학을 갔겠다."

"그러게요. 바보 같아."

까르르 웃는 두 모녀를 보며 수련은 머쓱한 표정을 지었다. 사실이 그랬던 것이다. 하지만 게임만 벗어나면 공부가 안 되는 체질인 것을 어쩌라는 말인가.

"오빠, 열심히 해."

올해로 고등학교 2학년이 되는 수련의 동생 진수연이 그의 입가에 장난스럽게 입김을 후 하고 불며 과일을 갖다주었다. 나긋한 샴푸 향기가 코끝을 간질였다.

"누가 오빠를 유혹하래!"

"푸핫, 바보!"

녀석도 벌써 어른이 다 됐구나. 수련은 싱긋 미소를 지으며 사과 하나를 깨물고 다시 책에 집중하기 시작했다. 다시 돈을 벌 수 있다. 자신이 가족을 부양할 수 있다.

그리고… 다시 꿈을 좇을 수 있다.

2015년의 봄. 이젠 청년이 된 소년은 론도의 드림 컨트롤러를 손에 잡았다.

EPISODE 002
Readiness

(주)레볼루셔니스트의 모니터링 요원인 배진곤은 왼손으로 턱을 괴고 오른손으로는 마우스를 쥔 채 두 개의 모니터를 번갈아 체크하고 있었다.

"거참, 업무도 가상현실에서 보게 될 줄이야."

그가 있는 시원한 크기의 업무 공간은 가상현실 내부에 존재하는 곳이었다. 현실과 가상현실의 사이에 존재하는 네 배의 시차를 메우기 위해 실시간 대응이 필요한 모니터링 업무는 가상현실에서 수행하도록 되어 있었다. 현실의 직원들은 모두 론도의 게이머들처럼 사무용 큐브 안에 들어가 안락하게 누워 있는 것이다.

각각의 모니터는 여러 개의 사각형으로 세부화되어 때때로 다른 장면을 비추고 있었다.

그가 하는 일은 특정 게이머를 감시한다든가, 게임의 버그를 찾아낸다든가 하는 일이 아니었다. 아무리 스폰서가 부유하다고 해도 그런 세부적이고 이전 단계에서 커버해 낼 수 있는, 혹은 즉각적인 신고를 받아 고칠 수 있는 부분에까지 신경 쓰지는 않는다(사실이 아닐지도 모르나 아무튼 그는 그렇게 믿고 있었다).

수많은 가상현실 게임을 다룬 소설들처럼 처음부터 어떤 재미있는 게이머를 짚고, 그 게이머를 유심히 관찰한다거나 하는 일은 특별한 경우를 제외하고는 좀처럼 없었다. 그런 건 명백히 프라이버시에도 어긋나기 때문이다.

그래서인지 요원 배진곤의 하루는 더욱 따분했다. 예쁜 여성 유저(User)나 스토킹할 생각으로 지원한 모니터 요원 직인데, 예쁜 여자는 고사하고 알파 테스트 기간이 끝날 때까지 그가 본 것은 바다를 보고 신이 나서 뛰어드는 중년의 남정네들이라든가, 현실의 갈매기와 유사한 모양을 가진 흰 새뿐이었다(때문에 왜 그곳을 모니터링해야만 하는지도 의문이었다).

물론 사람이 많이 모이는 지역을 모니터링하기도 했지만, 그곳은 그곳 나름대로 또 너무 많은 사람들이 휙휙 지나가서 어떤 유저를 볼 만한 여유를 가질 수도 없었다.

그가 하는 일은 단지 자신이 감시하는 화면에 무슨 일이 일어나며, 게이머들이 어떤 반응을 보이고 있는지를 잘 관찰하여 보고하는 일이었기에—모니터링은 일종의 초보자용 업무에 속했다—애초부터 스스로 특정 게이머를 쫓아 화면 상태를 변경하는 것 또한 불가능했다.

게다가 클로즈 베타 테스트가 시작되자 슬슬 하는 일에 긴장이 풀리기 시작했다.

꾸벅꾸벅.

역시 이런 일의 유일한 장점이 있다면, 가끔씩 몰래 졸 수 있다는 것. 일종의 가수면인데다 게임 속에서까지 존다는 것이 이상하긴 하지만 그래도 그게 어디인가.

어제 밤새워 직원 개요를 읽은 탓인지 소리없이 찾아오는 잠에 배진곤은 그만 책상 앞 키보드에 머리가 닿을 만치 깊이 잠들고 말았다. 키보드 버튼이 이마에 닿는 순간, 배진곤은 번쩍 정신을 차렸다. 작은 경고음이 들렸던 것이다.

"뭐, 뭐지?"

예쁜 여성 게이머가 나타난 걸까? 아니면 내가 뭘 잘못 누른 건가? 순간 가슴이 철렁한 배진곤이 질겁하며 모니터를 살폈다. 그러나 다음 순간 화면에 잡힌 것은 이상한 영상이었다.

정체불명의 게이머 하나가 해변가를 거닐고 있었다.

배진곤은 즉시 줌인 기능—모니터 요원에게 지원되는 몇 안 되는 기능이다—을 사용하여 화면에 비친 게이머의 영상을 확대했다. 그러나 기능이 발동되자마자 유저는 유령처럼 사라져 버리고 없었다.

"뭐야? 이상한데?"

배진곤은 미니 맵(Mini map)을 향해 재빨리 시선을 돌렸다.

그리고 더욱 경악했다.

"뭐야! 빨간색 점? 아니… 사라졌잖아?"

그의 목소리를 들었는지 뒤에서 인영 하나가 접근했다.

"무슨 일인가, 배진곤 요원?"

"아, 팀장님."

감시 팀을 맡고 있는 정희창 팀장을 향해 배진곤은 방금 보았던 정체불명의 영상에 대해 횡설수설 이야기하기 시작했다.

"그러니까, 이곳은 NPC가 이동 가능한 지역이 아니지 않습니까? 그런데 분명 저는 미니 맵에서 빨간색 점을 보았다는 말입니다. 유저는 파란색, NPC는 빨간색이 맞지 않습니까? 미니 맵의 기능에 이상이 생긴 걸까요?"

"음……."

정 팀장은 어딘가 정리되지 않은 배진곤의 말에도 당황하지 않고 침착하게 고개를 끄덕였다. 확실히 그렇지. 정 팀장은 그렇게 서두를 시작하며 의미심장한 말을 덧붙였다.

"아마도 피스(Piece)를 봤나 보군."

"피스가 뭡니까?"

"가끔씩 자신의 자리를 이탈하고 변경 지역을 돌아다니는 NPC를 말한다네. 흔치않은 걸 봤구먼."

"그러면 버그 아닙니까? 수정해야 하는 거 아닌가요?"

그의 말에 정 팀장은 약간 어처구니없다는 듯한 웃음을 지어 보였다. 부하의 질문이 어이가 없었던 것인지, 아니면 이런 오류조차 수정하지 못하는 개발 팀이 한심해서 그런 것인지는 알 수 없었다. 그래서 더욱 모호한 미소였다.

"피스는 수정이 불가능하다네."

그때, 반대쪽 자리에 앉아 있던 모니터 요원이 손을 번쩍 들었다. 팀장은 황망한 표정의 배진곤을 내버려 두고 그 자리를 향해 다가갔다.

[경고. 접속 불량 사용자가 있습니다.]

레볼루셔니스트의 모니터 요원 이솔미는 고개를 갸웃거리며 다시 한 번 장비를 점검했다. 서버의 안전 상태를 가리키는 오실로스코프가 심하게 요동치고 있었다.

[경고. 접속 불량 사용자가 있습니다.]

"접속 불량 사용자⋯⋯?"

이솔미는 망설임없이 손을 들었다.

"팀장님, 이거 이상한데요?"

"응?"

그러나 정작 팀장이 다가왔을 때, 메시지는 이미 사라져 있었다. 게다가 오실로스코프의 파형도 정상으로 돌아와 있었다.

"이상한데⋯⋯."

"뭐가 말인가?"

"방금 접속 불량 사용자가 있다는 메시지가 떴었거든요."

팀장은 작게 침음하며 장비 몇 개를 점검하더니 이내 고개를 저었다.

"잘못 봤겠지. 알파 테스트와 비공식 테스트를 합쳐서 도합 다섯 번이 넘는 테스트가 이루어지는 동안 접속 시스템에는 아무런 문제가 없었네. 자네도 졸았구먼?"

"그게… 저……."

솔미는 졸지 않았다고 반박하고 싶었으나, 이상한 경각심에 말끝을 흐리고 말았다. 어제 음주가 과했나…….

팀장의 말에 스스로에 대한 불신이 치올랐다. 하지만 끝끝내 의구심을 완전히 벗어던질 수는 없었다.

'이상하다. 분명히 봤는데…….'

*   *   *

우중충한 회색 구름 사이로 아릿한 안개가 끼어 있었다. 초대형 빌딩들이 숲을 이루고 있는 서울 강남의 중심부. 괴악한 경적을 질러대는 자동차들이 아래의 도로를 경쟁하듯 달려나가고, 그 사이로 셀 수 없는 인파가 정처없이 거리를 헤매고 있다.

목적지 없는 걸음, 종착역을 알 수 없는 여행.

"종착역 같은 걸 알면 재미없지."

무뚝뚝한 사내의 음색.

곧 비가 내리기 시작함과 동시에 건물의 특수 유리에는 시커먼 빗방울이 하나둘 맺혀 흐르기 시작했다. 빌딩 숲 사이에서도 가장 하늘을 찌르는 최정상. 번듯하게 회장실이라 이름 붙여진 방에는 깔끔한 검정색 양복을 걸친 훤칠한 남자가 팔

짱을 낀 채 오만한 표정으로 아래를 좌시하고 있었다.

회장일까. 아니다. 회장이라기엔 너무나 젊어 보이는 사내다. 나이를 많이 쳐준다고 해도 스물여섯이 채 넘어 보이지 않았다.

"멋진 날씨로군."

팔짱 사이로 뱀 꼬리처럼 빼꼼히 내밀어진 오른손 안에는 붉은빛이 감도는 위스키가 찰랑거리고 있었다. 미묘하게 찰박거리는 그 핏빛의 파도는 거칠게 유리잔의 내부를 할퀴었다.

남자는 등 뒤의 인기척을 눈치 채고 천천히 고개를 돌렸다.

"왔나."

"예, 회장님."

부하로 보이는 남자의 단단한 목소리가 대기를 울리자 검은색 정장의 젊은 회장은 흡족하게 웃었다. 위스키 잔을 가볍게 내려놓은 회장은 무감정한 눈으로 남자를 바라보았다.

"드디어 오늘이 개시(開始)일이군. 특별히 보고할 만한 사항은 없는가?"

"예, 특별한 이상은 없습니다. 모든 것이 계획대로 진행 중입니다."

"계획대로라……. 좋은 말이군."

계획대로. 어긋남은 없어야 한다. 그가 관리하는 한 모든 것은 순차적으로 한 치의 오차도 없이 움직여야만 한다. 그것이 그가 추구하는 완벽, 일종의 절대(絶對).

남자는 송구스럽다는 듯이 고개를 숙이고 있었다.

"피스(Piece)는 어떻게 됐나?"

기이한 음색이었다. 자신은 그런 것 따위에는 신경 쓰지 않는다는 듯 다소 오만한 목소리가 섞여 있으면서도 어딘지 모르게 마음에 걸리는 듯한, 모순적인 강조를 더한 듯한 음성이었다.

"아직까진 변동이 없습니다. 그들 쪽에서도 아무런 움직임을 보이지 않습니다."

"그렇겠지. 그럴 수밖에."

짧은 적막이 내려앉자 고개를 숙인 남자의 어깨가 더욱 무거워 보였다. 마치 어떤 중압감에 의해 짓눌리는 듯 어깨가 가늘게 떨리고 있었다. 다음 순간 남자의 긴장은 일소되었다.

"하지만 언제까지 그들이 가만히 있지는 않을 거야."

"예."

"확실히 하게. 오늘을 위해 우리가 희생한 것이 너무도 많으니까."

"명심하겠습니다."

회장은 다시 고개를 돌려 창밖을 내다보기 시작했다. 강화유리 너머로 보이는 어두운 도시. 여기저기를 밝히는 광활한 네온사인과 갈 곳을 잃은 빛의 향연이 칠흑 속에 아비규환의 그림을 그려내고 있었다.

"그래, 잃은 게 너무나 많지."

26세의 나이로 성환그룹의 회장 자리에 오른 신민호는 어쩐지 쓸쓸해 보이는 눈빛을 살짝 내리깔며 남아 있는 위스키를 마시기 시작했다. 그러다가 무언가 막 생각난 듯한 목소리로 입을 열었다.

"참, 그… 에 관한 처리는 어떻게 됐지?"

일상적으로 많이 쓰이는 단어였음에도 무척이나 이질적인 단어였다. 그… 라면 누구를 말하는 것일까. 남자는 빠르게, 그리고 어렵지 않게 해답을 찾아냈다.

"M 말씀이십니까?"

M. 그 짧은 알파벳이 던지는 잔상을 느낀 것일까. 신민호는 목을 한 바퀴 천천히 돌리더니 이내 고개를 끄덕였다. 입술은 차가운 미소를 그리고 있다.

"게임을 시작했습니다."

             *   *   *

차가운 대기를 힘껏 들이마셨다가 내뱉기를 수어 번. 운동화의 밑창을 통해 닿는 단단한 대지의 감촉.

아침 운동을 마치고 집으로 돌아온 수련은 얼마 전 아르바이트를 해서 번 돈을 털어서 주문한 론도의 접속기, 드림 컨트롤러(Dream controller)가 도착한 것을 발견했다.

론도의 접속 장치는 두 종류가 있었는데, 그중 하나가 큐브(Cube)였고, 나머지 하나가 드림 컨트롤러(Dream controller)였다. 큐브의 가격은 120만, 드림 컨트롤러의 가격은 20만으로, 상당한 가격 차이가 났다.

그도 그럴 것이, 큐브의 경우에는 게임 도중에 캐릭터와 흡사하게 움직이는 운동 기능이 있어서 다이어트가 가능한 제품이었기 때문이다. 물론 그 강도의 자동 조절 기능이 있기 때문에 운동하다가 과로사로 죽는 일은 발생하지 않았다.

드림 컨트롤러는 싼 만큼 사용에 조금 주의를 해야 했는데, 큐브의 경우 규칙적으로 유저의 몸을 움직이게 만들어주는 반면, 드림 컨트롤러는 정지하여 있기 때문에 욕창 등의 질병을 유발할 우려가 있었다.

"쯧쯧, 요즘은 게임 기계가 왜 이렇게 비싸?"

"우와! 이거 나도 해도 돼, 오빠?"

"넌 공부해야지. 안 돼!"

"치이, 메롱입니다."

투덜거리는 여동생을 보며 수련은 가늘게 웃었다. 웃을 수 있다는 건 역시 이렇게나 즐거운 일이다.

"게임하는 동안은 저 건드리시면 큰일 나니까 무슨 일 있으면 여기 있는 호출 버튼을 눌러주세요."

큰일까지 날 리는 없었지만 그래도 혹시나 하는 생각에 수련은 박스 안에 들어 있는 호출 버튼과 작은 마이크를 가리켰다.

이제 시작이다.

수련은 먼저 드림 컨트롤러의 매뉴얼을 꼼꼼히 살피고는 박스 안에 들어 있는 고무패드 네 개를 각각 팔과 다리에 끼운 후, 광안경을 착용하고 자리에 편하게 누웠다. 광안경의 전원을 켜자 드문드문 들려오던 모녀의 말소리가 점차 멀어져 가더니 이내는 들리지 않게 되었다.

드림 컨트롤러를 통해 게임 내에 접속하자마자 수련은 캄캄한 암흑 속에 의식이 뒤덮이는 것을 느꼈다. 그 과정에서 그가 알 수 있었던 것은 단지 홍채 부근이 순간 환한 빛으로 덮인 것 같다는 느낌뿐이었다.

접속 직전 잠시 왼팔에 작은 통증이 느껴져 순간 두려움이 일었다. 혹시나 왼팔이 제대로 안 움직인다면 어쩌지? 걱정은 오래가지 않았다. 뒤이어 차오른 경악스런 감각이 그의 전신을 끌어당겼기 때문이다. 깊은 해저 속을 유영한다면 이런 기분일까.

맙소사.

마치 유체 이탈이라도 한 듯한 몽롱한 기분. 수련은 도저히 입을 다물 수가 없었다(정확히는 자신이 입을 벌리고 있는 게 확실한지조차 의심을 품는 중이었다). 그는 분명 '그 세계'에 있었으나, 그와 동시에 '현실'에 남아 있는 자신의 육체를 느낄 수 있었던 것이다. 현실의 육체를 움직인다거나 몸을 가누는 것은 불가능했지만, 그는 분명 현실에 남아 있는 육체의 존재를 느낄 수 있었다.

불가해한 일이었다.

마치 경계(境界)에 걸쳐져 있는 듯한 느낌. 그는 잦아드는 감각 속에서 이상한 두려움과 희열을 동시에 느꼈다.

수련이 나름 빨리 게임에 접속하려 한 것은 캐릭터 생성 때문이었다. 1인당 하나의 캐릭터만을 생성할 수 있는 데다가, 빨리 접속하지 않으면 좋은 이름을 빼앗기게 된다.

사실 수련에게는 멋진 이름의 생성보다 원하는 이름을 생성하는 것이 더 중요했다. 그저 기분을 내는 것에 불과하지만, 그래도 이왕 계속해서 사용할 아이디라면 괜찮은 것을 골라야 하지 않겠는가.

수련은 어둠 속에 존재하는 자신의 육체를 느끼려 안간힘을 썼다. 그러던 어느 순간, 귓가에 메아리치는 목소리가 있었다.

[캐릭터를 생성하시겠습니까?]

"음성 지원도 되는 건가?"

수련은 음성 시스템에 또 한 번 놀랐다. 수련의 눈앞에는 작은 홀로그램이 생성되어 있었다.

[캐릭터를 생성하시겠습니까? Yes/No]

[음성 지원이 가능합니다.]

아마 홀로그램 터치스크린 방식인 모양이었다. 게다가 음성 지원이 가능하다는 이야기는······.

"예."

[아이디는 스크린 터치 키보드, 혹은 음성 메시지를 통해 만드실 수 있습니다. 음성 메시지 시스템은 사용자의 뇌파나 음성의 정확도에 따라 미묘한 오차가 생길 수 있으므로 만드실 때 주의해 주시기 바랍니다. 어떤 것을 선택하시겠습니까?]

[스크린 터치 키보드(Screen touch keyboard)/음성 메시지]

"굉장한데……."

이래서야 감탄을 하지 않을 수가 없다. 리허설에서 겪었던 것 이상으로 모든 것이 그의 상상을 뛰어넘고 있었다. 이런 게임이 나올 줄이야. 몇 년 전까지만 해도 소설 속에서나 가능한 이야기였는데…….

"스크린 터치 키보드로… 해주세요."

자기도 모르게 존댓말을 써버린 수련은 순간 부끄러운 표정이 되었으나, 이내 그 목소리의 주인공이 실제 사람일지도 모른다는 생각에 안도감을 되찾았다. 그러나 당연하게도 그 목소리가 세상의 반대편에 실재하는 사람의 것일 리는 없었다.

곧 키보드의 형태를 띤 커다란 홀로그램이 눈앞에 펼쳐졌고, 수련은 신중에 신중을 기해서 아이디를 타이핑하기 시작했다. 어떤 것을 누르고자 할 때마다 원하는 버튼이 붉은색으로 깜빡거렸다. 스크린 키보드의 위쪽으로 그가 타이핑한 단어가 형상화되기 시작했다.

시리우스(Sirius).

그것은 지난 몇 년간 진수련과 쭉 함께해 온 진수련의 마스코트나 다름없는 아이디였다.

[RF] Dragons—Sirius.

그가 2대 리그 석권의 영광을 거머쥐었을 때도, 그가 충격적인 은퇴를 겪었을 때도 그 아이디는 늘 자신의 뒤를 따라다녔다. 그가 시리우스라는 아이디를 사용하게 된 것에는 이유가 있었다.

"저기 저게 바로 늑대별이란다."

수련은 지금도 그의 목소리를 잊을 수 없었다.

아버지가 살아 있을 무렵, 수련은 아빠와 함께 자주 등산을 다녔다. 그들이 다니는 시간은 주로 이른 저녁이었다. 건장한 체격의 아버지였기 때문에 당시 겨우 열 살 남짓이던 수련은 필사적으로 그의 뒤를 쫓아가야만 했다.

"하하, 빨리 오너라."

"후아후아! 너무 힘들어여, 아빠……."

그렇게 작은 입으로 숨을 열심히 몰아쉬며 앙금앙금 뒤쫓아간 산의 정상에서 작은 소년은 그의 아버지와 함께 누워 하늘을 바라보았다. 캄캄한 칠흑의 종이 위를 재단하는, 깊이도 넓이도 알 수 없는 원근감을 초월한 비단을 수놓은 별들.

명암이 뚜렷하지 않은 하늘 위에서 그 빛의 조각들은 언제까지나 반짝거리고 있었다.

어쩌면 아버지는 소년에게 추억을 심어주고 싶었는지도 모른다. 그게 자신이 인위적으로 만들어낸 어떤 것일지라도 소년이 아름답게 기억할 수 있다면, 그 기억을 되새기며 소년이 언제든 힘을 낼 수만 있다면…….

"은하수는 우리 말로 미리내라고 한단다. 예쁜 말이지?"

"촌스러워요."

퉁명스러운 소년의 대답에 아버지는 어쩐지 못마땅한 표정이었다. 한동안 말이 없던 아버지는 허탈하게 웃으며 다른 곳을 가리켰다. 그리고 그것은 소년의 기억에 너무도 뚜렷하게 각인되었다. 여기저기 노란 굳은살이 박힌 아버지의 그 커다란 손이 가리킨 작은 별, 그러나 주위의 어떤 별보다 밝았던.

그 후로 소년은 그 별을 단 한 번도 볼 수 없었으나, 그 별의 이름만큼은 분명하게 기억할 수 있었다.

"늑대별이라고 한단다."

"늑대별요?"

"오리온자리와 작은개자리를 통틀어 가장 밝은 별이지. 천랑성(天狼星), 혹은 시리우스(Sirius)라고도 불러."

아마 그는 미리 그 대사를 외워왔을 것이다.

"왠지 멋진걸요. 늑대별……."

소년의 반응이 괜찮아 보이자 아버지는 신이 나서 말을 이어갔다.

"저 별은 말이지, 사랑하는 사람의 마음을 전해준다는 이야기를 가지고 있단다."

"사랑하는 사람의 마음요?"

"음, 자세한 것은 나도 잘 모른단다. 수련이가 나중에 크면 아빠한테 말해주겠니?"

전형적인 아버지들의 대사였다.

멋쩍게 웃는 아버지를 잠시 응시하던 소년은 다시 별을 향해 시선을 돌렸다. 푸른색의 눈동자를 가진 늑대별. 그 기억을 잊지 못했던 소년은 후에 프로게이머가 되어 자신의 게임 아이디를 시리우스로 정했다.

그 후에 아버지가 했던 그 행동이 어느 소설에 나오는 이야기라는 것을 수련은 알게 되었었지만, 사실 그런 것은 별로 중요하지 않았다. 그는 왠지 아버지의 심정을 이해할 수 있을 것 같았기 때문이다.

빚을 감당하지 못하고 식구들에게 피해를 입히지 않기 위해 파산신고를 한 후 홀로 조용히 자살한 아버지를. 이제는 그 이야기를 아버지보다 더 자세히 알게 되었지만, 자신의 이야기를 더 이상 들을 수 없게 된 아버지를.

"······."

부드러운 어둠이 회상을 불러일으킨 것일까. 따뜻한, 동시에 울적한 기분에서 문득 깨어난 수련은 자신을 부르고 있는 목소리를 알아챘다.

['시리우스' 캐릭터를 생성하시겠습니까?]

"예."

침묵과 동시에 긴장이 감돌았다. 누군가가 먼저 그 아이디를 만들었을 수도 있기 때문이다. 다음 순간 수련은 안도의 한숨을 내쉬었다. 그리고 조금 의외이기도 했다. 아직까지 시리우스가 없다니······.

['시리우스' 캐릭터가 생성되었습니다. 외모는 사용자의 무의식을 자동으로 스캐닝(Scanning)하여 결정됩니다.]

독특하게도 론도는 사용자가 직접 외모를 설정하는 것이 아니라 사용자 내면의 모습, 즉 게이머가 생각하는 개인의 자아

상(自我像)을 자동으로 인식하여 캐릭터의 외모를 만들어낸다. 이는 현실의 외모와 흡사할 수도 있고, 전혀 다를 수도 있어서 알파 테스트 당시 많은 반감을 샀으나 곧 성형 시스템이 패치(Patch) 된다는 이야기가 돌면서 불만은 사그라졌다.

곧 캐릭터의 외모가 어둠 속에 투영되었다. 은은한 빛을 받아 반짝이는 창백한 피부와 귀를 덮은 하늘색 머리카락. 캐릭터는 수련의 본래 모습에 머리카락만 하늘색으로 바뀐 것에 다름없었다.

하늘색? 수련은 조금 의아했다. 긍정적인 마인드를 가지려고 매번 노력하지만, 객관적으로 봤을 때 그는 퇴폐적인 인간이었다. 회색 인간이 나오지 않으면 다행이라고 생각했는데…….

[종족은 자동적으로 인간으로 결정됩니다.]

론도는 판타지 소설인 '그룬시아드 연대기'를 기반으로 만들어진 게임이었다. 소설 내에서 스토리의 주를 이루는 것은 인간. 그 때문에 처음 시작할 때는 자동적으로 인간으로 종족이 선택되었다. 여기에 관해 이견이 있었으나, 이런 현실적인 게임에 처음부터 다른 종족을 선택지 내에 도입하게 되면 게이머들의 혼란을 초래할 수 있다는 이유로 결국 선택 가능 종족은 휴먼으로 한정되게 되었다. 오크가 된 자신을 본 유저가 과연 무슨 생각을 할 것인지 가정해 본다면 이 결정은 생각보다 쉽게 이해할 수 있었다.

[게임에 접속하시겠습니까?]

"접속합니다."

그렇게 수련은 게임에 접속했다.

청아한 하늘. 시큼한 공기가 가끔씩 입술을 적실 때마다 청년은 깊은 숨을 내쉬었다. 세포가 공기에 맞닿고, 분수대가 햇볕을 받아 그윽한 물을 흩뿌리는 광장. 청년은 그곳에 멍하니 누워 있었다.

"얘, 저 사람 좀 봐."

"정신병자일까?"

"바보, 그냥 튀고 싶어하는 거야."

수많은 인파가 수련의 곁을 스쳐 가며 수군거리기에 바빴다. 그의 행동에 자극받았는지 몇몇 게이머가 그와 함께 드러누웠다가 멋쩍게 일어나 다시 인파 사이로 도망쳤다.

비록 게임이었지만, 사람들의 주목을 한 몸에 받은 가상현실 속에서 그런 행동을 하는 것은 쉬운 일이 아니다. 게다가 론도는 처음 접속 시 랜덤하게 1인칭 시점과 3인칭 시점이 선택되는데―이것은 유저의 의지로 바꿀 수 있다―수련은 마침 1인칭 시점이었기 때문에 어떤 행위를 하건 실제 자신이 하는 것과 거의 흡사한 느낌을 받을 수 있었다(그러니까 실제로 사람들이 모인 광장에서 드러눕는다고 생각해 보라).

물론 약간의 이물감 비슷한 것이 현실과 게임 사이의 공백에 존재하고 있어서 느낌이 완전하게 같은 것은 아니었으나, 그래도 그런 짓은 어지간한 철면피가 아니고서는 행하지 못한다.

기본적으로 1인칭과 3인칭의 시점을 제공하고 있는 론도는 사용자의 의지에 따라 1인칭과 3인칭을 오갈 수 있을 뿐만 아니라, 3인칭 상태에서 카메라 시점의 변경이 어느 정도까지는 허용되고 있었다. 1인칭과 3인칭 시점의 변경은 게임 시간으로 하루에 한 번만 가능했다.

　전투를 하거나 일을 하기에는 3인칭이 가장 적합했다. 1인칭 시점은 직접 촉감을 느낀다거나 하는 것에 있어서 약간의 거부감이 있었기 때문에 대부분의 게이머들은 3인칭 시점을 사용했다.

　물론 3인칭 시점은 꽤 많은 단점을 가지고 있었다. 바로 게이머와의 싱크로(Synchro)가 현저하게 떨어져 버림으로써 발생하는 문제들이었다. 다른 일반 게임과 마찬가지로 캐릭터와 게이머는 그저 '남남'이 되어버리는 것. 3인칭 상태에서의 유저는 1인칭에 비해 현저하게 떨어지는 수준의 오감을 느끼기 때문에 사실상 캐릭터는 유저의 마리오네트 같은 것에 불과했다.

　그래도 대부분의 게이머들은 3인칭 시점을 사용하는 것이 가장 적합하다고 판단을 내리고 있었다. 갑작스런 적의 기습이라든가, 전체적인 상황을 살피는 데에도 3인칭이 가장 적합했던 것이다.

　많은 공략집에서도 3인칭 시점을 권장했다.

　하지만 그럼에도 불구하고 1인칭에 도전하는 몇몇 유저들이 있었는데, 그 이유는 가상현실 게임을 표방하는 론도의 특징 때문이었다.

위에서 대충 눈치 챘겠지만 론도의 또 다른 경악할 만한 특징은 게임임에도 불구하고 오감(五感)의 일부가 구현되었다는 것이었다. 물론 완전한 구현은 아니었다. 론도에서 구현된 것은 시각과 청각의 완전한 구현, 그리고 제한된 후각과 미각이었다. 그뿐만 아니라 가장 구현하기가 힘들다는 촉각의 일부까지 구현되어 있었다.

물론 통각은 제외되어 있었다.

이왕 할 거면 다 하면 좋지 않느냐 하는 게이머들의 말에 (주)레볼루셔니스트는 다음과 같은 답변을 했다고 한다.

"만약 통각이 구현되면 게임 상에서 사망한 게이머는 뇌파가 정지하여 실제로도 죽음을 맞이하게 됩니다."

그 말을 들은 게이머들은 바로 잠잠해졌다. 사실이 그랬다. 누가 실제 전투에서 고통을 느끼고 싶어하겠는가(설령 그것이 바늘에 찔리는 정도의 통증이라 할지라도). 마조히스트가 아닌 한 게임을 하며 통증을 즐기고, 도중에 비참한 죽음을 맞이하고 싶어하는 사람은 아무도 없을 것이다.

그렇다면 1인칭 상태에서는 공격받는 것을 어떻게 아느냐고? 촉각으로도 충분히 느낄 수 있다. 예를 들어서, 공격을 받게 되면 공격받은 자리에 뜨거움이나 시린 차가움을 느끼는 그런 식이다. 물론 기습을 당한 후에야 공격받은 사실을 알 수 있다는 점에 있어서는 매우 불편했다.

"하아!"

숨골을 지나 폐부에 깊숙이 스며드는 차가움에 청년 수련은 몸을 떨었다. 이토록 소름 끼치는 감각을 게임에서 느껴볼 수 있다니……. 수련은 여전히 광장 바닥에 누워 있었다.

분수대 근처의 매끄러운 대리석 바닥의 감촉이 손끝에 전해졌다. 처음에는 수련이 NPC인 줄 착각하고 주변을 기웃거리는 사람이나, 좋다고 같이 드러눕는 사람—할 말이 없다—도 몇몇 있었지만 이제 수련을 신경 쓰는 사람은 아무도 없었다. 그들의 관심 영역에서 수련은 완전히 벗어난 것이다.

현실이지만 현실이 아닌 곳.

그건 어쩌면 일종의 시험 같은 것인지도 몰랐다. 그 자신에 대한 확인, 그리고 세상에 대한 도전. 사람들의 시선을 신경 쓰지 않고 자신이 원하는 길을 걸을 수 있는 곳.

길?

수련은 문득 생각난 단어에 쓴웃음을 지었다. 길. 자신이 하는 일은 어떤 길이라고 이름 붙일 만큼 대단한 것이 아니었다. 그럼에도 불구하고 굳이 이름을 붙인다면…….

"로열 로드(Royal road)?"

로열 로드, 그리고 로열 로더. 게임계에서 첫 리그 진출에 우승을 거머쥔 자들에게 부여되는 호칭이었다. 그리고 과거의 수련 또한 로열 로더였다.

"그래, 로열 로드다."

자리에서 일어난 수련은 일단 마을의 대략적인 모양새를 파악할 생각으로 광장의 중심부를 향해 다가가기 시작했다.

역시나 밀려드는 인파는 상당했다. 정보에 의하면 대륙은 상상할 수 없을 만큼 넓었고, 시작 마을 또한 세기 힘들 만큼 많다고 했다. 그럼에도 불구하고 여전히 사람은 많았다. 마을 내의 어디엘 가도 보이는 것은 사람뿐. 수련은 괜히 조급해지는 것을 느꼈다.

그러던 와중에도 수련은 여기저기서 탄성을 터뜨렸다. 순수한 감탄에 가까운 울림이었다.

"굉장하다, 정말⋯⋯."

역시나 그래픽으로 구현할 수 있는 수준의 시각이 아니었다. 현실 그 자체, 그럼에도 불구하고 어쩐지 현실과는 다른, 미묘하게 이질적인 느낌에 수련은 전율 그 이상의 감각을 계속해서 맛보고 있었다.

"뭐가 굉장하다는 건가요?"

"아, 아니⋯⋯."

누군가가 토를 달 줄은 몰랐던지라 수련은 황급히 변명하며 목소리가 들려온 쪽으로 시선을 주었다.

붉은 머리를 길게 늘어뜨린 미청년이 서 있었다. 마치 조각으로 빚은 듯 새하얀 살결과 날카로운 턱을 가진, 그러나 동시에 따뜻한 눈을 가진 남자였다. 긴 눈꺼풀에서 미묘한 여성향이 느껴졌다.

자기도 모르게 말을 더듬어 버린 수련은 뒤늦게 얼굴을 붉했다. 상대방의 머리에는 회색 빛의 반투명한 상형문자 같은 것이 떠 있었던 것이다. NPC였다.

상대는 고작해야 NPC일 뿐인데……. 쓴웃음이 배어 나왔다.

"드림 워커(Dream walker)이신가 보군요."

NPC 남자가 말했다. 드림 워커란 게임을 플레이하는 게이머들의 약칭 같은 것이었다. 일부러 판타지적인 요소를 강조하기 위해 사용하는 호칭이었다.

남자는 초보 드림 워커가 해야 할 일들이나 주의해야 할 수칙, 생존법 등을 간략하게 설명해 주었다. 남자에 의하면 막 이 세계에 눈을 뜬 드림 워커들은 크게 두세 가지로 나뉜다고 했다.

"드림 워커들은 보통 왕국 군대에 지원하여 군인이 되거나, 혹은 자유로운 모험자로서, 또는 생산직에 종사하며 살아갑니다."

그러나 그것들은 이미 수련이 아는 내용이었기 때문에 수련은 그저 웃음을 띤 채 고개를 적당히 끄덕여 주며 남자의 말이 끝나기를 기다렸다. 이윽고 말이 멎자, 수련은 공손하게 인사를 하고 돌아섰다. 그것은 일종의 경외에 대한 예의였다.

그런데 그때, 남자가 뜻밖의 말을 꺼냈다.

"드림 워커는 '꿈'의 밖에서 다른 삶을 살아간다더군요. 정말입니까?"

순간 자신을 보는 남자의 시선에 이상한 간절함 같은 것이 묻어 있는 것 같은 느낌에 수련은 그저 입을 약간 벌린 채 멍청하게 남자를 바라보았다.

"대답하기 곤란하시다면 괜찮습니다. 그냥 물어본 것뿐이니까요."

"아… 네."

수련은 고개를 끄덕이고는 시선을 다른 곳으로 돌렸다.

방금 그건 뭐였을까. 그것도 프로그램되어 있는 것이었을까? 만약 이것도 프로그램이라면 이 게임은 뜻밖의 부분에서 굉장히 세밀하게 설계되어 있는 셈이다. 대체 왜? 그런 부분을 굳이 다듬을 필요가 있었을까?

NPC의 A.I를 타자(他者) 존재 고찰의 단계까지 끌어올리려면 과연 얼마나 많은 연산이 필요한 걸까? 이 정도면 얼마 전 읽었던 게임 판타지 소설에 육박하는 A.I이지 않은가.

순간 수련의 가슴속에 차가운 것이 스쳤다. 만약 방금 자신이 본 것이 기획사의 의도가 아니었다면? 수련은 그 생각에 문득 뒤를 흘끗 봤으나 예의 미청년 NPC는 인파 사이에 휩쓸려 사라진 뒤였다.

수련은 광장을 다시 훑어보았다. 유저들을 향해 말을 걸고 있는 수많은 NPC들. 대사는 아까 자신에게 말을 걸었던 NPC처럼 한결같았다.

"드림 워커들은 '꿈'의 밖에서 다른 삶을 살아간다더군요. 정말입니까?"

마지막 대사까지도.

역시 아무리 사람과 흡사해도 그들은 NPC인 걸까. 그는 애써 납득하며 걸음을 옮겼다.

그런데 마을의 입구를 나오는 순간 수련은 멈칫하고 발걸음을 멈추었다. 마을의 입구에 새겨진 기묘한 문양. 일정한 간격을 두고 적색으로 반짝거리는 그 문양은 어딘가 익숙한 형태를 이루고 있었다. 방패를 찌른 적색의 칼, 그리고 칼에 새겨진 문장.

신묘한 빛을 내며 반짝거리는 그 문양은 보는 시간이 길어질수록 거부감과 동시에 환멸 같은 것을 불러일으키고 있었다.

…뭐, 나랑은 상관없지.

한참 동안 그 엠블럼을 보던 수련은 이내 고개를 돌리고 사냥터를 향해 달려갔다.

"비켜! 비켜!"

"아우, 무슨 인간이 이렇게 많아!"

예상대로 사냥터에는 이미 사람들이 바글거리고 있었다. 클로즈 베타 테스터의 숫자는 약 10만여 명. 임시로 오픈한 초보자 마을의 숫자를 감안한다고 할지라도 최소한 한 마을에 백여 명의 유저가 분포하고 있으리라는 것이 수련의 생각이었다. 그 정도 숫자는 되어야 전체적인 균형이 맞을 것이기 때문이다.

나오기 전 알아본 마을의 이름은 루슈빌. 수련의 기억이 맞다면 루슈빌은 대륙전도에서 중남 쪽에 위치한 작은 마을이었다. 주변은 초보자용 몬스터들이 출몰하는 숲으로 뒤덮여 있고, 브룸바르트의 변경에 속하는 곳이었다.

다람쥐와 토끼를 쫓는 유저들이 주변에 산재해 있었다. 그러나 몬스터는 똑똑하고 또 재빠르다. 맥없는 유저들의 공격에 쉽게 맞아주지 않는다는 이야기다.

머리를 써야 한다.

주변을 뛰어다니는 토끼와 다람쥐를 보며 수련은 조심스레 돌멩이를 말아 쥐었다. 그리고 다른 한 손에는 주변을 굴러다니는 도토리 하나를 쥐었다. 수련은 목청을 가다듬고는 어울리지 않게 부드러운 목소리를 냈다.

"여기 있다, 꼬마야."

얼굴이 조금 붉어졌으나 어쩔 수 없었다.

석상처럼 가만히 앉아 손에 쥔 도토리를 살랑살랑 흔들어 보이자 이내 다람쥐들이 하나둘 기웃거리기 시작했다. 수련은 때려잡고 싶은 마음이 굴뚝같이 솟는 것을 간신히 참으며 도토리를 계속 흔들었다.

거리에 들어설 때까지 기다려야 한다. 거리에 들어설 때까지.

마침내 순진한 다람쥐 한 마리가 30㎝ 안쪽으로 기어들어오자 수련은 망설임없이 돌멩이를 다람쥐 위로 사정없이 내다꽂았다. 끼익! 하는 비명 소리와 함께 다람쥐가 죽고 다람쥐의 사체에서 은빛 가루가 흘러나왔다. 공격이 성공하자 어쩐지 잔혹한 쾌감 같은 것이 말초세포를 자극했다.

론도는 심의를 고려하여 몬스터 사냥 시 피 대신 가루나 입자가 흘러나오도록 설정되어 있었다. 사실상 피가 흘러나오게 해버린다면 아무리 성인이라도 미쳐 버릴 것이 뻔했다. 이곳은 가상현실이다. 상식적으로 하루에 수백 마리의 몬스터 피를 뒤집어쓰고, 다른 사람을 피케이한다면 미치지 않는 것이 이상한 것이다.

"그러니까 이렇게 도축 스킬을 배우던가……."

수련은 공략집에서 본 기억을 상기시키며 돌의 날카로운 단면을 이용해 가죽을 조금씩 끊어 자르기 시작했다. 이내 다람쥐의 안쪽이 텅 비고 다람쥐 가죽과 고기가 남았다.

[도축 스킬을 배우셨습니다.]

"뭐, 뭐야? 저 사람 벌써 도축 스킬을 쓰네?"

"벌써 스킬이라니, 버그 아냐?"

수련의 행위에 놀란 유저들 사이에서 웅성거림이 터져 나왔다. 버그니 어쩌니 마녀 사냥이 시작된 것이다. 그러나 무지한 유저들 사이에도 몇몇 똑똑이들이 있었다.

"바보냐? 겨우 클로즈 베타 테스트인데 버그 써서 뭐 하려고?"

"멍청이들, 저건 그냥 가죽에 돌 갖다 대면 배우는 거야."

수련은 안도감과 동시에 긴장감을 느꼈다. 이미 그들의 손에는 가죽이 몇 장씩 쥐어져 있었던 것이다. 수련보다 먼저 도축 스킬을 배웠다는 증거나 다름없었다.

이대로라면 늦다.

수련은 조급한 마음에 돌멩이와 도토리를 가지고 다시 다람쥐를 유인하기 시작했다. 그들보다 늦게 될 시 잘못하면 퀘스트를 못 받을지도 모른다는 생각이 뇌리를 울린 것이다. 그러나 마음이 급해진 탓인지 다람쥐는 잘 맞지 않았다.

"제길."

마음이 급해지면 안 된다. 조급해지면 아무것도 못해.

수련은 간신히 마음을 진정시키며 침착하게 다람쥐를 하나둘 다시 유인하기 시작했다. 그러다가 나중에는 어느 정도 요령이 생겨 도토리를 어떻게 흔들어야 다람쥐를 유인하기 쉬운지도 알게 되었다.

그런 식으로 다람쥐 다섯 마리를 잡은 수련은 다섯 개의 다람쥐 가죽과 고기를 가지고 정육점을 향했다.

슬그머니 다가가 전시된 고기들을 보며 NPC의 시선을 끌어들이는 데 성공한 수련이 명확한 발음으로 입을 열었다.

"흐흠, 여기 다람쥐고기는 안 파나요?"

그것은 키워드에 가까운 문장이었다. 키워드는 NPC에게 퀘스트를 받아내기 위한 조건 같은 것을 말했다. 그것은 NPC에게 어떤 문장을 말한다든가, 어떤 단어를 말한다든가 하는 것을 의미했는데, 키워드는 정형화되어 있는 것이 아니라 좀 더 추상적인 것이라서 어떻게든 NPC에게 반응을 이끌어낼 수만 있으면 상관없는 것이 보통이었다.

—퀘스트가 발동되었습니다.

다람쥐고기 같은 것을 누가 먹을까 싶었지만, 그래도 고기라니 먹을 수는 있는 모양이었다. NPC는 곧바로 응답해 왔다.

"음, 사실 요즘 다람쥐고기가 부족해서 걱정이라네. 예전만큼 물량이 들어오지 않아서 통……. 아, 자네 혹시 시간이 남으면 다람쥐고기 다섯 개를 모아주겠나?"

[다람쥐고기 수집 퀘스트]
난이도 : F
설명 : 누가 다람쥐고기 같은 걸 먹는지는 모르겠지만 아무튼 다람쥐고기가 부족하다고 한다. 마을 앞 사냥터에서 다람쥐를 잡아 고기를 구해오자. 실패 시 정육점 주인과의 호감도가 하락한다.

승낙―금방 다녀오겠습니다.
거부―쥐고기 같은 걸 대체 누가 먹습니까?

이걸 위해서 다람쥐고기 다섯 덩이를 미리 모아둔 것이나 다름없었다.

"금방 다녀오겠습니다."
―퀘스트를 승낙하셨습니다.
수련은 바로 품속에서 다람쥐고기 다섯 개를 꺼냈다.
"오… 정말 금방 다녀왔구먼, 이라고 해야 하나……."
고기를 본 주인이 속았다는 표정으로 그를 바라보자, 수련은 능청스레 고기 다섯 개를 건넸다. 주인의 표정이 영악하게 변한다.

"응? 내가 언제 다섯 개랬나. 여섯 개라고……."

NPC 주제에 머리를 쓰는군. 수련은 속으로 조소를 머금었다.

"사기 싫으신 거면 그냥 가겠습니다."

"아, 아닐세. 여기 있……."

퀘스트의 보상은 50카프. 하지만 수련이 원한 것은 그게 아니었다.

"저기, 괜찮으시다면 50카프 대신 남는 식칼을 하나 주실 수 있으신가요?"

아직 많은 사람들이 모르는 사실이지만, 알파 테스트에 참여한 많은 테스터들은 이 퀘스트의 숨겨진 보상을 알고 있었다.

보상은 바로 식칼. 초반에 구할 수 있는 제일 싼 무기가 2실버라는 것을 고려하면, 주요한 무기인 식칼의 습득은 초반 육성에 매우 유용한 무기였다.

"으음, 오늘은 이상하게 전부 식칼을 원하는군. 단체로 회라도 썰 생각인가?"

정육점 주인은 투덜대면서도 도마 위에 놓여 있는 칼 중 하나를 건네주었다.

"여기 있네. 마지막 식칼일세."

[퀘스트를 완료하셨습니다.]

[정육점 주인의 호감도가 50 증가합니다.]

식칼을 습득한 후 도축장에 가서 다람쥐 가죽마저 팔아치운 수련은 마을의 변경을 샅샅이 수색하고 있었다. 이미 초보자 사냥터에서 사냥할 수준은 벗어났기 때문이기도 했지만, 찾는 것이 있었기 때문에 헤매고 있다고 보는 편이 더 알맞았다.

"이 근처에 있다고 한 것 같은데……."

수련은 얼마 전 읽었던 프로게이머가 공략한 매뉴얼을 되새기며 근처를 살폈다. 마을에서 조금 떨어진 곳. 얕은 풀이 자라는 시크 숲을 지나면 나타난다는 작은 수련장.

"으음, 여기로군."

이미 수련장의 내부에는 많은 유저들이 허수아비를 때리고 있었다. 유저들의 손에는 각각 목검, 나무 창, 나무 몽둥이 등 초반에 교관 NPC로부터 무료로 지원받을 수 있는 간단한 무기들이 쥐어져 있었다.

다만 쓰고 난 무기는 반드시 반납해야 하기 때문에 그것으로는 사냥을 할 수 없다는 단점이 있었다.

"모든 마을을 기준으로 남서쪽에 수련장이 있다라……."

수련은 작게 뇌까리고는 바로 등을 돌렸다. 지금 수련으로 능력치를 올릴 만큼의 여유는 없었다. 그런 건 본 서비스가 시작된 후에 해도 된다. 지금은 우선…….

"어어, 자네는 수련을 안 할 셈인가?"

멀어지는 그의 등 뒤로 당황한 NPC의 목소리가 가늘게 들려왔다.

수련은 클로즈 베타 테스트 기간이 끝날 때까지 틈틈이 레벨업을 하며 오로지 필요한 장소의 위치나 스킬, 퀘스트와 노하우를 파악하는 것에만 주력했다. 어차피 리셋되는 레벨이나 아이템은 중요하지 않았다. 레벨은 위험 지역을 아슬아슬하게 통과하기에 적당한 수준이면 되었다.

게다가 클로즈 베타 테스트 기간 동안은 캐릭터가 죽어도 아이템을 떨어뜨리지 않으며, 본 서비스에서는 제한되어 있는 열 개의 목숨 페널티—정식 서비스에서는 열 번을 죽으면 더 이상 캐릭터를 사용할 수 없게 된다—도 없었다.

수련의 직업은 헌터. 헌터 중에서도 맵 메이커(Map maker)라는 기괴한 이름의 비선호(非選好) 직업이었다. 그는 가능한 한 다른 유저들이 가보지 않은 장소만 골라서 간 후 정보를 모았으며, 다른 유저들이 많이 출입하는 곳의 정보는 팬 사이트를 통해서 입수했다.

그런 식으로 누구보다도 많은 정보를 모으게 되면, 정식 서비스가 시작된 순간 누구보다도 유리한 고지를 점령하리라는 것이 수련의 생각이었다.

그러나 수련은 얼마 지나지 않아 자신의 약점을 깨닫게 되었다.

"후, 여기에서까지……."

왼팔.

왼팔은 게임 속에서도 제대로 움직여 주지 않았던 것이다. 현실의 인체를 모티브로 가상의 인체가 구성되기 때문에 벌어지는 현상인 것 같았다. 3인칭 상태로 시점을 전환한 후에도 왼팔은 계속해서 방해가 되었다. 생각대로 잘 움직여 주지 않는 왼팔. 현실만큼은 아니었지만 꺼림칙한 기분은 어쩔 수가 없었다. 하지만 수련은 그것에 굴하지 않고 계속해서 대륙을 여행하고, 정보를 긁어모았다.

모든 생활 스킬을 다 체험해 보았으며, 게임 속에서 특이한 사건 같은 것이 발생하면 하나도 빼놓지 않고 동영상으로 저장해 둔 후 현실로 돌아와 간단한 메모를 남겼다.

전투 스킬은 기본적인 기술을 위주로 연마했다. 많은 유저들이 무시하는 기본 기술은 사실 전투에 있어서 가장 중요한 요소라는 것을 수련은 잘 알고 있었다.

처음 검술을 배우면 익힐 수 있는 횡 베기와 종 베기, 그리고 십자 베기. 이 세 가지 기술만 잘 연마해도 게임의 초, 중반에 등장하는 대부분의 몬스터들을 어렵지 않게 상대할 수 있었다. 많이 사용하다 보면 기본 기술이 새로운 기술로 진화하는 경우도 있었다. 무조건 강한 기술만이 최고는 아니었던 것이다.

그 외에도 수련은 몬스터 길들이기[Monster taming] 스킬에도 신경을 썼다. 직업이 헌터였기 때문에 그런 프리 스킬(Free skill)의 수련에도 충분히 숙련을 투자할 수 있었다.

굳이 몬스터를 펫으로 삼으려 한 이유는, 그의 특기가 바로 멀티태스킹(Multi-tasking)이었기 때문이다. 프로게이머로 지내는 동안 그가 정상의 자리에 군림하게 해준 능력도 바로 그의 멀티태스킹 능력이었다. 다중 작업 능력.

수련은 다른 게이머가 세 개의 화면을 처리할 때 다섯 개 이상의 화면을 보고 판단을 내릴 수 있었다. 그런 압도적인 멀티태스킹 능력을 적극 활용하려면 당연히 자신이 조종하는 캐릭터 외에 다른 개체가 있어야만 했다.

그러나 몬스터 테이밍 스킬은 그 제한 시간이 있었기 때문에 효율이 떨어졌고, 수련은 주저없이 몬스터 테이밍 스킬을 포기했다. 다른 방법을 찾기로 한 것이다.

꾸준히 기본 스킬을 연구하고 검과 활, 창 등 모든 종류의 무기를 섭렵하여 숙련을 올렸다. 가능한 한 다양한 무기를 사용해 보고 장단점을 알아야만 했기 때문이다. 정확히 다섯 시간의 수면, 그리고 한 시간의 운동. 아침, 점심, 저녁을 다 포함해서 밥 먹는 시간 한 시간을 제외하면 나머지 시간은 항상 게임에만 몰두했다.

여동생과 엄마의 걱정이 뒤따랐으나, 지금은 치수 재고 옷입을 때가 아니었다.

그렇게 삼 개월이 순식간에 자나갔다.

클로즈 베타 테스트가 종료된 후, 레볼루셔니스트는 유저들의 원성을 들어야만 했다. 죽어라 키운 캐릭터의 레벨과 장비가 모두 리셋되다니! 알고 있었던 사실임에도 불구하고 유저들은 계속해서 항의했다. 그나마 아이디가 남아 있는 것이 다행이긴 했으나, 최소한 자기가 입고 있는 장비만이라도 유지되게 해줘야 되지 않겠냐는 것이 유저들의 말이었다.

제일 강력하게 시위를 벌인 것은 중 레벨 플레이어들이었다. 가장 막심한 피해를 입었을 고 레벨들은 오히려 담담한 편이었다. 현실을 빠르게 자각한 것이다.

레볼루셔니스트는 사태를 냉정하게 처리했다. 유저의 말을 무시하는 게임도 재미가 없지만, 유저들의 말에 질질 끌려다니는 게임 또한 재미가 없다는 사실을 레볼루셔니스트의 제작진들은 잘 알고 있었다.

레볼루셔니스트의 게시판에는 하루에도 수천, 수만 건의 게시물이 올라오곤 했는데, 근래에는 그중 대부분이 항의 게시물이었다.

제목 : 운영자 시바새키들
ID : 핫쉔

아, 운영자님들, 너무한 거 아닌가여. 제가 밤잠 안 자고 죽어라 론도해서 섭 마법사 지존 만들어놨는데, 이건 뭐, 레벨도 리셋한다 하고 아이템도 리셋한다 하고. 우리가 지난 3개월간 지롤한 건 대체 뭡니까?

ㅅㅂ, 짜증나네. 죽어라 키워서 마법사 지존 캐릭 만들어놨더니 다 삭제한다고 지랄이야.

밑의 댓글은 다음과 같았다.

오크맙소사 : 웃기시네. 내가 론도 마법사 지존이었거든?
서버를 통틀어서 파이어 월까지 습득했던 마법사는 나뿐일걸?
ㄴ Re. 니이모를찾아서 : 윗님들 웃기시네. 마법사 지존은
그란시엘님이거든여? 모르면 깝치지 마시져?
ㄴ Re. 오크맙소사 : 지롤.
ㄴ Re. 니이모를찾아서 : 즐.

진수련의 클로즈 베타 테스터 랭킹은 15,334위. 유저가 10
만 명이었던 것을 감안하면 꽤 높은 수치였으나, 수련은 내심
불만스러웠다. 비록 자신이 레벨업에 큰 비중을 두지 않았다
고 하더라도 나름대로 올릴 만큼 올린 레벨이라고 생각했는데
겨우 15,334위라니 인정할 수 없었다.

세상은 넓고 게이머는 많다. 수련은 다시금 명언을 되새겼
다.

오택성의 전화가 온 것은 다음날이었다.

"내일이 정식 서비스 개시일일세. 준비는 끝났나?"

"물론이죠."

자신감 넘치는 목소리가 수화기를 메운다.

"뭐야? 지나친 자신감 아닌가?"

어쩐지 장난기가 감도는 오택성의 목소리에 수련이 청량한
웃음을 터뜨렸다. 진짜 하고 싶은 일을 찾은 사람만이 낼 수
있는 특유의 웃음. 오택성은 그 웃음소리를 들으며 마음을 놓
는 듯했다.

"자네를 위해 몇 가지 안배를 해두었네."

"안배요?"

"하하, 먼저 가르쳐 주면 재미없고, 차차 알게 될 걸세."

오택성의 우렁찬 웃음소리가 수련의 귓가에 가만가만히 울려 퍼졌다.

EPISODE **003**
Illusion

텔레비전의 액정에는 두 명의 남녀 MC가 나와서 코너를 진행하고 있었다. 방송의 이름은 '론도, 이렇게 하면 나도 할 수 있다!'.

"…그렇게 해서 오늘의 론도 노하우를 모두 알아봤는데요, 다음 코너는 '이 주의 동영상' 시간입니다. 정식 서비스를 앞둔 만큼 론도 클로즈 베타 테스트 중 최고의 동영상을 뽑아봤는데요, 영돈 씨?"

MC 레아는 나름 깔끔한 미소를 지으며 남자 MC 영돈을 바라보았다.

"아, 네. 동영상에 빠져서 그만……."

브라운관을 보다 화들짝 놀란 남자, MC 영돈이 머쓱하게 웃었다. 프로그램의 진행자씩이나 되는 남자가 넋을 놓을 리가 없다. 그건 자기 밥줄을 놓는 것이나 다름없는 행위. 당연히 그의 행동은 의도된 것이었다. 진행자의 인간미를 부각시키기 위해서일까?

"에이, 혼자서만 보지 마시고 시청자 분들께도 보여주셔야 죠!"

레아가 애교있게 눈웃음치자, 영돈의 얼굴이 미미하게 붉어졌다. 저것도 의도된 걸까?

"하하. 네, 그래야죠. 그럼 여러분, 다 같이 '이 주의 동영상' 을 시청하시겠습니다."

"그럼 영상을 보시겠습니다."

곧 MC들의 위로 화면이 오버랩되더니, 이내 구색을 갖추기 시작했다.

동영상은 클로즈 베타 테스트 마지막에 벌어졌던 론도 토너먼트의 결승 장면이었다. 거대한 콜로세움의 관중석을 빼곡하게 채운 유저들의 모습이 보였다. 유저들은 각각 마음에 둔 선수들을 응원하기에 여념이 없다.

익숙한 두 남자의 얼굴. 수련은 그들이 누군지 알고 있었다.

신의 손 마태준과 마왕 강용성.

외형에 조금씩 변화가 있는 것 같았지만, 수련은 그 둘이 틀림없이 그들일 거라 확신했다. 그들이라면 충분히 결승의 무대에 설 만한 실력과 센스를 갖추고 있으니까. 게다가 토너먼트 화면에 출력된 아이디도 수련이 아는 그들의 것과 같았다.

마태준의 아이디는 마에스트로, 강용성의 아이디는 벨라로 메였다.

"마에스트로 선수의 선공이 시작됩니다!"

마에스트로의 적색 검에서 붉은빛 오오라가 피어오르기 시작했다. 눈부신 광휘가 터져 나옴과 동시에 불꽃을 담은 검기가 허공을 갈랐다. 이에 맞서는 강용성도 만만치 않았다. 강용성이 가진 것은 암흑의 도끼. 한때 마왕이라 불렸던 그답게 도끼에서는 시커먼 오오라가 흘러나오고 있었다.

검과 도끼가 교차하며 날카로운 파찰음이 튀겼다. 힘에서는 강용성이, 기술적인 면에서는 마태준이 앞서고 있는 듯했다. 서로의 실력이 막상막하였기 때문에 승부는 쉽사리 나지 않았다.

시간이 갈수록 초조해지는 것은 마태준 쪽이었다. 상대적으로 체력적인 측면에서 뒤떨어지기 때문이었다. 초조가 점차 분화해 마침내 상대방의 눈에도 훤히 보일 정도가 되자, 마태준은 승부를 결심하는 듯했다.

검의 잔영이 다섯 개로 분화하며 작은 불꽃의 적룡을 이루었다. 엄청난 양의 마나가 한 번에 검극으로 집중된다.

소드 오브 플레임 드래곤(Sword of flame dragon)!

마태준의 필살기가 발휘된 것이다. 불꽃의 적룡은 커다란 입을 벌린 채 크게 울부짖으며 강용성을 향해 쇄도했다.

피어 오브 다크 데몬(Fear of dark demon)!

강용성의 필살기는 일시적으로 포효를 터뜨려 자신의 능력치를 비약적으로 상승시키는 스킬이었다. 커다란 노호성을 지른 강용성의 온몸에서 다크 오오라가 흘러나왔다. 검은빛 마나가 집중된 그의 도끼가 크게 호를 그렸다.

쫘앙!

마나와 마나가, 도끼와 적룡이 부딪치며 커다란 폭음을 낳았다. 승부는 어떻게 된 걸까? 수련은 입에 침이 마르는 것을 느끼며 화면에 집중했다. 그리고 이내 결과가 나왔다.

"아, 아아!"

관중들의 환호성이, 진행자의 감탄사가 토너먼트 홀을 가득 메운다. 서 있는 것은 승자, 쓰러진 것은 패자. 먼지가 걷힌 그곳에는 한 손으로 검을 짚은 채 간신히 서 있는 마태준과 쓰러진 강용성이 있었다.

"마에스트로 마태준 선수의 승리입니다!"

화면을 가득 채워가는 환호. 수련은 방금 전의 전투를 계속해서 머릿속에 시뮬레이션했다. 만약 자기라면 이길 수 있었을까? 아니면……?

생각하는 사이 어느새 프로그램이 끝났다는 것을 깨달은 수련은 텔레비전을 끄고 컴퓨터 앞에 앉았다. 그리고는 뭔가를 열심히 메모하기 시작했다.

"그러니까… 더블유 더블유 더블유 쩜……."

http://www.infrablack.com

수련은 차근차근 인터넷 주소 창에 도메인을 입력해 나갔다. 입력이 완료되자 그곳에는 곧 시커먼 색으로 도색되다시피 한 사이트 하나가 나왔다. 아무것도 없는 순수한 검은색. 수련은 그곳에서 맨 오른쪽과 맨 왼쪽, 맨 위쪽과 맨 아래쪽의 검은색 면을 뒤져 커서가 손가락으로 바뀔 때마다 한 번씩 클릭한 후, 마지막으로 중앙 부근에서 링크를 찾아 눌렀다.

―인프라블랙에 접속하셨습니다.

인프라블랙.

대부분의 사람들은 알지 못하는 비밀 게임 정보 공유 사이트. 우연한 제의로 인해 얼마 전부터 활동하기 시작한 수련은 독특한 론도 정보들을 수없이 제공한 덕택에 이미 S급의 정보를 공유할 수 있는 플래티넘 스컬(Platinum skull)의 레벨에 올라 있었다.

수련은 S급 회원만 접속할 수 있는 비밀 채팅 방에 접속했다.

[Black #8님께서 채팅 방에 입장하셨습니다.]

마스터와 세컨드 마스터, 그리고 여덟 명의 블랙 멤버로 이루어진 S급 회원의 명단. 마스터는 Infrablack이라는 아이디를, 세컨드 마스터는 Chaosblack이라는 아이디를 가지고 있었고, 나머지 멤버는 모두 Black이라는 아이디를 사용하고 있었다. 개개인을 보호하기 위해서인 듯했는데, 이미 채팅 방에는 그를 제외한 일곱 명의 블랙이 접속해 있었다. 아이디 뒤에 붙는 숫자는 들어온 순서대로 매겨지는 것이었다.

이렇게 많은 숫자의 블랙이 모여 있는 것을 본 적이 없는 수련은 조금 놀라고 말았다. 아마 론도 오픈 이후 항시 채팅 방에 접속해서 정보 교환을 기다리는 모양이었다.

—Black #8, 거래하겠나?

말을 건 것은 세컨드 마스터인 카오스블랙. 그가 바로 수련에게 이곳을 알려준 장본인이었다. 접촉해 온 곳이 게임 속이었기 때문에 그가 어떤 사람인지에 대해서는 전혀 알 수 없었다.

—그래.

—가지고 온 정보의 수준은?

—S급.

여느 게임이 그렇듯이, 정식 서비스 첫날에는 초보자 사냥터에서 제대로 된 사냥을 하는 것이 거의 불가능하다. 게이머들의 대부분, 아니, 거의 모든 게이머들이 게임 시작과 동시에 사냥터로 달려나가는 것이 일반적이기 때문이다. 하지만 그나마 다른 게임에 비하면 유저의 분포도는 제법 고른 편인지라 사냥이 아주 어려워 보이지는 않았다.

수련은 정식 서비스가 시작되자마자 게임에 접속했다. 예상대로 아이템과 레벨은 모두 리셋되어 있었다. 조금 허탈한 기분이 들었지만 그런 감상에 젖어 있을 시간이 없었기 때문에 얼른 몸을 움직였다.

수련은 능숙하게 사냥터로 나가서 다람쥐 가죽과 고기를 얻었다.

"돈으로 주세요."

이번에는 정육점에서 식칼을 얻지 않았다. 이젠 정육점에서 식칼을 얻어가는 것이 정석 플레이가 되었기 때문이다. 다람쥐 가죽으로 식칼을 얻어가던 유저들이 한심하다는 눈으로 수련을 바라보았다.

그는 남은 고기도 모두 처분했다. 그 결과 얻은 돈은 약 1실버.

그는 1실버를 모조리 3카프짜리 빵으로 바꾸어 인벤토리에 넣었다.

"1실버 다 받고 34개 넣어드릴게요."

많이 구입한 탓인지 제과점의 카렌이 웃으며 서비스를 넣어주었다. 수련은 공손하게 감사의 인사를 표했다. 이런 사소한 것들도 NPC의 호감도 상승에 큰 도움이 된다.

빵을 든 수련이 도착한 곳은 뜻밖에도 사냥터가 아니라 수련장이었다.

"아마 이 근처였지?"

수련은 기억을 반추하며 낯선 마을의 요모조모를 살펴 숲길을 헤쳐 나아갔다. 여전히 마을의 입구에 자리 잡은 특이한 엠블럼, 그리고 이미 클로즈 베타 테스트 당시 한번 겪어보았던 익숙한 숲.

웅성웅성.

벌써 사람들이 와 있는 건가?

속으로 이를 악물었다. 사실 그것도 당연한 것이, 정식 서비스 이전의 클로즈 베타가 이루어지기 전에 여러 번의 알파 테스트가 시행되었던 데다가, 이 장소를 알려준 매뉴얼 북의 판매량만 해도 거의 10만 부에 육박했던 것이다. 게다가 소설에서도 흔히 나오는 이야기가 아닌가.

아마 여기에 몰려온 녀석들은 모두 매뉴얼 북과 게임 판타지를 읽고 찾아온 것이리라.

수련이 일부러 이 마을을 선택한 이유도─정식 서비스에서는 허용 범위 내에서 시작 마을을 정할 수 있게 되었다─이 수련장으로 오기 위해서였다.

"야야, 아무래도 그 매뉴얼, 구라였던 것 같다."

"시바, 뭘 치라는 거야? 아무리 쳐도 퀘스트는 안 주잖아?"

"야! 빨리 퀘스트 달라고!"

퀘스트? 그런 걸 줄 리가 없지. 수련은 속으로 코웃음을 쳤다.

꽤 많은 유저들이 성화를 부리고 있었다. 개중에는 NPC에게 매달려 생떼를 쓰는 유저도 있었다. NPC는 무뚝뚝한 표정으로 유저를 흘끗 보고는 고개를 돌려 버렸다.

나름대로 빨리 접속해서 온다고 오긴 했는데, 이미 수련장의 허수아비들은 서로 쳐대려고 욕심을 부리는 유저들 사이에서 넝마가 되어가고 있었다.

수련은 한 걸음을 물러서서 정황을 살피기로 했다. 보아하니 이들 중 매뉴얼대로 제대로 된 성과를 올린 사람은 없는 것 같았다.

"이건 뭐, 경험치가 오르는 것도 아니고… 그렇다고 해서 숙련이 오르는 것도 아니고."

"아니, 숙련은 올라. 너, 3인칭 모드로 안 바꿨지? 3인칭 모드에서는 숙련치가 바로 보여."

"아냐, 그 새끼 구라쳤네. 꼴에 프로게이머라고."

불평이 마구 쏟아졌다. 상황을 보아하니 아무래도 매뉴얼에 나오는 내용을 구라로 몰아가는 추세였다. 그러나 수련은 쉽게 자리를 뜨지 않았다. 얼른 사냥터로 가지 않으면 늦을 텐데도 그는 자리에 가만히 서서 유저들을 지켜보았다.

수련장 쪽으로 새로이 들어오는 유저도 많았고, 실망하고 나가는 유저도 많았다. 출입의 반복, 그 거대한 강의 흐름에서 오직 그만이 정체되어 있었다.

그는 멍하니 나무등치에 기대어 세 시간가량을 더 기다렸다.

얼마나 시간이 흘렀을까.

"특이하군."

누구를 향하는지 모를 텁텁한 목소리가 공기를 울렸다. 혹시나 수련장의 NPC 발자크가 아닐까 해서 돌아봤으나, 그곳에는 전혀 엉뚱한 인물이 서 있었다. 발자크는 아직도 수련장의 한쪽 구석에서 유저들에게 구타를 당하고 있었다.

단단한 수염을 가진 중년인은 성큼성큼 다가오더니 수련의 옆에 풀썩 기대섰다. 무게가 실린 나무등치가 미미하게 진동했다. 과연 대단한 게임이었다.

"자네도 그 책을 본 모양이지?"

수련은 대답하지 않았다. 모르는 인물과 생각없이 정보를 공유하는 것은 그리 현명한 일이 아닌 것이다.

"왜 허수아비를 치지 않는 건가?"

수련은 턱짓으로 수련장 내부를 가리켰다. 이미 화가 날 대로 난 유저들은 감정을 다스리지 못해 다툼을 벌이고 있었다. 게다가 유저의 공급량이 허수아비의 수보다 많은 탓에 자리를 두고 싸움이 심화되어 갔다.

"자리가 없다는 말인가?"

수련은 고개를 끄덕이며 덧붙였다.

"그보다는 휘말리고 싶지 않아서요."

"하하, 소심한 청년이로군."

수련의 눈썹이 꿈틀거렸다.

"요즘은 아저씨도 게임합니까?"

수련의 말에 남자가 짓궂게 웃었다.

"아저씨라니? 이봐, 난 아직 서른 살이라고. 그리고 요즘은 할아버지도 게임하는 시대인 거 모르나?"

남자의 불평에도 수련은 별 반응을 보이지 않았다. 시선은 허수아비들 사이에 고정되어 있었다. 무슨 생각을 하고 있는지 알 수 없는 눈은 사물 그 자체를 직시하기보다는 뭔가를 끊임없이 가정(假定)하는 빛을 띠고 있었다.

남자가 툴툴거렸다.

"소심한 데다가 성격도 밴댕이 소갈딱지로군."

"상관할 바 아니잖아요."

수련은 얼른 이 귀찮은 남자가 사라져 줬으면 했다. 남자는 흐흠 하고 헛기침을 하며 웃더니 이내 몸을 돌려 시야에서 사라졌다. 다음과 같은 말을 남긴 채로.

"헛수고니까 빨리 포기하는 게 좋을 거야. 지금 자네가 이러고 있는 동안에 다른 플레이어들은 레벨업을 통해 정상의 자리를 다투고 있다고."

수련은 여전히 수련장에 시선을 꽂은 채 침묵을 지켰다.

수련장이 잠잠해지기 시작한 것은 수련이 도착한 후 여섯 시간이 경과한 후였다. 마침내 아무도 치지 않는 허수아비가 생기자 수련은 발자크에게서 목검 한 자루를 지급받았다. 유저들에게 얼마나 맞았는지 몸 여기저기에는 멍과 상처로 그득했다. 물론 피 대신 흐르는 것은 은빛 입자였다.

그로테스크한 시각적 효과를 없애기 위한 장치였다. 게임 내에서는 은빛 입자를 많이 흘릴수록 라이프 게이지가 감소했다.

"많이 아프시겠네요."

반사적으로 튀어나온 말에 수련은 자기도 모르게 움찔거렸다.

그는 NPC를 보며 잠시나마 아버지의 마지막을 추억했다. 아버지가 죽고 난 후, 노숙자나 부당하게 맞고 있는 사람을 볼 때마다 수련은 아버지가 생각났다.

아버지가 정말 그런 최후를 맞이했을지는 알 수 없었다. 어떤 연관성도 없을지 모르지만 생각이 연결되는 것을 막을 수는 없었다.

발자크는 아무런 대답도 하지 않았다. 어차피 대답을 기대하지 않은 답변이었다. NPC에게 동정을 느낀다는 것도 어처구니가 없는 일. 수련의 말은 NPC의 프로세서가 인식할 수 없는 종류의 것일 것이다.

"걱정해 줘서 고맙군."

무표정에 무감각한 답변이었다. 그러나 대답이 돌아왔다는 것 자체에서 수련은 조금 놀라며 고개를 끄덕였다.

허수아비를 치는 것은 제법 고된 일이었다. 고통이나 체력의 한계를 느끼는 감각이 현실보다 훨씬 미비했기 때문에 더욱 지루했다. 아니, 사실 그런 임계점이 주어져 버린다면 대거의 유저들이 더 빨리 떨어져 나갈 것이 뻔했다.

억지로 힘들여 게임하고 싶은 사람은 아무도 없다. 그저 즐기기 위해 게임을 하는 것일 뿐.

"젠장……"

자기도 모르게 흘러나온 육두문자에 수련은 반사적으로 입술을 깨물었다. 이해할 수 없었다. 왜 여기까지 와서 이런 거지? 신체의 장애는 아무 상관도 없다며?

문제는 왼팔이었다.

접속할 때부터 미미하게 존재했던 왼팔의 기이한 위화감.

"움직여. 움직이라고!"

분명히 움직이고는 있었다. 신경을 잃은 채 너무 오랜 시간이 지났기에 뇌가 왼팔을 제대로 인지하지 못하는 것일까? 왼팔은 그가 원하는 의도대로 움직여 주지 않았다.

현실만큼은 아니어도 반응이 느릴 때도 있었고, 전연 엉뚱한 방향으로 꼬일 때도 있었다.

"후우……."

수련은 게임 시작 전 착용을 권유하던 검은색의 밴드를 떠올렸다. 밴드는 유저의 실제 신체와 가상 신체의 싱크로 접점을 최적으로 만들기 위해 사용하는 컨트롤 장치. 그렇다면 역시 실제 신체가 게임에도 미약하게나마 영향을 미친다는 것일까. 클로즈 베타 테스트 때도 그랬지만 말을 듣지 않는 왼팔을 다스리는 것은 고역이었다.

수련은 마음을 가다듬었다. 좋게 생각하기로 했다.

'그래, 이건 어쩌면 다른 유저들도 한 번씩 겪는 현상일지도 모르지. 게임상의 버그일지도 모르고……. 세상에 완벽한 게임은 없으니까.'

스페이스 오페라나 스타크래프트2의 경우에도 버그는 얼마든지 존재했다. 버그들 중에는 공식 경기에서 허용되는 것들도 있어서 그걸 얼마나 시기 적절하게 사용하느냐가 승패에 큰 영향을 줄 때도 있었다.

수련은 긍정적으로 생각하기로 했다. 마음대로 팔이 움직이지 않는다면 마음대로 움직이게 만들면 되는 거다.

게임의 하루는 저물어 있었다. 나긋하게 깔리는 땅거미. 시커먼 어둠이 몰려오고, 일정한 양의 공기를 태워낸 태양은 구름 사이로 녹아 없어져 갔다.

대부분의 유저들이 지쳐 나가떨어져 버렸고, 개중에는 시간 낭비만 했다며 욕을 하는 유저도 있었다. 수련장에 대한 소문이 퍼져 나갔는지 시간이 지날수록 수련장을 찾는 유저들의 숫자도 줄어들어 갔다.

그러나 아직도 허수아비의 반 정도는 유저들이 공격을 가하고 있었다. 유저들 중 엑기스만이 남아가는 것이다. 허수아비의 비밀을 알고 있는 유저들. 수련도 그중 하나였다.

수련은 다양한 자세로 허수아비를 공격했다. 물론 허수아비를 공격한다고 해서 레벨이 오르는 것은 아니었다. 게다가 올릴 수 있는 숙련에도, 능력치에도 한계가 있었다.

캐릭터의 움직임이 둔해지면 수련은 잠시 휴식을 취하며 다른 플레이어들을 구경하거나 여러 가지 생각들을 정리했다. 체력이 떨어지면 맛없는 빵을 씹고, 수통에서 물을 벌컥벌컥 마셨다.

그리고 다시 검을 휘두르고, 주먹을 휘둘렀다. 그렇게 하루가 저물고, 비슷한 하루가 또 반복되었다.

이튿날의 저녁.

수련은 여전히 검을 휘두르고 있었다. 이제 유저는 삼분의 일로 줄어들었다. 그만큼 단일 작업을 반복한다는 것은 지루한 일이다.

수련이 인프라블랙에서 얻은 정보는 허수아비를 통해 올릴 수 있는 능력의 최대치였다. 수련은 그 대가로 클로즈 베타 테스트 당시 알아낸 비밀 던전 한곳의 위치를 제공했다.

—좋아, 충분하군. 허수아비를 통해 올릴 수 있는 능력치를 알려주겠다. 허수아비를 공격해서 올릴 수 있는 최대 효율의 능력치는 힘 50, 민첩 40, 체력 40이다. 숙련의 경우, 십자 베기는 총 18단계 중 10단계, 횡 베기와 종 베기는 18단계 중 15단계까지 올릴 수 있다. 소드 마스터리는 5단계까지 수련이 가능하다고 한다. 나머지 정보는 확실하지 않아서 말해주기가 버겁군.

정보 제공자는 Chaosblack. 일설에 의하면 그는 게임상에 존재하는 대부분의 버그를 알고 있다고 했다.

—그리고 이건 S급 정보지만, 어차피 곧 대부분의 사람들이 알게 될 테니 특별히 알려주지. 1인칭과 3인칭에 관해서 알고 있나?

—알고는 있어.

수련은 떠보는 말투에 속지 않기 위해 조심해서 답했다. 여기서 젠 체를 해버리면 얻을 정보도 얻지 못하게 된다.

—대부분의 사람들은 3인칭 시점을 사용하지. 하지만 그렇다면 1인칭의 존재 이유는 뭘까?

—비밀이 숨어 있다는 건가?

세컨드 마스터 Chaosblack은 찰나의 침묵을 지켰다. 수련은 어쩌면 그가 웃고 있을지도 모른다는 생각을 했다. 그래. 카오스블랙은 짧은 긍정에 빠르게 덧붙여 말했다.

—너무 많이 알려주면 재미없으니까 그 이후는 직접 알아보도록 해. 아, 힌트를 하나 알려주지. 인프라블랙의 멤버라면 당연히 '론도, 이렇게 하면 쉽다!' 정도는 읽어봤겠지?

[체력이 상승했습니다.]

[민첩이 상승했습니다.]

[십자 베기의 숙련도가 증가합니다.]

그리고 힌트의 끝을 쫓아 도착한 수련장.

차가운 어둠이 내리깔리고, 공기의 밀도가 일정함을 유지했다. 시간이 더해갈수록 수련의 왼팔도 점차 자연스러운 궤적을 그려내기 시작했다.

"역시 그렇군."

수련이 착안한 것은 게임 시스템 그 자체였다. 애초부터 현실의 게이머와 캐릭터 사이에 백 퍼센트의 싱크로가 이루어질 수는 없었다. 일정한 간격만큼의 괴리가 있기 마련이다. 기본적으로 통점이 제거되어 있다는 것에서부터 그랬다.

거기서 수련은 1인칭 시점의 비밀을 알아챘다.

그는 무엇보다 캐릭터 자체에 적응하는 것이 중요하다는 판단을 내렸다. 뇌파의 명령이 항상 정확한 것은 아니다. 겨냥한 검이 어긋날 수도 있고, 목표물을 비껴 나갈 수도 있다. 게다가 바로 앞에 떨어진 물건을 줍지 못할 수도 있다. 유저 자신에게 맞는 명령이 아니라, '캐릭터에 맞는' 움직임을, 그에 맞는 명령, 스스로가 캐릭터가 되어 구체적인 명령을 내리는 것이 중요했다.

그러나 위와 같은 문제는 1인칭 시점을 사용하는 경우에 해당하는 이야기였다.

사실 3인칭 시점을 이용한다면 위와 같은 문제는 쉽게 해결할 수 있었다. 캐릭터가 유저의 뇌파를 재빠르게 자각하고 그에 맞는 행동을 취하기 때문이었다. 테스트 초기에는 뇌파의 명령이 너무 추상적일 시 캐릭터가 굳어버리는 버그가 있었으나, 테스트가 진행되면서 그런 버그들도 차차 사라졌고, 현재는 대부분의 유저가 3인칭 시점을 택하는 것이 정석처럼 되어 있었다.

[1인칭 시점에서는 캐릭터의 움직임이 부자연스러울 수 있습니다. 3인칭 시점을 권장합니다.]

하지만, 그렇다면 1인칭 시점은 대체 왜 만들었다는 말인가. 단순히 현실과 비슷한 가상현실임을 자랑하기 위해서?

아니다. 수련은 얼마 전 읽었던 매뉴얼의 '수련장' 부근 하단에 적혀 있던 자그마한 힌트를 기억해 냈다. 처음부터 이 마을을 시작점으로 선택한 것도 그 매뉴얼 때문이었다.

—겁을 먹지 말지어다.

겁을 먹지 말지어다? 처음에는 무슨 말인가 했다. 하지만 그 의미를 깨닫자 어처구니없는 웃음이 몰려왔다. 애초부터 수련장에 숨어 있는 비밀은 퀘스트 따위가 아니었다. 수련장이라는 단어 자체가 이미 속임수였던 것이다.

사실 제작사 측에서 3인칭을 권장한 것은 1인칭 상태에서는 유저가 의도하지 않은 공포라던가, 현실과 흡사한 여러 가지 감각들이 몰려오기 때문이었다. 소외감, 사람들의 시선, 현실과 가상현실의 일치로 인해 벌어지는 여러 가지 문제점들. 그 때문에 가상현실이 가지는 익명성을 잃어버리게 된다.

익명성. 대부분의 사람들은 무의식중에 그걸 가지고 싶어한다. 익명성이 있기 때문에 마음 놓고 모르는 사람들과 이야기를 나눌 수 있는 것이고, 익명성이 있기 때문에 쉽게 사람을 사귀고, 현실에서는 느끼지 못하는 자유를 느낄 수 있는 것이다.

대부분의 유저들이 아바타, 즉 캐릭터와 자신을 동일시하고 싶어하지만, 결국은 일정한 괴리가 있었으면 하는 모순적인 욕구를 내면에 품고 있다.

겁먹지 말라. 그것은 곧 자신이 캐릭터가 되는 것을 두려워하지 말라는 의미다.

두려움을 버리는 대가로 얻는 것은 굉장했다.

처음에는 잘 느끼지 못하지만 1인칭 시점을 오래도록 유지하고, 캐릭터와의 싱크로가 높아질수록 캐릭터의 순간적인 반응 속도가 빨라지고, 구체적인 컨트롤이 가능하게 되었다. 가로나 세로로, 혹은 거기에 약간의 변화 정도만 더하여 검을 휘두를 수 있는—스킬을 배우지 않았을 경우—3인칭의 컨트롤과는 확연히 다른, 차별화된 컨트롤을 보일 수 있게 되는 것이다.

캐릭터에서 흐르는 땀이 많아질수록—물론 그렇다고 체력적으로 힘에 부치게 되는 것은 아니었지만—처음 접속할 때 느꼈던 물속을 유영하는 듯한 기분도 차츰 사라져 갔다. 완전한 혼연일체(渾然一體)를 이루기 시작하게 된 것이다.

[패시브 스킬 육감(六感)을 습득하셨습니다.]

[횡 베기의 숙련도가 증가합니다.]

[종 베기의 숙련도가 증가합니다.]

그것이 바로 1인칭의 비밀이었다.

"그들은 이미 알고 있었다는 얘기지."

인프라블랙의 멤버들, 그리고 다른 프로게이머들. 그들은 이미 이 환경에 적응을 끝마쳤으리라. 거기까지 생각이 미치자 수련은 마음이 급해졌다. 목검을 쥔 손에 힘이 들어간다.

현실 시간으로 열여덟 시간. 게임 시간으로는 삼 일. 규칙적으로 들려오는 파찰음만이 탁 트인 공간을 메우고 또 메워가고 있었다.

평범한 사람이라면 검을 휘두르는 것에는 이골이 날 만한 시간이었다. 이제 수련장에 남은 유저의 수는 수련을 포함해서 열 명. 다른 마을의 수련장까지 합친다면 또 모르겠지만, 게임이 열리자마자 지금까지 수련장에서 검을 휘두른 사람은 수련밖엔 없을지도 몰랐다.

허수아비를 치던 다른 유저가 다가온 것은 그때였다. 예의 그 중년인일 거라고 생각했으나 예상은 빗나갔다.

"뭘 하는 거야? 허수아비로 올릴 수 있는 소드 마스터리(Sword

mastery)나 피스트 마스터리(Fist mastery)는 한계가 있는 걸로 알려져 있다고. 무리하게 허수아비를 때리는 것보다는 몬스터를 잡는 것이 숙련이나 경험치 면에서 훨씬 유용하단 말이야."

수련은 표정없는 눈으로 상대를 흘끔 바라보았다. 땀과 때로 얼룩진 새까만 얼굴이 태양 볕 아래에서 숨을 몰아쉬고 있었다. 수련은 무성의한 어투로 되물었다.

"당신은?"

"에이, 다 아는 사람들끼리 왜 이래?"

떠보는 게 뻔했다. 수련은 속지 않았다. 사람을 속이려면 좀 더 표정 관리를 했어야지. 청년의 표정을 흘끗 본 수련은 내심 조소를 머금었다.

"소드 마스터리를 올리고 싶어서요."

"웃기지 마."

좀 독종이다 싶었으나 수련은 모른 척 검을 계속해서 휘둘렀다. 애초부터 수련의 목적은 숙련치보다도 1인칭 시점에 익숙해지는 것에 주안점을 두고 있었다.

"쳇, 정말 그게 다인 건가?"

남자는 숙련과 능력치 일부를 올리기 위해 지금까지 허수아비를 친 것 같았다. 만약 그게 아니라면……

'소설을 너무 많이 본 거겠지.'

왜, 게임 소설에서도 자주 나오지 않는가. 게임을 시작하자마자 허수아비만 막 치고 있다거나, 나무를 벤다거나 하는 행동만 계속 반복하다 보면 능력치가 폭발적으로 쑥쑥 올라가고 자금이 불어나 어느새 톱 랭커가 되어 있다는 식의. 하지만 일반적으로 그런 건 불가능하다. 너무 힘들기도 하지만 다른 유저들이라고 뇌도 없어서 놀기만 하는 것은 아닌 것이다.

그 사람이 허수아비를 치고 나무를 베는 동안 다른 이들은 이미 저만치 앞서서 스킬을 만들고 레벨을 올리는 것이다. 아무리 초반에 유리한 스테이터스 포인트를 가지고 있더라도 격차가 너무 심해지면 힘들게 되고, 그게 계속 누적되다 보면 결국은 따라가지 못하게 된다.

그래서 남자도 일찍이 포기한 것이리라. 그리고 떠나는 김에 혹시나 하는 심정으로 그를 떠본 것이리라. 수련은 사라지는 청년의 뒷모습을 흘끔 보고는 다시 검을 휘두르기 시작했다. 수련에게는 앞서 간 그들을 따라갈 방법이 있었다.

마침내 게임 시간으로 한 달이 흘렀다. 도중에 로그아웃을 하여 식사를 하거나 생리 현상을 해결한 것, 잠을 잔 것, 운동을 한 것 등을 제외하면 딱히 일도 없었다. 수련은 여전히 검을 휘두르고 있었다. 수련장에는 이제 아무도 없었다. 며칠 전까지 붙어 있던 마지막 유저도 떨어져 나간 상태였다. 더 이상은 안 되겠다고 판단했으리라.

탁. 탁. 팍. 푹. 탁.

공허한 마찰음이 규칙적인 간격을 두고 울려 퍼졌다. NPC 발자크만이 표정없는 눈매로 그를 주시하고 있을 뿐이었다. 지난 30일 동안 NPC 발자크와 수련이 나눈 대화는 검술에 관련된 몇 가지뿐이었다.

"십자 베기는 손목의 힘 조절이 매우 중요하지. 전혀 다른 각도에서 두 번의 베기를 시행하는 것이기 때문에 자칫 잘못 잡으면 손목이 나가거나 제대로 된 타격을 못 주게 돼."

"고맙습니다."

둘만 남은 수련장의 발자크는 제법 친절했다. 아마 그에게도 호감도라는 것이 존재하는 모양이었다. 수련은 뜻밖의 호의에 겸연쩍은 목소리로 답했다. 그는 발자크의 뛰어난 A.I에 내심 감격했다.

그리고 어느 한순간, 소리가 멎었다.

"됐다."

수련이 검을 멈춘 것은 30일째의 어스름이 지기 시작할 무렵이었다. 그의 표정에는 만족감 같은 것이 배어 있었다. 그는 대체 지난 30일 동안 무엇을 한 것일까. 땀을 닦으며 목검을 반납한 수련은 부쩍 성장해 있는 자신의 능력치를 보았다.

〈시리우스〉
직업 : 노비스(Novice)
호칭 : 없음
레벨 : 1
힘 : 55 / 민첩 : 45 / 체력 : 45
…….

정확히 인프라블랙에서 말해준 그대로였다. 숙련도 마찬가지였다.

[소드 마스터리 : 패시브 스킬] : Rank 5
현재 숙련도 : 54%
설명 : 검의 공격력과 정확도가 상승한다.

[피스트 마스터리 : 패시브 스킬] : Rank 3
현재 숙련도 : 25%
설명 : 맨손의 공격력과 정확도가 상승한다.

[육감(六感) : 패시브 스킬] : Rank 2
현재 숙련도 : 28.21%
설명 : 고도로 단련된 무예가들만이 느낄 수 있다는 인간의 여섯 번째 감각. 전사들은 이 감각을 통해 적의 갑작스런 기습을 알아채거나 숨은 상대의 기척을 감지할 수 있다.

[십자 베기 : 패시브 스킬] : Rank 10
현재 숙련도 : 50.24%
설명 : 횡 베기와 종 베기를 응용하여 빠르게 성호를 긋듯이 적을 베어내리는 기술이다. 완전 수련 시 이를 응용한 물결 베기를 시전할 수 있다.

[횡(橫) 베기 : 패시브 스킬] : Rank 15

현재 숙련도 : 80.20%

설명 : 강하게 횡으로 검을 그어 베는 검사의 기본 기술. 횡 베기와 종 베기의 숙련도가 20%를 넘어서면 십자 베기를 익힐 수 있다.

[종(縱) 베기 : 패시브 스킬] : Rank 15

현재 숙련도 : 80.21%

설명 : 강하게 종으로 검을 내려 베는 검사의 기본 기술. 횡 베기와 종 베기의 숙련도가 20%를 넘어서면 십자 베기를 익힐 수 있다.

스킬은 총 18단계로 이루어져 있으며, 18단계를 마스터할 시 스킬이 가진 본래의 공격력을 모두 발휘할 수 있었다.

"반납입니다."

수련은 이미 망가져 못 쓰게 되어버린 세 개째의 목검을 검술교관 발자크에게 반납했다.

"수련은 끝났나?"

발자크는 어쩐지 아쉬운 표정이었다. 무뚝뚝한 그에게서 감정의 변화를 본다는 것은 제법 즐거운 일이었기에 수련은 살짝 웃으며 고개를 끄덕였다. 발자크는 눈을 조금 내리깔더니 건네받은 목검을 창고에 넣고 새로운 아이템 하나를 꺼내왔다.

"자네는 기초 훈련을 모두 마쳤네. 이 검을 주지."

[훈련생의 철검] : D 그레이드 노말.

공격력 : 12-24

옵션 : 힘 +1

설명 : 쾌속검 발자크의 기초 훈련을 모두 마친 훈련생에게 수여되는 검.

뜻밖의 수확이었다. 기초 훈련을 마친 후에는 철검을 수여받을 수 있다는 사실은 전혀 듣지 못했던 것이다. 아니, 기초 훈련이란 시스템이 존재한다는 것조차 알지 못했다. 인프라블랙 녀석들, 골탕 먹일 속셈이었나?

"고맙습니다."

완전한 정보를 알려주지 않은 인프라블랙이 원망스러웠지만, 수련은 좋은 게 좋은 거라는 긍정적인 마인드로 고개를 숙였다. 어쨌든 철검을 받았지 않은가.

초반에 철검은 습득하기 어려운 아이템이다. 다람쥐 가죽 따위의 퀘스트를 통해 습득할 수 있는 금액은 고작 50카프. 철검은 최소한 10실버는 있어야 구입할 수 있는 무기였다. 100카프가 1실버라는 것을 감안했을 때, 고약한 다람쥐를 적어도 100마리는 죽여야 된다는 결론이 나온다. 게다가 도축 스킬이 반드시 성공하리라는 보장도 없기 때문에 죽여야 하는 다람쥐의 숫자는 더욱더 늘어날 것이다.

수련은 NPC지만 잠시나마 정들었던 발자크에게 공손히 인사를 했다. 어떤 NPC건 호감도를 높여둬서 나쁠 건 없었다.

가벼운 발걸음으로 수련장을 걸어나오며 수련은 생각에 잠겼다. 미리 생각해 둔 다음 단계로 가기 위해선 우선 레벨업을 해야만 했다. 슬슬 파티를 찾아봐야…….

그때, 그의 예민한 감각에 뭔가가 잡혔다. 살기? 아니다. 좀 더 유형(有形)의 어떤 것에 가깝다.

무언가가 빠르게 쇄도해 오고 있다!

수련은 돌아보지도 않고 검을 움직여 그 정체불명의 물체를 베어냈다. 딱 하는 소리와 함께 돌멩이가 반으로 갈라졌다. 수련은 적의 정체를 알 것 같은 기분이 들었다.

"굉장한 솜씨군."

낮은 박수 소리가 허망하게 울려 퍼졌다. 예상대로 그곳에는 일주일 전, 수련에게 말을 걸었던 예의 중년인이 서 있었다.

남루해 보이는 옷에 초췌한 표정의 중년인. 어쩐지 풍경과 어울리지 않는 모습이었다. 수련은 검을 바닥에 꽂고 허수아비 옆에 기대어 섰다. 상대방이 그 이상 공격하지 않을 것을 확신한 데서 비롯된 행동이었다.

"누구도 자네를 보고 레벨 1이라고 하지 않을 걸세."

사실이 그랬다. 레벨 1의 능력으로 뒤에서 기습적으로 날아오는 물체―설령 그것이 짱돌일지라도―를 베어낸다는 것은 불가능에 가까운 일이었다.

"원래 1인칭 상태에서는 갑작스런 기습 같은 것을 알기 힘들어. 그런데 자네는 마치 뒤에 눈이라도 달린 양 돌을 베어냈네."

수련은 대답하지 않았다. 애초부터 대답을 요구하지 않는 말이었다.

"육감(六感)을 깨달은 것 같군."

수련은 눈을 가늘게 떴다. 이 남자는 모든 것을 알고 있다.

"언제부터 지켜본 겁니까?"

"아아, 그런 식으로 말하지 말게. 난 스토커가 아니라고. 사냥하다가 가끔씩 와서 둘러본 것뿐일세."

도둑이 제 발 저리는 듯한 남자의 변명을 듣던 수련의 눈이 가늘어졌다.

두 사람의 눈이 한참의 침묵을 두고 교차했다. 서로에게 필요한 정보를 그 교차점에서 캐내려는 것이다. 그러나 당연하게도 아무것도 캐내지 못했다.

"하하하!"

먼저 웃음을 터뜨린 쪽은 중년인이었다. 어딘가 재미있다는 듯한 시원시원한 웃음소리, 그리고 동시에 익숙한 음색. 옅은 회상이 일렁임과 동시에 조금씩 불어나던 수련의 작은 예감은 확신이 되었다.

"언제까지 모른 척하실 건가요?"

"무슨 말인가?"

끝까지 발뺌하는 중년인의 모습에 수련의 입가에도 옅은 미소가 떠올라 있었다.

"4년 전."

수련의 입이 움직이기 시작한다. 4년. 그 단어가 담은 짧은 회상에 중년인의 몸이 순간 움찔거린다. 그 역시 하나의 예감을 확신하고 있었으리라. 수련은 잠깐의 시차를 두고 기억 속에서 하나의 이름을 끄집어냈다.

"4년 전, 스페이스 오페라 리그의 4강에서 당신을 만났습니다."

미소가 교차했다. 고개가 까딱하고 움직였다.

"…오랜만이야, 진수련 군."

게임계에는 올드 게이머라는 존재가 있다. 올드 게이머란 말 그대로, 다른 게 아니라 데뷔한 지 오래된 게이머를 말했다. 보통 데뷔 년도가 5년쯤 되면 올드 게이머의 축에 넣는데, 중년인은 그중에서도 3대 올드 게이머에 속하는 입지적인 인물이었다.

3대 올드 게이머, 그중에서도 최고를 꼽으라면 단연코 타이밍의 제왕 나훈영이었다.

"인생이란 말이지, 타이밍이야."

그는 늘 그 말을 입에 달고 다녔다. 그리고 언제나 그의 타이밍은 절묘하기 그지없었다.

스타크래프트 초창기 시절에 프로게이머에 데뷔하여, 진수련과는 다른 의미에서 전설적인 프로게이머로 자리 잡은 나훈영은 서른 살이 훌쩍 넘은 지금에도 게임계를 떠나지 않고 있었다.

커뮤니티 사이트에서 늙어서 주책이라는 소리를 들으면서까지 때로는 해설자로, 때로는 감독으로, 때로는 선수로 수많은 게임을 전전하며 그의 능력을 발휘했다. 비록 우승은 단 한 번밖에 못했지만, 그의 이름은 웬만한 우승자들보다도 더 널리 알려져 있었다.

"책을 쓰셨더군요."

"하하, 자네도 본 모양이군? 하긴 못 봤다면 이곳에 올 일도 없었겠지만."

어딘가 씁쓸한 음색이었다. 수련은 내심 그에게 미안한 마음이 있었다. 햇수로 4년 전, 리그의 4강에서 그를 꺾지 않더라면 나훈영은 개인 리그의 우승을 노려볼 수도 있었을 것이다.

그러면 관중들은 또다시 환호했겠지. 올드 게이머의 부활을 외치며, 타이밍의 황제의 등극을 외치며. 그러나 이미 지난 일이다. 나훈영은 진수련에게 패했고, 진 프로게이머는 말이 없는 법이다.

"이제 타이밍의 시대는 지났어. 타이밍만으로는 할 수 없는 게 너무 많지."

시대가 변했다. 타이밍, 컨트롤, 경기력, 센스, 천부적인 재능. 세상은 모든 것을 요구하고 있었고, 그는 다만 늙어가고 있었다.

"다른 프로게이머들도 1인칭의 비밀을 알고 있습니까?"

"그렇지. 자네가 너무 늦었네."

나훈영의 말에 혹시나 하는 수련의 가정은 현실이 되었다. 이상하게 어깨가 무거워졌다.

"화려한 데뷔를 꿈꾸는가?"

나훈영의 간결한 말이 수련의 심장부를 파고들었다. 감출 수 없는 갈망의 한편이 적셔졌다.

"지금은 즐기고 싶습니다, 그저."

"늘 최고였던 자네가… 순수하게 게임을 즐길 수 있을까?"

나훈영은 손을 그러모은 채 하늘을 올려다보았다.

세계는 정밀했다. 수많은 별자리가 하늘에 아로새겨져 있고, 그 사이로 조심스럽게 나긋하고 희미한 구름의 강이 흐른다. 게임이라고는 믿을 수 없을 정도로 치밀하고, 또 아름답다.

"순수하게 게임을 즐긴다는 건 과연 어떤 걸까?"

화두가 던진 잔향을 충분히 음미할 찰나도 없이, 나훈영은 가만가만한 목소리로 말을 이었다. 그건 마치 '밥이나 먹으러 가겠나?' 로 문장을 바꾸어도 전혀 눈치 채지 못할 만큼 가벼운 음색이었다.

"나를 따라오겠나?"

그래서 반응을 보이는 것에 약간의 시간이 필요했다.

"당신을?"

수련은 바보처럼 되물었다.

그는 이 노장에 대해 잘 알고 있었다. 비록 컨트롤과 순간적인 센스 등에서는 쏟아지는 신인들에게 밀릴지라도, 막강하고 치밀한 전략과 기백, 전술적인 측면에서는 자신마저 압도하는 부분이 있다는 것을.

그런 그가 수련을 원한다는 것은 곧……

"전설의 재림을 기대해 보지."

고민은 오래가지 않았다. 레벨업이 그렇게 급한 것은 아니다. 급하냐 안 급하냐를 따지자면 다음 순서가 레벨업이니 급하다고 할 수는 있었으나 촉박하기까지 한 것은 아니었다. 수련은 내심 결심을 마치고는 그의 뒤를 따르기 시작했다.

나훈영이 수련을 데려간 곳은 발할라의 숲이었다. 까끌까끌한 잎사귀가 피부 근처를 스칠 때마다 촉각이 곤두섰다. 숲을 뒤덮은 빨갛고 노란 잎들은 바람에 나부껴 건조하고 목마른 마찰음을 냈다.

"오택성의 부탁이 있었네."

"부탁이라고요?"

수련은 혹시나 함정이면 재빨리 도망치면 된다는 생각으로 들어가는 길목마다 몰래 자신만의 표식을 해두고 있었다. 옆의 나무에다가 몰래 여덟 번째 표식을 마친 수련은 막 생각났다는 듯한 목소리로 입을 열었다.

"어떻게 믿죠?"

"그냥 믿게."

오택성의 이름이 나왔다면 나훈영은 그의 친구일 가능성이 높았다. 둘의 나이를 감안해도 신빙성이 있는 추측이다. 하지만 그렇게 쉽게 믿을 수는 없다. 수련은 예전의 그 사건 이후 주변인에 대해 의심이 많아졌다.

세상에서 믿을 수 있는 것은 오직 자신, 그리고 가족뿐이다.

"잠깐만요. 어디까지 갈 셈인가요? 발할라의 숲 내부는 중 레벨의 몬스터들이 꽤 서식하고 있는 걸로 아는데……."

"알아. 내부까지 갈 거야."

"…무슨 속셈이죠?"

초보 레벨에 초, 중 레벨의 몬스터를 잡는 것은 거의 도움이 안 된다. 게다가 론도의 경우 폭렙업을 방지하기 위해 레벨당 받을 수 있는 경험치를 한정시켜 두었다.

"여기서 나오는 몬스터들이 제일 공격 유형을 파악하기가 쉽거든. 그리고……."

수련은 순간 나훈영의 몸에서 뿜어져 나오는 중압감에 뒤로 주춤거리며 물러섰다. 동시에 숲에서 늑대 같은 것이 튀어나왔다.

"내 기술을 자네에게 전수해 주기 가장 편하기도 하고."

다음 순간 그의 칼집에서 번개처럼 섬광이 뿜어져 나왔다. 그러나 수련은 초인적인 안력으로 그 장면을 똑똑히 보았다. 물결처럼 번져 나가는 검의 잔영!

늑대의 날카로운 앞발이 나훈영의 머리를 노리는 순간, 나훈영은 정확히 왼쪽으로 반걸음을 물러서며 발톱의 궤적을 피해냈다. 그리고 검의 손잡이를 뽑아 정확히 늑대의 심장부에 찔러 넣었다.

수십의 잔영이 뭉치며 하나의 곡선을 이루어내었다.

"늑대로군."

나훈영은 검을 맞고 그대로 꼬꾸라져 은빛 가루를 흘리는 늑대를 보며 쓴웃음을 지었다. 믿을 수 없는 광경이었다. 늑대라면 레벨 2 후반의 몬스터. 그런 늑대가 무려 한 방에 즉사했다. 이 사람의 레벨은 대체…….

"방금 그건 뭐죠?"

"환검(幻劍)의 일종이라네. 봤는가?"

수련은 고개를 끄덕였다. 나훈영의 입가에 만족스런 미소가 매달렸다.

"그렇겠지. 자네라면 볼 줄 알았어. 사실 다른 사람이었더라면 이런 방식으로 기술을 전수하려 들지는 않았을 거야. 오직 자네니까 이렇게 배우는 게 가능한 일이지."

수련은 이 남자가 갑자기 무슨 말을 하는 건가 싶어서 걸음을 멈칫거렸다.

나훈영은 자신의 기술이 환검사(幻劍士), 즉 일루젼 블레이더(Illusion blader)의 것이라고 말했다. 그리고 환검을 사용하는 검사가 기존의 유저들에게 가장 외면받는 직업이라는 말도 덧붙였다.

"절 가르치신다고요?"

수련이 멍청히 되물었으나 나훈영은 어긋난 핀트로 자기 말만을 계속했다.

"컨트롤이 어렵거든. 환검은 단순히 현란한 검 놀림뿐만 아니라, 속도가 뒷받침되어야만 해. 자네도 방금 봤듯이 나도 아직 환검의 기술들을 완전히 터득하지 못했어. 이건 타고난 컨트롤이 필요하거든. 노력만으로 극복하기엔 무리가 있어."

확실히 그랬다. 침착한 상대라면 방금 보였던 나훈영의 기술을 무리없이 피해냈으리라. 방금 전의 공격에서 빠른 잔영은 속임수였다. 나훈영의 검은 그보다 조금 늦게 출발했고, 상대방의 눈이 잔영에 놀라 움찔거리는 사이 진짜 칼날이 적의 목을 치는 형태였다. 그러나 실제로는 잔영이 번쩍이는 순간과 검이 박히는 순간이 거의 일치해야만 했다. 간극이 커질수록 상대방이 피하기 쉬워지기 때문이다.

수련은 일단 장단을 맞춰주기로 했다.

"그래서 저에게 전수를……?"

"그래."

나훈영은 잔잔한 목소리로 말을 이었다.

"많은 프로게이머들이 환검에 도전했지만 모두 실패했어. 그들 또한 나와 같은 재능의 벽에 부딪쳤거든. 그럼에도 불구하고 환검의 길을 걷는 검사들이 몇몇 있지만… 전부 얼마 전에 직업을 바꿨다고 하더군. 어설픈 환검은 다른 직업들에게 쉽게 읽히기 마련이지. 하지만 나는 확신하네. 환검을 제대로 사용할 수 있다면 어떤 직업도 환검사를 당해낼 수 없으리라는 것을."

환검의 마지막 경지도 보지 못한 주제에 그런 말을 하는 것도 웃겼지만, 수련은 그것에는 별 관심이 없었다. 다른 것에 정신이 팔려 있었기 때문이다.

그는 의심의 눈초리로 나훈영을 바라보고 있었다.

사실상 말이 안 되는 전개였다. 자신의 기술을 가르쳐 주겠다고? 처음 만남부터가 이상했다. 수련장에 자신이 어떻게 올 줄 알고 기다리고 있었다는 말인가? 온 사람들 중에 1인칭의 비밀을 알아낸 사람이 없다면 어쩌고?

그러다가 얼마 전 오택성의 전화에서 생각이 멎었다. 안배란 게 혹시 이걸 말하는 거였나?

우연의 일치라고 일단락 짓기엔 의심스러운 점이 너무 많았다. 나훈영이 수련의 생각을 눈치 챈 듯 미소를 지었다.

"자네가 올 것을 알고 있었네. 알파 테스트 때부터 나는 쭉 환검만을 연구해 왔지. 난 이 기술을 자네에게 전수해 준 후 게임을 그만둘 생각이야."

"그만둔다고요?"

"이미 게임 업계에서는 은퇴했네. 론도도 그리 자주 접속하진 않을 거야. 이미 번 돈은 충분하니 이제 유유자적 현실의 여유를 즐기며 게임은 취미로만 할 생각일세."

그래도 의구심은 가시지 않았다. 누군가의 안배에 마음을 놓고 기대기에는 지금껏 살아오며 수련이 잃은 것이 너무도 많았다.

"대가는요?"

"대가?"

"제게 기술을 가르쳐 주는 대가 말입니다."

수련의 말에 나훈영이 호쾌한 웃음을 터뜨렸다. 아직 중년
이라고 하기엔 젊은 음색이었다.

"그런 건 없네."

그러나 그 말은 실수였다. 수련이 나훈영으로부터 한 걸음
을 더 물러선 것이다. 의심만 불어났다.

"당신이 열심히 연구한 스킬들을… 아무런 대가도 없이 제
게 전수해 주겠다고요?"

"왜, 의심 가는가?"

"그럴 수밖에요."

나훈영은 눈앞의 솔직한 청년을 담담한 눈길로 바라봤다.
시선의 교차로 솔직함을 전한다거나, 자신의 진심을 알아주기
를 바란다거나 하는 것은 아니었다. 그럼에도 수련은 그 눈길
을 받자마자 찜찜한 기분에 젖어들었다.

"그럼 내가 어떻게 하면 되겠나?"

"네?"

"내가 어떻게 해야 내게 기술을 배우고 싶은 마음이 생기겠
나?"

"그건……."

기술에 대한 욕심이 없는 것은 아니었다. 나훈영은 알파 테
스트 1차 때부터 꾸준히 플레이해 온 게이머였고, 분명 그만의
독창적인 기술은 수련이 다른 프로게이머들을 따라잡는 것에

큰 도움을 줄 것이 자명했다.

수련은 슬쩍 숙였던 고개를 다시 들고 나훈영의 시선을 정면으로 맞받았다. 그는 과연 진실인가, 아니면 다른 어떤 목적이 있는 것인가?

한참을 생각하던 수련의 입술이 열렸다.

"일단은 배우겠습니다."

일단은 배우자. 수련은 그렇게 생각했다. 손해날 일은 없었다. 나중에 어떤 조건을 제시하든, 어떤 대가를 요구하든 그건 그때 가서 취사선택하면 된다. 어차피 급한 쪽은 그가 아닌가.

이윽고 나훈영의 입가에도 미소가 떠올랐다.

론도의 스킬은 두 종류로 나누어지는데, 그중 하나가 기본 스킬[Basic skill]이고, 다른 하나가 복합 스킬[Compound skill]이다. 복합 스킬은 여러 가지 안전성이나 효율성에서 기본 스킬보다 능력치가 떨어진다는 이야기가 있었기 때문에 대부분의 유저들은 기본 스킬을 더 애용했다. 일반 유저가 복합 스킬을 만드는 경우는 그저 단순한 심심풀이용인 경우가 허다했다.

기본 스킬의 경우 원리는 간단하다. 3인칭이든 1인칭이든 시점과는 상관없이, 예를 들어 스킬의 이름이 '배쉬(Bash)'라면 '배쉬!' 하고 외치기만 하면 캐릭터가—스킬이 시전 가능한 상황일 경우에만—그 스킬을 시전하게 되어 있었다. 시전 순간의 세세한 컨트롤만 유저가 도맡아 움직여 주면 스킬은 아무런 문제 없이 적의 몸통에 꽂히게 된다.

반면, 복합 스킬의 경우는 거의 시동어를 외치지 않는다(물론 자신의 작명 센스를 자랑하기 위해 시동어를 외칠 수도 있다). 복합 스킬은 대부분 기본 스킬을 뜯어고쳐서 만들거나, 유저 개인이 세세한 컨트롤로 하나하나의 동작을 정하여 만드는 게 보통이었다. 마치 오락실 게임의 커맨드(Command)처럼 하나하나 동작을 연결시켜서 새로운 기술을 만들어내는 것이다. 그렇게 정한 커맨드를 가지고 같은 행위를 수천, 수만 번 일정한 궤적을 따라 반복하다 보면 스킬이 만들어지는 형태였다.

스킬은 직업별로 효율이 나누어지곤 했다. 예를 들어 검사, 그중에서도 환검사의 경우는 검의 유려함으로 시선을 제압하는, 즉 화려함을 위주로 스킬이 구성되기 마련이었고, 대검을 사용하는 버서커(Berserker)의 경우는 검의 파괴력으로, 레이피어를 사용하는 펜서(Fencer)의 경우는 검의 간결함과 스피드로 스킬이 결정지어졌다.

때로는 어떤 스킬을 배우느냐에 따라 직업이 갈라지는 경우도 있었다. 초보자 때 습득하는 기본 마법이나, 전투 기술을 어떻게 단련시키느냐가 직업 선택의 갈림길로 작용하게 되는 것.

마법사의 경우는 처음 선택한 원소의 속성, 궁수의 경우는 근접 공격을 위주로 육성하느냐, 아니면 백병전을 위주로 육성하느냐—이 경우는 레인저(Ranger)나 암살자[Assassin]로의 전직이 가능했다—에 따라 그 구체적인 직업이 결정되었다.

프리스트(Priest)는 비교적 선택 영역이 단조로운 편이었고,

그 외에도 검사와 프리스트의 복합 직업이라 할 수 있는 성기사[Paladin]라든가, 마법사와 검사의 복합 직업인 마검사, 신관과 무투가의 중간 직업인 몽크 같은 다양한 직업들이 존재했다.

"직업 선택은 레벨 3에 이루어지지. 그전까지는 어떤 무기로 숙련을 쌓느냐가 중요해."

특이하게도 론도의 레벨은 기존의 레벨업 시스템처럼 몬스터를 잡으면 무조건 레벨업이 가능한 형태가 아니었다. 경험치는 경험치대로 올라가고, 어느 순간 경험치의 임계점을 돌파하면 그때부터는 유저가 직접 신전에 가서 정화(淨化)의 의식을 받아야만 했다.

레벨업을 위한 충분한 경험치가 있다는 전제하에서 정화의 의식을 받는 순간 레벨 1이 오르는 것이다. 비공식적인 발표에 따르면 론도의 레벨 제한은 25였다. 제한 레벨이 낮다는 얘기는 그만큼 레벨업이 어렵다는 이야기. 3개월간의 클로즈 베타 테스트가 종료될 때까지 게이머 중 최고 레벨은 8로 알려져 있었다.

론도는 레벨 제한이 낮은 대신 레벨 1당 열 개의 구간으로 경험치가 세부화되어 있는데, 전체적인 사냥터는 레벨별, 디테일한 사냥터는 구간별로 나누어 육성시킬 수 있었다. 또한 1구간의 경험치가 다 찰 때마다 유저는 능력치(스테이터스)를 분배할 수 있게 되어 있었다. 레벨 1의 최초 능력치는 모두 5로 설정되어 있었고, 1구간의 경험치가 다 찰 때마다 5의 스테이터스를 추가로 분배할 수 있었다. 레벨로 따지면 1레벨당 50의 스테이터스 분배가 가능한 것.

이렇게 말하면 복잡하지만, 한 구간을 다른 일반 게임의 레벨로 보면 간단했다. 1구간을 1레벨이라고 가정하면 론도의 최고 레벨은 250이라는 의미였다. 물론 실제로는 250구간에 25레벨이다.

"레벨 3에 직업을 선택한 후에는 레벨 4가 오를 때마다 직업명이 바뀌게 된다네. 물론 레벨 3에 선택한 기본적인 틀은 그대로지만, 일단 칭호는 바뀌는 거지. 어떤 숙련을 올리느냐, 어떤 스킬을 배우느냐에 따라서 슈퍼 컴퓨터가 임의로 사용자의 칭호를 정하게 되네. 예를 들어, 레벨 3에 펜서를 선택했다고 해도 레벨 7에 전격 계열 마법을 배운다면 일렉트론 펜서가 될수도 있고, 레벨 11에는 라이트닝 펜서가 될 수도 있지. 아, 물론 안 바뀔 수도 있네."

"그건 저도 압니다."

수련의 핀잔에 나훈영이 너털웃음을 지었다.

"하하, 그런가? 이거 게임 천재를 너무 얕봤구먼."

"그런데 복합 스킬이란 거, 만들기 쉬운 건가요?"

그 말에 나훈영은 황당한 표정을 지었다.

"대답은 이미 알고 있지 않나? 당연히 쉽지 않지. 내 기술을 금방금방 습득한다고 해서 얕보고 있는 모양인데, 나는 그 기술들을 만드느라 게임 속에서 수개월을 허비했단 말일세. 몇 날 며칠 연구해서 어설프게 만든 복합 스킬은 일반 스킬보다도 효율성이 떨어져. 차라리 일반 스킬들을 조합해서 사용하는 것이 훨씬 낫지. 잘 만들어진 복합 스킬들을 전수받으려면 현금으로 몇백, 몇천씩 줘야 하는 거 모르나?"

수련은 깜짝 놀랐다. 단순히 스킬의 전수일 뿐인데, 그걸 전수받기 위해 현금을 그렇게나 많이 소모한단 말인가?

"유명한 스킬의 경우에는 몇억대까지 올라가는 경우도 있지. 예를 들어, 클로즈 베타 테스트 때 모 프로게이머가 만든 허리케인 트위스트(Hurricane twist)는 경매로 현금 1억 원에 낙찰되었다고."

"네?"

믿을 수 없는 가격에 수련은 내심 경악했다.

단순히 게임일 뿐인데, 그렇게까지 목숨을 걸어서 배울 필요가 있다는 말인가? 아니, 굳이 배울 필요도 없다. 그냥 그 사람 뒤를 졸졸 따라다니며 쓰는 스킬을 유심히 보고 파악하기만 해도 충분히…….

"정말… 자네와 일반인들을 동등 선에 놓지 말게."

나훈영의 음색이 어쩐지 토라져 보여서 수련은 황급히 사과했다.

"자네는 특별한 경우야. 스킬을 몇 번 보고 스킬의 핵심과 요점을 파악해 낼 수 있는 게이머가 과연 한국에, 아니, 세계에 몇이나 될 것 같은가?"

진수련이 대답이 없자 나훈영은 기가 막힌 모양이었다.

"난 이 몇 개 안 되는 스킬을 혼자 만들고 습득하는 데 수개월, 아니, 일 년이 넘게 걸렸어. 그런데 자네는 이 주일 만에 그 스킬들의 절반을 습득했단 말일세. 이게 무슨 말인지 모르겠나?"

실제로 나훈영은 지난 이 주일 동안 수련에게 자신이 만들어낸 환검사 특유의 기술을 가르쳤다. 물론 그 과정에는 무지막지한 수련의 노력이 녹아들어 있었다. 가뜩 독기를 품고 검을 휘두르고, 또 스킬의 특성을 직접 체감했던 것이다. 최고의 천재라 불린 그였기에 스킬에 대한 이해도는 누구보다도 높았고, 조금이라도 더 정확한 자세로 검술을 펼쳐야 빠르게 스킬을 습득할 수 있다는 사실도 알았다.

클로즈 베타 테스트가 진행되던 내내 상위권 랭킹 내에 들어가지도 못한 나훈영이었으나, 올라가지 못한 만큼 그는 복합 스킬의 생성에 무시무시한 열정을 투자했다. 기본 스킬이 취약한 환검사. 그는 환검사야말로 복합 스킬이 진정한 빛을 발휘할 수 있는 직업이라는 것을 깨달았다. 그래서 게임을 하는 동안 늘 스킬에 대해서 궁리했다.

"자네의 천재성에 관해 논하려면 끝도 없이 질투를 끄집어낼 것 같으니 이쯤 해두도록 하고……."

나훈영은 헛기침으로 목을 가다듬었다.

"자네, 내 레벨이 몇 정도일 것 같은가?"

"음… 최소한 5정도는 되지 않아요?"

나훈영의 강함을 고려한다면 충분한 수치일 것이라고 수련은 생각했다. 늑대를 한 방에 잡은 것을 감안해도 그랬다.

"틀렸어. 1이야. 자네와 같아."

"말도 안 돼요."

반사적으로 수련은 강하게 부정했다. 레벨 1이라면 아직 직업도 가지지 못한 상태가 아닌가? 수련은 당연히 나훈영이 환검사로 전직했을 거라고 생각하고 있었다.

나훈영은 천천히 고개를 저었다.

"내 경우는 레벨 1에 올릴 수 있는 능력치의 임계점을 모두 돌파했다네. 예를 들어 검 숙련의 경우, 레벨 1에는 총 18단계의 숙련 중 죽어라 허수아비를 쳐댄다는 가정하에 5단계까지 수련이 가능하다고 알려져 있지만, 사실은 그 이상까지 수련—나로 말하자면 현재 7단계라네—이 가능하지. 물론 이건 꼼수를 써야만 가능하다네. 게다가 레벨이 낮아서 약한 몬스터에게 검을 휘둘러도 숙련치가 올라가기 때문에 편리해. 가능하다면 레벨 1에 올릴 수 있는 모든 숙련치를 올려두는 것이 좋지. 물론 체력이라든가 기타 능력치도 마찬가지야. 레벨이 낮을수록 올리기가 유리해."

수련은 조금 황당했다.

"그건 버그 아닌가요?"

"과거에 리니지라는 게임이 있었지? 기억하는가?"

수련이 고개를 끄덕임과 동시에 나훈영이 이야기를 시작했다.

과거 한국에 열풍을 불러일으켰던 리니지라는 게임에는 '피 노가다'라는 것이 있었다. 그것은 캐릭터가 레벨업할 때마다 랜덤하게 일정 수치의 HP가 올라가는 것을 역이용한 것인데, 특정 레벨에서 고의적으로 계속 죽어서 레벨다운(Level down)을 시킨 후 다시 레벨업시키는 것을 반복함으로써 레벨다운 시 캐릭터에 남는 일정량의 HP 수치를—물론 운이 나쁘면 HP 수치가 오히려 줄어들 수도 있다—쌓아가는 방식으로 다른 캐릭터들보다 높은 HP 수치를 갖는 방법이었다. 이 꼼수를 통해 같은 레벨에 HP가 300 이상 차이나는 경우도 있었다고 한다.

"그것과 비슷한 걸세. 게임 시스템 자체가 워낙 완벽하기 때문에 회사에서도 게임 시스템에 커다란 문제를 일으킬 만한 버그가 아니면 쉬쉬하고 있어. 이건 소수의 프로게이머만 아는 거니까 잘 기억해 두도록 하게."

말을 마친 나훈영은 미소를 지으며 자리에서 일어났다.

"그럼 나머지 기술을 전수해 주지. 그 외에도 가르칠 건 있지만… 뭐, 사실 기술을 전수하고 나면 자네가 나한테 배울 만한 게 뭐가 있겠나?"

나훈영이 가르쳐 준 스킬의 이름은 환검(幻劍) 팬텀 블레이드(Phantom blade)였다. 일루젼 블레이드(Illusion blade)가 더 어울리지 않느냐고 물었더니 나훈영은 버럭 화를 냈다.

"팬텀이 더 멋있거든?"

그렇게 이름하여 팬텀 블레이드라고 불린 스킬(Skill)의 실체는 사실상 고작 네 개의 스타일(Style)이 전부였다.

스타일에는 각각 일루전 브레이크(Illusion brake), 실루엣 소드(Silhouette sword), 팬텀 실드(Phantom shield), 고스트 그레이브(Ghost grave)라는 이름이 붙어 있었다.

"사실 지금까지 가르쳐 준 건 팬텀 블레이드를 내 나름대로 응용한 것들이고, 기술의 뼈대는 이거라네. 복합 기술의 기초라고나 할까."

"기초부터 가르쳐 줘야 하는 것 아닌가요?"

"천재니까 어떻게든 되겠지."

"…당신, 너무 무책임한 것 알아요?"

"공짜인데 뭘 바라나."

2주일이라는 시간 동안 같이 있었던 탓에 나훈영과 진수련은 제법 친근한 사이가 되어 있었다. 물론 아직까지 나훈영에 대한 의심을 완전히 지운 것은 아니었지만, 사실상 그 스스로가 이룩해 온 모든 것들을 아무 대가도 없이 전수해 주는 데다가, 그에 대해 별 사심도 보이지 않는 나훈영에게는 인간적으로 이끌리지 않을 수가 없었다.

기본적인 스타일의 훈련은 발할라의 숲에서 진행되었다. 그는 알파 테스트부터 꾸준히 테스트 참여한 만큼 굉장히 많은 꼼수를 알고 있었다.

"꼼수라고 하지 마. 히든 피스(Hidden piece)라고 하면 얼마나 듣기 좋은가?"

"자기가 그렇게 말해놓구선……."

아무튼 그 꼼수인지 히든 피스인지는 대개가 이런 식이었다.

"그러니까, 저기 있는 붉은 나무를 시계 방향으로 세 바퀴 돌고, 반대쪽에 위치한 노란 나무를 시계 반대방향으로 두 바퀴 돈 후, 그 사이에 있는 초록색 나무를 아무 방향이나 세 바퀴 돈 다음 다시 붉은 나무 밑으로 돌아오면 노란 나무의 밑 지점에 몬스터가 워프(Warp)된다는 이야기군요. 그런 식으로 몬스터를 무한히 사냥할 수 있다는 거고요."

수련은 헉헉거리며 숨을 몰아쉬었다.

어지러운 이야기였다. 좀 냉정하게 말해서 돌은 놈만 가능한 이야기였다. 간단히 말해서 죽어라 돌란 말이 아닌가.

"그래. 랜덤(Random)한 확률로 늑대부터 하급 오크(Orc)에 이르는 몬스터가 워프되지."

"…이딴 걸 누가 알아낸 거죠?"

"물론 나일세."

자랑스러운 듯 말하는 나훈영의 모습에 진수련은 속으로 한숨을 내쉬었다. 그러나 이상하게 수긍이 가기도 했다. 어쨌든 여기서 물러서면 사나이가 아니다. 수련은 내심 능글맞은 미소를 지은 채 입을 열었다. 합당한 이유를 대면 어쩔 수 없으리라. 요지는 효율성이다.

"그런데 문제가 있어요."

"뭔가?"

"나무들 사이의 간격이 적게 잡아도 사백 미터는 넘는 것 같은데요?"

"그래서?"

"그러니까… 그게……."

너무도 태연한 나훈영의 되물음에 수련은 말이 막혀 버렸다.

만약 그 거리를 전력으로 달리면 쥐꼬리만 한 수련의 스태미나는 거의 바닥을 기게 될 것이 틀림없었다.

그럼 도착하자마자 몬스터한테 맞아 죽게 된다. '난 사실 한 방만 맞아도 죽는다' 하고 광고하는 셈이 되는 것이다. 아무리 컨트롤이 좋아도 생명력이 다 떨어져 버리면 헛수고다.

이런 짓을 할 바에야 차라리 몬스터를 찾아다니며 팬텀 블레이드의 숙련 훈련을 하는 것이 더 나았다.

"…설마 정말 이런 걸로 경험치를 올렸어요?"

"이봐, 이건 체력이나 생명력 증강에도 좋다고."

"……."

"뭐 해? 빨리 뛰어."

수련은 왠지 속았다는 느낌을 감추지 못하며 죽어라 달리기 시작했다.

뜻밖에도 훈련의 효과는 좋았다. 무엇보다도 스태미나가 급격하게 증가했다. 수치로 볼 수 있는 것은 아니었지만, 같은 거리를 뛰어도 숨이 덜 차는 것이 확연하게 느껴졌다.

수련이 주로 사냥감으로 삼은 몬스터는 숲 지대의 늑대와 하급 오크, 늪지대의 웜 슬라임(Worm slime)과 작은 진흙 골렘이었다.

'늑대의 경우는 공격 패턴이 가장 단순하다네. 주로 기습과 정면 공격을 펼치고, 기습 공격에는 반드시 오른쪽 앞발을, 정면 공격에는 이빨을 먼저 사용하지. 가장 단순한 패턴의 몬스터이지만 공격 속도가 매우 빠른 편이기 때문에 가장 조심해야 할 몬스터이기도 하네.'

이제 나무 사이를 오가는 것도 그다지 힘들지 않게 되었다. 수련의 움직임은 나훈영의 그것과 완벽하게 똑같았다. 아니, 더 뛰어났다. 나훈영에겐 없는 것, 수련에게는 전투 센스가 있었다.

한 걸음도 아닌 반걸음. 최소한의 움직임으로 흑표범의 앞발을 피해내고, 경직이 시작된 바로 그 순간에 검을 뽑는다.

실루엣 소드!

검에 십여 개의 잔영이 생긴다 싶더니 이미 수련의 검은 흑표범의 심장에 꽂혀 있었다. 레벨 1의 검 놀림이라고는 믿을 수 없는 솜씨였다.

'다음은 오크.'

수련은 X 표시가 되어 있는 숲 지대의 나무를 한 바퀴씩 돌며 몬스터 워프 존을 향해 달려갔다. 곧 오크의 형체가 나타나기 시작했다.

하급 오크의 경우 특별한 스킬을 사용하지는 않았지만, 가장 인간에 가까운 몸놀림을 구사함으로 조심해야 하는 몬스터였다. 하급 오크의 공격 패턴은 크게 세 가지로 나누어졌다.

오른발을 먼저 내딛고 달려오는 경우와 왼발을 먼저 내딛고 달려오는 경우, 그리고 달려오지 않는 경우.

오른발을 내딛고 달려오는 경우는 반드시 왼쪽으로 주먹을 휘두르고, 왼발을 먼저 내딛고 달려오는 경우는 몸통 박치기를 시도한다. 그리고 달려오지 않는 경우는 상대방의 틈을 보다가 동료—오크들은 동족 인식 능력이 있다—들을 부르거나 기습을 한다.

수련은 출몰과 동시에 달려오는 오크를 발견하고 재빨리 발검 자세를 취했다. 오크의 경우는 인간과 흡사한 체형을 가진 탓에 실전 검술을 연마하거나 공격 회피 능력을 기르기 좋은 몬스터였다.

'왼발을 크게 옆으로 내딛고, 뒤로 두 걸음 물러선다.'

오크의 왼 주먹이 강한 바람을 일으키며 스쳤다.

물론 가끔 자의로 공격의 투로(套路)를 바꾸는 몬스터도 있었지만, 하급 몬스터들의 경우는 기본적인 공격법이 비슷비슷한 경우가 태반이었다. 수련은 정확히 반걸음씩, 혹은 상체를 살짝 기울이는 것으로 오크의 연속 콤보를 가볍게 피해냈다. 옷깃 하나 스치지 않는 깨끗한 동작이었다.

내지른 검극이 정확히 오크의 가슴을 꿰뚫자마자 수련은 오른발로 강하게 오크의 배를 밀어 찼다. 오크의 경우 심장이 꿰뚫린 후에도 몇 초간 숨이 붙어 움직이기 때문이었다.

그 외에도 수련은 늪지대의 윕 슬라임에게 팬텀 실드를, 진흙 골렘에게는 일루전 브레이크를 연습했다.

"아마 다른 프로게이머들의 경우는 빠르면 지금쯤 레벨 4나

5에는 도달했을 걸세. 5까지 만드는 게 그리 어려운 일만은 아니니까 말이야."

"아……."

"쫓아가려면 아무리 자네라도 똥줄이 탈 거야. 힘내게."

껄껄 웃으며 상스러운 말을 중얼거리는 나훈영에게는 긴장 감이라고는 전혀 없어 보였다.

"이건 그냥 이론상의 이야기지만, 아마 자네의 환검이 마스터(Master)의 경지에 이르면 환검 최고의 기술인 소울 블레이드(Soul blade)를 사용할 수 있을 걸세. 내가 가르쳐 준 팬텀 블레이드는 소울 블레이드를 익힌 다음에야 진짜 빛을 발할 거야. 명심하게."

환검의 최고 경지에조차 도달해 보지 못한 그가 어떻게 그런 사실을 아는지 수련은 순간 의아했으나, 어렵지 않게 고개는 끄덕일 수 있었다.

"알겠습니다."

수련의 검이 화려한 궤적을 그리며 다음 몬스터를 향해 내질러졌다.

하루치의 훈련이 끝난 후에는 론도에 관련된 여러 가지 이야기를 나누거나, 과거의 프로게임계에 관한 잡담을 나누었다. 그럴 때면 날카롭게 정신을 가다듬으려 노력하던 수련도 해이하게 마음이 풀어져 버리곤 했다.

왠지 소설에서 나오는 모습 같았기 때문이다. 왜, 그 있잖은

가. 고된 훈련이 끝난 후 방정맞게 웃는 장난꾸러기 사부와 무뚝뚝한 제자의 이야기. 거꾸로인가?

"론도가 재미있는 점은 마스터 레벨의 캐릭터라고 해도 자칫 방심해서 약점을 내주면 레벨 1의 캐릭터에게 한 방에 죽을 수 있다는 것에 있지. 심장이나 목을 잘리면 죽는 건 당연지사니까. 물론 3인칭 유저에게는 불가능한 이야기고, 1인칭 유저의 경우에만 이론상으로 될 법한 이야기야. 실제로는 불가능해."

"그렇군요."

늘 바보같이 맞장구쳐 주는 역할이었지만, 수련은 그걸로도 어쩐지 기뻤다. 믿음을 주고받은 느낌이라면 섣부른 판단일까? 화제는 늘 중구난방이었다.

"내가 5년만 젊었더라도 스페이스 오페라 리그에 다시 한번 출전해 볼 텐데 말이지. 요즘은 여성 리그도 굉장히 커졌지 않은가? 자네는 생각 없나?"

여성 리그라는 말에 순간 기가 스테이션의 성하늘이 생각났으나 여성 리그와 게임계 복귀에 어떤 상관 관계가 있는지 잘 알 수 없었던 수련은 얼렁뚱땅 대화의 초점을 바꿨다.

"30대라면서요? 젊은 나이 아닌가요?"

수련의 말에 나훈영의 눈빛이 순간 기대감에 물들었다. 그리고……

"음, 내가 정말 서른 살로 보이나?"

"마흔 살."

그는 깊은 좌절에 빠졌다. 나훈영은 무려 30분 동안 토라졌다.

아무튼 화젯거리가 많은 나훈영 덕분에 수련은 맞장구치는 기술만 백 가지가 넘도록 알게 되었다. 그해에 맞장구치기 대회가 있었다면 수련은 새로운 타이틀을 하나 더 얻게 되었을지도 모른다.

"큼, 아무튼 요즘은 예쁜 여자 프로게이머가 많더군. 내 때만 해도……."

수련은 또한 중년 프로게이머는 심각한 변태가 될 수도 있다는 사실도 깨달았다.

그렇게 1주일이 더 지나자 수련은 나훈영이 가진 모든 기술을 전수받을 수 있었다. 그리고 두 번의 정화의 의식을 받아 레벨 3이 되었다. 숙련을 쌓느라 레벨업 시간이 좀 늦춰지긴 했으나, 일반 유저들을 기준에 두자면 제법 빠른 편이기도 했다.

"자네는 이미 나를 뛰어넘었어. 정말 기대 이상의 재능이로군."

순수한 재능에 대한 외경과 감탄. 나훈영은 말을 이었다.

"다만 조금 걸리는 게 있다면… 자네의 왼팔일세."

"제 왼팔이요?"

수련은 어깨를 움찔하며 물었다. 사실 수련이 요즘 걱정되는 점도 바로 그 부분이었다. 자신의 왼팔. 게임에 익숙해지면 익숙해질수록, 캐릭터에 동화(同化)되면 동화될수록 증상은 심각해져 갔다.

수련은 최근 환상증(幻像症)에 시달리고 있었다.

캐릭터의 왼팔이 비교적 잘 움직이다 보니 현실의 왼팔과의 괴리 증세가 점차 악화되고 있는 것이었다.

"이상한 위화감이랄까… 그런 게 느껴진다네."

과연 노장다운 날카로운 안목이었다. 완벽에 가까운 수련의 몸놀림에서 유일한 약점이 바로 왼팔이었다. 비록 다른 플레이어에는 비할 바가 아니지만 오른팔에 비해 미약하게나마 속도나 정확도가 떨어지는 왼팔.

"사실 현실에서 저는 왼팔을 잘 사용하지 못합니다. 감각이 떨어졌다고 해야 할지, 신경이 죽었다고 해야 할지……. 마치 실제로는 존재하지 않는 어떤 걸 움직이는 느낌입니다."

왼팔 신경의 부재(不在). 그 문장이 수련의 입에서 나오는 순간 나훈영의 육체가 전율적으로 경련했다. 그러나 그건 표면상으로 알아볼 수 없을 만큼 미세한 떨림이었던 탓에 다른 생각에 잠겨 있던 진수련은 알아채지 못했다.

나훈영의 동공은 불안하게 흔들리고 있었다. 분노, 공포, 아니면 소년에 대한 연민? 어떤 말로도 쉽게 형용할 수 없는 눈빛이었다. 그것은 혼란 그 자체에 가까웠다. 평범한 혼란이라기보다는 모순적이게도 어딘가 정돈된 혼란이었다.

그러나 이내 입술이 달싹거리며 문장을 만들어냈다.

"…왼팔이 잘 움직이질 않는다고?"

어딘가 공허하게 부서져 나가는 그 목소리에 수련은 천천히 고개를 끄덕였다. 나훈영의 표정은 이내 침착하게 변했다.

"본사에 한번 연락해 보게. 나는 현실의 육체와 가상현실의 육체는 상관없는 걸로 알고 있었는데… 아무래도 버그인 듯하군."

수련은 가볍게 고개를 끄덕였으나 수련도 나훈영도 그가 결코 본사에 연락하지 않을 것이라는 사실을 알고 있었다. 그런 방법을 쓰느니 차라리 스스로 지금의 왼팔을 잘 움직이게 만드는 것이 수련의 방식이었던 것이다.

훈련 마지막 날, 수련은 당연하다고 생각해 왔던, 아니, 물어보지 않아도 너무나 당연했던 질문을 던졌다. 끝끝내 지워지지 않았던 이상한 의구심 같은 감각이 그를 붙잡았기 때문이다.

"저는 그럼 환검사로 전직해야 하는 건가요?"

환검사는 레벨 3에 검사 계열로 전직한 후 선택할 수 있는 직업이었다. 그러나 수련은 만약 나훈영이 환검사로의 전직을 권한다면 그걸 거부할 생각이었다. 그는 이미 생각해 둔 직업이 있었다.

인프라블랙에서 얻은 히든 클래스에 대한 정보가 있었던 것이다. 현재까지 인프라블랙에서 밝혀낸 히든 클래스의 숫자는 총 스물넷. 수련 또한 그중 하나를 알고 있었다.

멀티웨포너(Multi-weaponer).

헌터와 비슷하지만 헌터나 로그가 가진 함정 제거 기술이 없는 대신, 근접과 간접 공격력이 그들에 비해 강력한 직업이었다. 비록 검사에게는 검술로, 아쳐에게는 궁술로 밀리지만 여러 종류의 무기를 한꺼번에 일정 수준 이상으로 사용할 수 있다는 것은 커다란 매력이었다. 일부러 여러 가지 방법으로 무기의 숙련을 쌓았던 것도 그 때문이었다.

"아니, 전직할 필요 없네. 그렇다고 해서 다른 직업으로 전직할 생각도 하지 말게."

"예? 그럼……."

수련은 당황했다. 환검사로 전직하지도 말고 다른 직업으로 전직하지도 말라?

"자네가 갈 곳을 이미 알고 있네. 그곳에 길이 있을 걸세."

추상적인 동시에 소설에나 나올 법한 묘한 문장이었다. 수련은 순간 섬뜩한 뭔가가 뇌리를 스치는 것을 느꼈다. 본능적인 경계심에 수련은 한 발자국을 물러섰다.

공교롭다. 공교로워도 너무나 공교롭다. 생각해 보면 그렇다. 아무리 그가 오택성의 부탁을 받았다지만, 어떻게 이토록 시기 적절하게 자기 앞에 나타날 수 있었을까.

내가 갈 길을 안다고? 그가? 대체 어떻게?

찰나의 순간 동안 수련의 머릿속에 수십, 수백 명의 이름이 스쳐 갔다. 수련은 그중 하나를 골라 짚었다.

"당신이… 카오스블랙(Chaosblack)입니까?"

"응? 카오스블랙이라니, 무슨 소리인가?"

수련은 나훈영의 눈을 정면으로 직시했다. 의아한 먹빛으로 그득한 깊은 동공. 수련은 조금의 실마리도 찾아낼 수 없었다.

아쉬웠다. 어쩌면 카오스블랙의 정체를 알아낼 수 있을지도 모른다고 생각했는데……. 그렇다면 나훈영은 어떻게 자신의 행로에 대해서 아는 걸까?

"인프라블랙에 대해서 모르십니까?"

"이름은 들어봤네만… 무슨 일이 있는 겐가?"

"아무것도 아닙니다."

수련은 미련없이 단념했다. 그 이상의 것을 물어봐선 안 될 것 같았기 때문이다. 그러나 돌아선 수련의 등 뒤로 나훈영의 입술이 뭔가를 말하고 있다는 것을 수련은 끝내 눈치 채지 못했다.

조심하게.

이튿날, 론도에 관련된 간단한 히든 피스—라고 해봐야 고작 나무를 열심히 돌아대는 것이었지만—와 요령들을 마저 배운 수련은 나훈영의 곁을 떠날 채비를 마쳤다. 수련의 소드 마스터리와 피스트 마스터리는 각각 8단계, 5단계에 도달해 있었다. 총 18단계 중의 8단계를 고작 레벨 3에 이룩해 낸 것이다.

"더 이상 자네에게 가르쳐 줄 게 없군."

어딘가 만족스러우면서도 허무한 듯한 얼굴. 수련은 아낌없이 자신의 모든 것을 전해준 노장에게 깊숙이 예의를 표했다.

"정말 괜찮으시겠습니까, 제가 이대로 떠나도?"

순간, 수련은 묘하게도 나훈영의 마음이 자신에게 얽혀드는 듯한 느낌을 받았다. 그는 아마 멋진 스승으로 기억되기를 바라고 있을 것이다. 낯선 대사를 말하고, 낯선 표정으로 따뜻한 웃음을 짓겠지.

나훈영은 예정된 미소와 함께 수련의 어깨를 두드렸다.

"전설을 보여주게. 최고가 되는 거야. 내가 만든 환검이 최고였다는 것을 다른 유저들의 망막에 똑똑히 새겨주게."

수련은 그제야 조금은 이해가 될 듯도 했다. 이 사내가 왜 자신에게 환검을 전수해 주었는지를. 그는 늘 한이 되었을 것이다. 어떤 스킬보다 더 강력한, 어떤 스킬보다 더 섬세하고 완벽한 기술을 창조해 냈음에도 그 기술을 제대로 구사할 수 없는 자신의 한계가 슬펐을 것이다.

"이 파인더(Finder)를 가지고 가게. 길을 찾는 데 도움이 될 거야."

나훈영은 나침반의 형상을 띠고 있는 작고 둥근 물체를 진수련에게 건네주었다.

"그럼 가보겠습니다."

긴 인사는 아쉬움을 남긴다는 것을 잘 알고 있었다. 그래도 최후의 한마디를 던지지 않을 수 없었다. 나훈영은 스스로의 믿음을 소모시켜 그의 믿음을 얻어낸 사내다.

"가끔 귓속말로 연락해도 되겠습니까?"

"하하, 안 될 건 없지만 나는 자주 접속하진 못할 걸세."

수련은 망설이고 있었다. 돌아서기 전에 물어볼 것이 있었던 것이다. 차마 물어보지 않으려고 했지만, 그에게 물어보지 않고서는 정보를 알아낼 만한 곳이 없었다.

"참, 제가 갈 곳을 어떻게 아셨습니까?"

마치 '아침 먹었냐?' 하고 묻듯 자연스러운 목소리로 수련은 그 말을 던졌다. 그 말투에 나훈영의 입가에 미소가 떠올랐다.

"자네는 그냥 기다리기만 하면 되네. '그'가 자네를 찾을 테니까."

"그… 라뇨?"

"믿고 기다려 보게."

나훈영의 푸근한 표정에 입술을 우물거리던 수련은 그대로 입을 다물고 말았다.

그의 마지막 얼굴은 어딘가 쓸쓸함이 묻어 있었다. 마치 다시는 그들이 만나지 못할 거라고 암시하듯이. 간신히 미련을 떨쳐 낸 수련은 아쉬움만큼의 기억을 가슴 한편에 묻어둔 채 등을 돌리고 발걸음을 재촉했다.

＊　　　　＊　　　　＊

수련의 모습이 완전히 사라진 후에도 나훈영은 한참 동안이나 그 자리에 못 박힌 듯 서 있었다. 하염없이 지는 석양 사이로 녹아 없어지는 구름들을 보며 그는 가슴속에서 미약하게 타오르던 마지막 불씨를 잿더미 속에 던져 넣었다.

감정을 버려야만 했다. 동정을 가져서는 안 되었다.

"누구에게나 사정이란 게 있으니까……."

나훈영은 생각했다. 삶이란 그런 것이라고. 어떻게든 변명을 만들어서 갖다 붙이지 않으면, 어떻게든 스스로를 합리화하지 않으면 결국 무너져 버린다.

나훈영이 독백조로 입을 열었다.

"자네는 아직 어리숙해. 상식적으로 내가 아무리 알파 테스트와 클로즈 베타 테스트 때 기술 연구를 열심히 했다 하더라도 지금은 정식 서비스인데… 그런 엄청난 기술을 게임 시간으로 고작 한 달여 만에 만들어 습득할 수 있을 리가 없잖은가……."

스킬을 생성하는 방법은 두 가지가 있었다. 하나는 죽어라 같은 행위를 반복해서—이런 경우 수천, 수만 번 같은 행동을 반복해야만 한다—자동으로 스킬이 습득되도록 만드는 방법, 그리고 비싼 돈을 주고 스킬 북을 생성해서 스킬을 습득하는 방법. 그런데 나훈영은 수련에게 스킬 북을 건네준 것이 아니라 '전수'를 해줬다.

론도에 유저들 간의 '전수'라는 시스템은 없었다. 스킬을 팔기 위해서는 스킬 북으로 제작해야만 한다. 그럼에도 의심하지 않다니 그는 아직 어리다.

그렇지만 부디 무사하기를…….

딱하지만 어쩔 수 없는 일이다. 그에게도 수련에게도. 세상이란 그런 것이다. 나훈영이 다른 이의 기척을 느낀 것은 그때였다.

"그는 어떻게 됐죠?"

깨끗한 여성의 목소리. 목소리는 나무 위의 어둠 속에서 나긋나긋하게 울려 퍼졌다.

벌써 온 건가?

나훈영은 놀란 가슴을 진정시키며 침착하게 답했다. 그녀가 원하는 답을.

"갔습니다."

"그렇군요. 전수는 끝났나요?"

"완벽합니다."

그걸로 끝이었다. 나훈영은 나무 위의 기척이 사라지는 것을 느꼈다. 그러나 그는 긴장을 풀지 않았다. 진짜는 이제부터다. 나훈영은 온몸의 긴장을 일시적으로 끌어올렸다.

곧 온다. 온다. 온다. 온다. 온다…….

…왔다.

"어떻게 됐지?"

예의 여인이 돌아온 걸까? 아니다. 아까와는 분명하게 다른 음성이었다. 무뚝뚝한 남자의 음색. 사실 확인을 하기 위해 두 번이나 다른 사람을 보낼 필요는 없다. 그렇다면?

분위기는 익숙했지만 목소리는 낯설다. 나훈영은 쓴웃음을 지으며 뒤를 돌아보았다. 남자. 검은 그늘에 가린 남자의 얼굴은 흑포(黑布)로 둘러싸여 있어서 알아볼 수 없었다. 복면인, 아니, 흑포인이란 말이 더 어울릴까?

나훈영은 뒤틀린 어조로 입을 열었다.

"또 관리인이 바뀌었나?"

"묻는 말에만 답해."

나훈영은 여기서 밀리면 주도권을 빼앗긴다는 것을 알았다. 하지만 쉽게 입이 떨어지지 않았다. 도발의 대가는 자신의 목숨이다.

"글쎄, 어떻게 됐을 것 같소?"

"죽고 싶으면 계속 지껄여라."

나훈영은 상대방에게 말장난이 씨알도 먹히지 않는다는 사실을 깨달았다. 흑포인은 냉정한 목소리로 질문했다. 이번에는 더 구체적이었다.

"그는 어떻게 됐지?"

"떠났소."

"그렇군."

간결했다.

흑포인은 그걸로 고개를 끄덕이고는 몸을 돌렸다. 그대로 사라질 듯한 모습이었다. 순간 다급해진 나훈영이 재빨리 달려가 그의 옷깃을 붙잡았다. 흑포인의 눈에 불쾌함이 번져 나간다. 하지만 그는 이대로 떠나서는 안 되었다.

"잠깐! 약속과 다르지 않소!"

"약속?"

마치 그런 단어가 세상에 존재하기나 하느냐는 듯 오만한 표정이었다. 흑포인의 입가에 괴이쩍은 미소가 고였다. 다행이다. 전해들은 모양이다.

"아아, 그 약속 말이군."

혹포인이 약속을 아는 듯하자 나훈영의 얼굴에 희망이 번져 나갔다. 그러나 그것은 찰나. 곧이어 나훈영은 가슴에서 쏟아지는 은빛 입자들을 부여 쥔 채 신음을 흘렸다. 분명 통각이 제거되었을 텐데도 표정에는 고통이 역력했다. 죽음에 대한 두려움과 공포가 나훈영의 온몸으로 퍼져 나가고 있었다.

"깜빡할 뻔했어. 너를 죽이라는 명령이 있었거든. 명령도 어떻게 보면 약속의 일종이겠지?"

그런 명령을 잊을 리가 없다. 놈은 처음부터 자신을 갖고 논 것이다. 짧은 순간 나훈영의 가슴에서 메아리 같은 것이 요동쳤다.

나훈영의 가슴을 관통했던 검을 빼낸 혹포인은 말을 마침과 동시에 한 걸음을 물러섰다. 의지할 곳을 잃은 나훈영의 몸이 힘없이 무너져 내렸다.

죽음의 그림자 위에 시간이 가만히 머물고 있었다.

고요한 침묵이 내려앉을 즈음, 혹포인은 흘끔 밑을 내려다보고는 나훈영의 맥을 짚었다.

아직 뛰고 있다.

질긴 놈이군.

"확실히 해야겠지?"

혹포인은 음침한 미소와 함께 나훈영의 육신 위로 검을 세

번 연속 내리꽂았다. 은빛 입자가 내리 튀며 나훈영의 몸이 투명하게 변해갔다. 사체의 죽음을 확인한 흑포인은 그대로 등을 돌려 안개처럼 사라졌다.

은빛 입자가 빠져나온 나훈영의 사체는 점차로 엷어져 가더니 마침내는 투명한 껍질만 남아 잘게 부스러졌다. 숲의 깊은 적막이 내려앉고, 약간의 시간이 더 흘렀을까.

나무둥치 밑에서 한 인영이 무너지듯 기대어 앉았다. 나훈영이었다.

그의 캐릭터는 분명 죽었을 텐데?

그랬다. 누구나 최후의 비기 하나쯤은 남겨두는 법.

어쩐지 그의 몸은 평소보다 투명해 보였다. 창백한 낯빛이 그가 대부분의 기력을 소진했음을 알려주고 있었다.

아바타 오브 팬텀(Avatar of phantom).

자신의 생명력을 나누어 자신과 같은 분신을 만드는 기술. 나훈영은 수련을 가르치는 동안 틈틈이 환검사의 최고 절기(絶技) 중 하나를 익혀냈던 것이다. 비록 미완성이긴 했지만 그의 레벨이 1이라는 것을 감안하면 사실상 불가능한 이야기였다.

노력과 노련함의 승리라고 볼 수밖에.

"하마터면 위험할 뻔했어."

섣부른 판단으로 미리 분신을 만들어두지 않았더라면 놈의 치밀함에 지금쯤 나훈영은 차가운 먼지가 되어 공중을 떠돌고 있으리라.

"이럴 때는 환검을 배운 게 도움이 되는군."

잘게 뇌까린 나훈영은 품속에서 꺼낸 붉은색 액체를 벌컥벌컥 마시고는 숲길 사이를 비틀비틀 걷기 시작했다.

"이렇게까지 된 이상 결코 네놈들의 뜻대로는 안 될 거다."

EPISODE **004**
Maestro

  게임계의 전설인 진수련이 등장하기 전, 그곳에는 세 명의 왕이 있었다.

  스타크래프트, 스타크래프트2, 스페이스 오페라를 합해서 사람들은 3대 리그라 불렀고, 3대 리그의 왕을 꼽는 것을 즐겼다.

  스타크래프트 통합 리그를 네 번 연속 제패한 마왕(魔王) 강용성. 임윤성의 전향 후 스타크래프트2 리그의 왕좌를 한 번도 놓치지 않았던 신의 손 마태준.

  그리고 스페이스 오페라 리그의 최초 우승자이자 최고의 휴리안으로 꼽혔던 황제(皇帝) 임윤성.

  그러나 그들 중 둘이 컨트롤러를 잡은 한 소년에게 무릎을 끓고 말았고, 그 일이 벌어진 후 조금의 시간 차를 두고 모두가 은퇴를 선언했다. 그게 명예욕 때문이었는지 치욕 때문이었는지, 아니면 다른 이유 때문이었는지는 아무도 알지 못했다.

*   *   *

침침한 풀숲 사이사이로 깊게 드리워진 어둠은 이질적인 시선으로 자신의 품속을 걷는 여섯 명의 인영을 보고 있었다. 사각사각거리는 풀잎 소리 사이로 달빛이 사뿐히 내려앉았다.

'멍청한 놈들이 많다는 게 다행인지 불행인지 잘 모르겠군.'

마태준은 앞을 가리는 거대한 야자수 잎을 뎅겅 잘라내며 풀잎을 질근질근 씹었다. 자신의 뒤를 따라오는 떨거지들을 이끌고 퀘스트(Quest)를 수행할 생각을 하니 짜증이 확 치밀었다. 하지만 곧 돌아올 달콤한 보상이 그의 이성을 간신히 제어하고 있었다.

원정대장인 그가 받은 퀘스트는 하드코어(Hardcore) 퀘스트였다. 하드코어 퀘스트의 경우 단 하나의 보상을 놓고 퀘스트 수행원의 수만큼 보상—하드코어 퀘스트는 보통 골드로 지불된다—이 갈라지는 형태의 퀘스트였다. 즉, 퀘스트 도중 많은 인원이 죽어나갈수록 살아남은 자가 유리해진다는 의미였다.

그리고 그가 굳이 이 퀘스트를 수행하려는 이유도 그것에 기인하고 있었다.

'내가 이런 짓거리까지 하게 될 줄은 몰랐지만.'

가상현실 게임 론도의 개발 선언 이후, 스페이스 오페라 리그를 제외한 대부분의 리그는 규모가 크게 줄어버렸다. 스페이스 오페라의 경우는 성환그룹이나 다른 대기업들이 후원을 해주고 있었기 때문에 여전히 성행했지만, 다른 게임의 경우는 스폰서들이 모조리 론도 쪽으로 시선을 돌려 버렸던 것이다.

스타크래프트2 게이머였던 마태준은 이를 악물 수밖에 없었다. 한때는 신의 손이라고 불렸던, 컨트롤만큼은 누구보다도 화려했던 그. 스스로도 적수가 없다고 생각했던, 이제는 낡은 회고록에 묻힌 무적의 나날.

괜한 달빛에 마음이 침울해진 것일까. 마태준은 별로 생각하고 싶지 않았던 과거의 페이지를 들추고 말았다.

스타크래프트2 통합 SSL 4회 리그 결승전, 그는 일생일대의 숙적인 임윤성을 만났다. 임윤성은 지금까지 마태준이 만났던 누구보다도 강했다.

그놈의 핵이 문제였다.

─Nuclear Launch detected.

─아아, 임윤성 선수! 배틀크루저 부대 밑에 고스트를 숨겨놓았군요!

─마태준 선수, 놀라운 컨트롤로 유닛들을 산개하며 저글링들을 변태시켜 베인링으로 만들어 고스트를 찾습니다! 하지만 임윤성 선수의 병력들이 진로를 가로막고 있군요!

―아, 고스트가 죽었습니다! 핵이 떨어지는 것은 막았으나 마태준 선수도 그 때문에 많은 피해를 입었습니다! 승부의 방향이 점점 미궁으로 빠지는군요!

마태준은 임윤성을 생애 최대의 라이벌로 규정했다. 둘의 전적은 막상막하였다. 컨트롤에서는 마태준이 조금 우세하였고, 센스 면에서는 임윤성이 나았다. 그날이 오기 전까지는.

"왜 리그를 옮기는 거지? 두려운 거냐?"

"기존의 스타 리그는 너무 좁아. 나는 최고의 프로게이머가 될 거다."

상대 전적 9:10. 1점을 리드한 임윤성은 그대로 스타크래프트2 리그를 떠났다.

"따라오고 싶으면 따라와라."

마태준은 자신이 없었다. 게임을 바꾸면 처음부터 다시 컨트롤을 연습해야만 한다. 자신의 컨트롤은 게임의 시스템에 손이 익숙해진 후에야 빛을 발할진대, 그렇게 되면 기존의 리그를 포기해야만 할 것이다. 게다가 게임을 바꿔서 임윤성을 이길 자신도 없었다. 두려움이 앞섰다. 새로운 것을 체험해야 하는, 또다시 정상의 자리까지 올라가야 하는 암담함.

그리고 그 시기에, 한 무명의 신인이 나타났다. 아니, 그는 그때 이미 무명이 아니었다.

―스타크래프트 리그를 제패하고 마침내 스타크래프트2 리그의 결승전까지 진출해 온 최강의 신인 진수련 선수! 프로게임 역사상 지금껏 이런 선수는 없었습니다!

―전무후무(前無後無)라고 할 수 있겠지요. 각각 다른 타이틀을 가진 별개의 게임 리그 동시 제패를 노리다니, 믿을 수 없는 일입니다. 게다가 일설에 의하면, 이미 스페이스 오페라 리그도 16강에 진출했다는군요.

처음 소년이 나타났을 때 마태준은 비웃었다. 마왕을 꺾었다고? 운이 좋았을 뿐이지. 녀석의 컨트롤은 이미 낡았어.

임윤성이 스페이스 오페라 리그로 전향한 후 스타크래프트2 리그에서 마태준을 당할 자는 아무도 없었다. 컨트롤도, 센스도, 그 어느 것도. 그러나 예측은 순식간에 깨어져 나갔다.

무난하게 이겼던 첫 게임 이후, 마태준은 내리 세 번을 짐으로써 왕좌의 자리를 전혀 염두에 두지도 않았던 소년에게 내줬던 것이다.

마치 자신의 생각을 모두 읽어내는 듯한 움직임. 마태준은 완패했다.

"이건… 이런 건 인정할 수 없어!"

그러나 마태준은 끝내 결과에 승복하지도, 또한 복수하지도 못했다. 그 경기 이후 얼마 지나지 않아 상대방이 종적을 감춰버렸던 것이다. 원인은 교통사고. 사고를 당해 프로게이머를 은퇴했다고 한다.

6개월, 1년……. 다음 시즌의 왕좌를 그가 다시 쟁탈하고, 임윤성을 따라 스페이스 오페라를 시작한 후에도 그의 적은 나타나지 않았다.

스타크래프트2 리그를 은퇴한 마태준은 스페이스 오페라

게이머로 종목을 전향했고, 그곳에서 다시 임윤성을 만나 겨루게 되었다. 그리고 얼마 전, 또다시 패배의 고배를 마셨다.

[이봐, 아직 멀었나?]

갑작스레 들려온 귓속말에 마태준은 움찔하며 깨어났다. 아직 주변은 밤이었다. 달빛이 고인 수풀이 시야를 가리고 있었다. 마태준은 회상이 주는 씁쓸함에 저항하며 귓속말을 전송했다.

[조금만 기다려. 다 와가니까.]

"어이, 캡틴! 아직 멀었어?"

장난스러운 음성이 등 뒤의 어둠 사이로 들려왔다. 마태준은 순간적으로 다시 귓속말을 보낼 뻔했다.

"다 왔으니까 재촉하지 마."

마태준이 짜증스러운 목소리로 답하자, 곧 투덜거림이 잦아들었다. 현재 집계된 공식 랭킹에 따르면 마태준의 캐릭터인 마에스트로는 221위. 함부로 건드릴 수 없는 것이 당연했다.

사실상 현재 1위에서 1만 번째까지의 격차는 거의 미미한 것이기는 했다. 그도 그럴 것이, 오늘로서 론도는 겨우 오픈 한 달째를 맞이하는 것이다.

그래도 유저의 수를 감안했을 때 그의 랭킹은 무시무시한 것이었으나 마태준은 내심 불만이었다.

'랭킹? 내가 지금까지 레벨만 올렸다면 1위는 문제없었을 거다.'

그가 제대로 레벨업을 하지 못한 이유는 스킬의 숙련과 컨트롤 훈련 때문이었다. 컨트롤로 승부를 볼 수 있는 게임. 그가 론도를 시작한 이유도 바로 그것 때문이었다.

'마태준, 우리 회사의 론도를 해볼 생각은 없나?'

성환그룹의 회장 대리라는 놈이 그를 찾아온 것이 벌써 석 달 전.

그때부터 마태준은 임시로 만들어진 가상 인터페이스를 제공받았다.

"이제 프로게임계에도 장르의 전환을 맞이할 때가 왔지. 이미 많은 프로게이머들이 이 게임에 뛰어들기 시작했네."

물론 단순히 그것만으로는 그가 지금껏 뛰어왔던 리그를 버리는 충분한 이유가 되지 못했다. 결정적인 이유는 역시,

"임윤성도 이 게임을 할 걸세."

"임윤성이?"

"그로는 부족한가? 그렇다면 '전설'은 어떤가?"

그 녀석들이, 이 게임을 한다고?

임윤성, 그리고 전설. 마태준이 게임을 시작할 이유는 그걸로 충분했다. 애초부터 프로게이머에게 있어 게임이란 생활. 사실 구질구질한 이유를 억지로 붙일 필요는 없었다. 한낱 사소한 이유, 혹은 충동일지라도 끌리면 시작하는 것. 그러나 이번에는 이유가 필요했다.

복수. 다시 최고의 자리를 되찾는 것.

론도에서 컨트롤은 상당히 중요한 비중을 차지한다. 그리고 컨트롤은 마태준이 가장 자신하는 것이었다.

마태준의 컨트롤은 폭풍에 가까웠다. 함께 가상현실 인터페이스를 제공받은 선수 중에서도 그의 컨트롤은 단연 압권이었다. 누구도 일 대 일 PvP에서 마태준을 당해내지 못했던 것이다.

마침내 클로즈 베타 테스트 마지막 순간에 라이벌 중 하나였던 마왕 강용성을 꺾기까지 했다. 임윤성이든 전설이든, 그는 이제 누구를 상대하더라도 이길 자신이 있었다.

남은 것은 기다리는 것뿐.

"대장?"

"아, 미안."

잡생각에 잠긴 탓에 잠시 앞길을 놓친 모양이다. 마태준은 별로 미안하지 않은 목소리로 답하며 또 다른 나뭇가지를 베어 내렸다.

'조금만 더 가면 된다.'

하드코어 퀘스트의 등급은 D. 퀘스트 내용은 브룸바르트 동쪽 카를 숲의 홉 고블린을 처치하는 것이었다. 홉 고블린의 레벨은 보통 4~5이며, 고블린의 평균 레벨이 3이라는 것을 감안한다면 현 유저들이 수행할 수 있는 퀘스트 중에서는 제법 상급에 속하는 것이었다.

파티장인 마태준의 레벨은 5 초반. 파티원들의 평균 레벨이 3이라는 것을 염두에 둔다면 충분치 못한 전력이었다. 그러나 마태준은 개의치 않았다. 애초부터 파티 멤버들에게 어떤 기대를 가지지는 않았다.

쓸데없이 시끄러운 놈이 하나, 쥐뿔도 아는 것 없는 게 잘난 척하는 놈이 하나, 조용한 놈 하나, 여자 하나.

평범하기 짝이 없는 파티 구성이었다.

'사실 고블린쯤이야 나 혼자서도 충분하지.'

퀘스트 특성상 다섯 명 이상의 인원이 모여야만 수행할 수 있었던 것뿐.

긴 잡목 숲이 끝나자 낮은 풀이 자라는 초원이 나타났다. 곧 작은 움막 같은 것이 여러 군데에 늘어지듯 흩어져 있는 것이 눈에 띄기 시작했다. 마태준의 입가에 미소가 그려졌다.

'다 왔군.'

*　　　*　　　*

발할라의 숲을 빠져나온 수련은 론도, 그러니까 그룬시아드 대륙 최대의 제국인 브룸바르트에 도착했다. 이대로 북동쪽을 향해 쭉 직행하면 미리 알아뒀던 마을에 도착할 수 있으리라. 하지만 그의 메모가 맞다면 그 마을의 진입 레벨 제한은 4였다.

현재 수련의 레벨은 3. 칭호는 여전히 노비스(Novice)였다. 아무런 직업도 선택하지 않은 까닭이다.

'우선 레벨업을 해야겠는데.'

오는 길에 수많은 몬스터들을 잡았기에 레벨 4 진입 경험치는 충분했으나 정화의 의식을 받기 위해서는 특별한 조건이 필요했다.

—D급 퀘스트 하나를 성공적으로 수행할 것.

브룸바르트의 수도인 칸디움(Candidum)은 생각보다도 훨씬 혼잡했다. 시장터는 발 디딜 틈이 없었고, 아이템 거래 게시판은 빼곡하게 붙은 광고지로 뭐가 뭔지 알 수가 없었다.

온라인 게임은 다 이런 식인 걸까. 마구 뭔가를 떠들어대는 사람들의 틈바구니에서 수련은 어지러움을 느꼈다.

"D 그레이드(Grade) 바이킹 소드 팝니다! 지금까지 나온 대검 중에서 제일 쓸 만해요!"

"즉석 조제 포션 팝니다! 상점보다 저렴해요!"

"퀘스트 아이템 오크의 손톱 팝니다! 보고 가세요!"

"이봐, 마검사(魔劍士) 아라한이 B그레이드 갑옷을 먹었대! 지금 경매에 올라왔어!"

"성직자 구합니다! 나크둠의 동굴에 가실 성직자 분 모십니다! 아이템 분배 시 1.5명분으로 쳐드립니다!"

여기저기서 떠드는 목소리가 커다란 혼란이 되어 수련을 잠식했다. 끈적끈적하고 불쾌한 늪 같다. 악취 같은 것이 모공을 통해서 스며든다.

수련은 있는 힘껏 달려서 광장을 벗어났다.

퀘스트 센터(Quest center)는 칸디움의 메인 스트리트(Main

street)인 '나블렌의 삼거리'에 있었다. 삼거리의 중심을 수놓은 거대한 분수가에는 게임을 함께 시작한 연인들이 사랑을 꽃피우고 있었다.

"어머, 이것 봐. 진짜 분수 같지 않아?"

"그럼 가짜냐?"

"그럼 진짜냐?"

서로를 향해 손가락질하는 연인들. 참 다정한 광경이었다. 수련은 낯선 평화에 고개를 갸웃거리며 메인 스트리트의 안쪽으로 발걸음을 재촉했다.

퀘스트 센터에는 이미 많은 유저들이 진을 치고 있었다. 도무지 줄어들 기미가 보이지 않는 줄을 바라보던 수련은 나직하게 한숨을 쉬며 다른 퀘스트 센터를 찾기 시작했다. 설마 이 큰 도시에 퀘스트 센터가 하나밖에 없겠냐는 생각에서였다. 뜻밖에도 퀘스트 센터는 바로 옆에 있었다.

수련은 의아함을 느꼈다.

"저기요, 저쪽에도 퀘스트 센터가 있는데 왜 이쪽에만 다 몰려 있는 거죠?"

"아, 저기는……."

수련의 물음을 받은 유저는 잠시 쓴웃음을 지은 채 입을 오물거리더니 이내 짓궂은 표정으로 말했다.

"가보면 알게 될걸?"

상대방에게 알려줄 용의가 없다는 것을 깨달은 수련은 직접 퀘스트 센터를 체험해 보기로 결심했다. 익명의 그림자가 드리워진 곳에서 인심은 생각보다 각박한 모양이었다. 먼지가 부스스 떨어지는 퀘스트 센터의 문을 열고 들어간 수련은 뜻밖에도 사람 좋아 보이는 중년인 NPC의 인상에 조금 놀랐다.

"저기, 퀘스트를 받으려고 하는데요."

알아본 결과 현재 남은 개인 퀘스트가 없었다.

"미안한데, 요즘 승급자들이 많아서 퀘스트가 바닥이야. D급이라면 파티 퀘스트가 하나 있는데…… 아, 마침 파티장이 유저를 모으는 중이군. 제한 레벨은 3이야."

놀라운 것은 퀘스트 센터 NPC의 A.I였다. 아마 NPC마다 지능의 수준이 차별화되는 모양이다. 철저한 계산 능력과 유저에게 맞는 퀘스트의 선별, 그리고 더욱 놀라운 것은…….

"그럼 그걸로 주세요."

"그런데… 정말 괜찮겠나?"

유저를 염려하기까지 한다는 점.

"뭐가요?"

"이 퀘스트, 하드코어(Hardcore) 퀘스트거든."

론도의 퀘스트는 두 가지가 있었다. 일반 퀘스트와 하드코어 퀘스트. 두 퀘스트를 구분하는 기준은 보상의 유무에 있었다. 일반 퀘스트의 경우, 퀘스트 도중 유저가 사망해도 보상을 받을 수 있는 반면, 하드코어 퀘스트의 경우는 불가능했다. 그래서 가능하면 인망이 있거나 이름이 알려진 유저를 중심으로 파티가 결성되고 하는 것이 보통이었다.

"여, 마지막 동료가 왔군."

여관 '들풀의 노래'에는 이미 네 명의 유저가 수련을 기다리고 있었다. 그러나 파티장의 얼굴을 보는 순간 수련은 흠칫하고 몸을 떨었다. 그것은 어떤 중압감(重壓感)과 기시감(旣視感)의 중간쯤에 위치한 듯한 기묘한 감각이었다.

수련은 그의 얼굴을 알고 있었다. 전체적으로 얼굴 형태가 미묘하게 변하기는 했지만, 그의 세심한 시각을 피해갈 수는 없었다.

옆의 사내가 먼저 말을 꺼냈다.

"이봐, 당신은 직업이 뭐야?"

수련은 잠시 고민에 빠졌다. 솔직하게 말할 것인가, 아니면 검사라고 속일 것인가.

"노비스입니다."

"으음."

어쩐지 실망하는 기색이었다. 일행의 구성은 전사가 하나, 아쳐(Archer)가 하나, 프리스트가 하나, 마법사가 하나였다. 파티원들은 내심 그가 전사이기를 바랐던 것이다. 5인 파티의 최상 조합이 바로 전사 2, 마법사 1, 성직자 1, 아쳐 1이었으므로.

직업을 선택하고 선택하지 않고의 차이는 생각보다 컸다. 검사를 선택하면 검의 공격력이 30% 이상 강해지고, 아쳐를 선택하면 활의 공격력이 30% 이상 강해진다. 파티에서 노비스를 꺼려하는 것은 당연한 결과였다. 개중에는 은근히 무시하는 인간도 하나 있었다. 아마 그가 마법사겠지.

"흥, 전직도 안 한 주제에 잘도 파티에 가입하러 왔군."

원래 마법사는 다들 이런 족속인지에 대해 수련이 심각한 고찰을 시작하려는데, 파티장이 마법사를 제지하며 분위기가 어두워지는 것을 막았다.

"레벨 3이라고? 내 아이디는 마에스트로. 잘 부탁하지."

순간 수련의 눈빛에 날카로운 그림자 같은 것이 떠올랐다가 이내 사라졌다. 얼결에 인사를 받은 그는 작은 목소리로 대답했다.

"시리우스입니다."

"시리우스?"

남자의 안색이 기이하게 변했다가 다시 원래대로 돌아왔다. 수련이 의아한 눈으로 그를 바라보자 마에스트로가 고개를 내저었다.

"아니, 아무것도 아닐세."

　　　　*　　　　*　　　　*

원정 예상 소요 시간은 8시간. 말이 8시간이지 사실 게임 속의 시간으로 8시간을 사냥만 하고 버틴다는 것은 지루하기 짝이 없는 일이다. 그것이 아무리 가상현실이라고 해도, 아니, 가상현실이기에 오히려 더욱더.

정신적으로 피로가 몰려오는 것이다. 도시 사람들은 순간적이고 쾌락적인 게임을 더 선호한다. 쉽게 강해지고, 쉽게 대리

만족을 얻을 수 있는, 그리고 쉽게 열기가 식어버리는. 하지만 그럼에도 불구하고 론도는 상상을 불허하는 인기를 가지고 있었다. 왜냐고? 간단했다. 가상현실이니까. 그것만의 독특한 매력이 있는 것이다. 단순한 노가다로 이루어진 레벨업 게임들의 단점을 론도는 차원이 다른 시스템으로 극복해 냈다.

힘들고 지치고 또 고달플 때도 있지만, 뫼비우스의 띠 같은 패턴 속에서 퀘스트를 수행하고, 사람을 만나고, 현실에 가까운 감각을 맛볼 때마다 사람들은 더욱더 환호하고 게임에 열을 올리게 된다.

원정 목표 지점은 브룸바르트 동쪽에 있는 카를 숲. 내용은 홉 고블린을 위시한 고블린 패거리의 소탕이었다. 생각보다 가벼운 퀘스트라고 생각했다. 브룸바르트까지 오는 동안 고블린류의 몬스터는 신물이 나도록 사냥해 본 그가 아니던가.

사실 수련의 관심사는 퀘스트 그 자체가 아니라 사람이었다. 제각각 다른 성격을 가진 사람들을 관찰하는 것은 생각보다 재미있는 일이었다.

먼저 원정대장이자 파티장인 마에스트로. 이 사람은 속내를 짐작할 수 없는 인물이었다. 언젠가 느껴보았던 익숙한 분위기를 수련은 잊지 않고 있었다. 그가 아는 사람인 것이다. 물론 아이디가 바뀌었을 수도 있지만 수련은 거의 확신하고 있었다.

잘 갈무리되어 있는 음험함의 안쪽은 철저한 장벽으로 가려져 있어서 들여다볼 수가 없었다. 그래서 그가 수련을 알아보았는지 어떤지도 알 수 없었다.

일행은 수련을 포함해 총 다섯. 전사 둘—수련을 전사로 포함시킨다면—과 마법사 하나, 궁수 하나와 사제로 이루어져 있었다. 흔히들 말하는 황금 비율의 파티 구성이었다.

"개그맨?"

"그래, 론도는 내 데뷔의 훌륭한 발판이 될 거라고!"

다른 한 사내는 어딘가의 만화에나 나올 법한 개그 캐릭터였다. 스스로 개그 캐릭터를 표방하고 있는 것인지, 아니면 원래부터 성격이 그런 것인지는 알 수 없었는데, 억지로 웃기려 한다는 점에서 오디션에 떨어진 개그맨 지망생의 티가 났다.

남자의 아이디는 루피온이었다. 그는 마법사가 마음에 들었는지 옆으로 슬금슬금 접근해서 이야깃거리를 늘어놓기 시작했다. 아니, 엄연히 말해서 그건 어떤 화젯거리라기보다는 그저 자기 자신에 대한 이야기였다.

"이봐, 어차피 최고의 플레이어가 되는 건 불가능해. 나는 최고의 개그 캐릭터가 될 거라고. 내 꿈은 개그맨이거든. 너도 같이하지 않을래?"

"미친놈이군."

마법사가 작게 욕설을 내뱉었으나 루피온은 못 들은 척 입을 계속 나불댔다. 그가 들었더라면 상처가 되었을까, 수련은 스치듯 생각했다.

"론도는 세계의 주목을 받는 게임이지. 게임 속에서 개그로 출세해서 UCC 동영상이 인터넷에 마구 퍼지게 된다면 세계적인 개그맨이 되는 것도 꿈은 아니란 말씀이야!"

사실 고 레벨 플레이어가 되는 게 더 쉬워 보였다. 반응이 없자 시무룩해진 루피온은 곧 다른 이야기를 하기 시작했다.

"루피온 몰라? 그룬시아드 연대기 5부의 주인공! 이 레어 아이디를 얻으려고 내가 얼마나 발악했는데! 론도가 그룬시아드 연대기를 배경으로 만든 게임이란 건 알지?"

"웃기지 말고 퀘스트에 집중이나 해."

마법사 베로스가 날카롭게 핀잔을 주었다.

"웃겨? 웃겼어? 와하하! 성공이네!"

"빌어먹을 놈."

마법사 베로스 또한 은근히 말이 많은 타입으로, 계속 뭔가를 자랑하고 싶어했다. 예컨대, 자기는 알파 테스트 때부터 참가해 왔다든가, 현재까지 발굴된 최고의 던전은 C+ 급의 성 아르피나의 무덤이라든가…… 퀘스트에는 전혀 도움이 안 될 법한 이야기만 지껄이는 인간이었다. 자격지심에 시달리는 듯도 했다. 어떤 의미에서는 베로스나 루피온이나 비슷한 일면이 있었다.

"난 말이지, 심리학을 전공했는데… 루피온 너 같은 녀석은 현실에서는 남들한테 말도 제대로 못 붙일 타입이야. 그러니 익명이 보장된다고 아무렇게나 나대는 모양인데, 적당히 하는 게 좋아."

"뭐, 뭐? 말 다 했어?"

그 말에 얼굴이 잔뜩 붉어진 루피온은 날카롭게 쏘아붙이려고 했으나 도리어 말을 더듬고 말았다. 아무래도 정곡이었던 모양이다. 하지만 수련은 루피온의 그런 모습이 왠지 보기 좋았다. 상대방에게 자신에 대해 먼저 밝힘으로써 믿음을 얻고 싶어하는 그의 마음을 읽었기 때문일까. 어딘가 미숙한 사람은 오히려 정감이 가는 법이다.

"저기… 싸우는 건 좋지 않아요……."

남은 하나는 여자였다. 은은한 에메랄드 빛 머리칼이 어깨 바로 아래까지 늘어져 있었다. 하얀 로브를 걸친 걸 보니 아무래도 프리스트인 모양이다.

그러나 여자라고 해서 뭐든지 비꼬기 좋아하는 비관주의자의 시각을 벗어날 수는 없었다. 베로스의 시니컬한 말이 비수처럼 쇄도했다.

"너도 보아하니 돈 발라서 성형한 얼굴인 것 같은데… 게임에서라도 예뻐 보이고 싶었나 보지? 뭣도 모르면 그냥 가만히 처박혀 있어."

그 말에 여자의 얼굴이 확 붉어졌다. 달싹거리던 입술을 다물더니 이내 고개를 떨어뜨리고 만다. 수련은 안쓰러움을 느꼈다.

"그만 해라."

마에스트로의 입이 열림과 동시에 침묵이 내려앉았다. 베로스는 순간 어깨를 움찔하더니 입술을 얄궂게 오므리며 마에스트로를 향해 비굴하게 웃어 보였다.

수련은 순간 루피온의 얼굴에 혐오감이 짙게 깔리는 것을 보았다. 베로스란 남자의 랭킹은 듣자 하니 다섯 자리. 약자에게는 강하고 강자에게는 약하다. 다른 사람의 가상과 현실 사이의 괴리를 비꼬는 주제에, 자기는 고작 강자 앞에서 빌빌거리는 모습이라니.

파티에 삭막함이 내려앉았다. 수련은 이해할 수 없는 그 분위기 속에서 여전히 침묵을 지키고 있었다. 달갑지 않은 공기였다.

이야기 상대를 잃은 루피온이 수련의 옆으로 찰싹 붙은 것은 그때였다.

"저기, 너는 몇 레벨이야?"

"아, 3이요."

수련은 황급히 답했다.

"아까 들었지? 내 꿈은 개그맨이 되는 거야. 물론 저기 앞에 가는 녀석처럼 말도 안 된다고 비웃는 놈들이 대부분이겠지만… 첫 데뷔가 온라인 게임 속이라고 해서 나쁠 건 없잖아? 요즘처럼 UCC 동영상이 떠도는 시대에……."

"아, 네."

같은 말을 연신 반복해 대는 루피온을 보며 수련은 이상하게 침착해지는 것을 느꼈다. 누군가를 관찰하고 파악한다는 것은 스스로에게도 기묘한 일이다.

하나의 장벽을 사이에 두고 얼굴을 마주 대고 있는 이 사람은 무슨 생각을 하며 자신에게 이런 말들을 꺼내는 것일까.

루피온은 플레이가 끝난 후 매일 자신의 플레이를 동영상으로 갈무리하여 컴퓨터에 저장한다고 했다. 그리고 개중에서 멋진 멘트를 편집하여 UCC 동영상을 만들고 있다고.

"어쩐지 굉장하네요."

수련은 가볍게 웃으며 답했다. 그러나 마땅한 화제가 없었던 탓에 침묵의 틈을 비집고 어색함이 들어찼다. 이유도 없이 루피온의 얼굴이 스르르 붉어지는 것이 보였다.

"어? 뭐 해?"

갑자기 수련이 허리를 구부리고 나무 밑동 근처에서 뭔가를 뽑기 시작하자 루피온이 의아한 얼굴로 물었다.

"아, 약초 채집 좀 했어요."

"약초 채집? 뭘 만들려는 건데?"

모호한 수련의 웃음에 루피온은 애매한 얼굴로 고개를 갸웃거렸다.

"미적대지 말고 빨리 오도록 해."

"아, 죄송합니다."

마에스트로의 핀잔에 수련이 재빨리 약초를 수습하며 상체를 일으켰다.

원정대의 행렬은 일렬이었다. 맨 앞이 마에스트로, 두 번째가 마법사 베로스, 세 번째가 궁수 루피온, 네 번째가 수련, 그리고 다섯 번째가 여자 사제였다.

"저기, 저는 네르메스라고 해요."

적막한 분위기가 싫었는지 재빨리 끼어든 여자는 나름 미소를 지으려 노력했다. 그러나 아까 받은 상처가 너무 컸는지 여자의 표정은 썩 좋아 보이지 않았다. 얼핏 눈물방울까지 맺혀 있었다.

눈물 자국?

수련은 반사적으로 말했다.

"당신, 1인칭으로 플레이하는군요?"

"아, 네. 조금 무섭긴 하지만… 그래도 3인칭 플레이는 너무 뻣뻣한걸요."

네르메스는 황급히 눈물을 훔치며 웃었다. 루피온이 잽싸게 끼어들었다.

"뭐? 론도의 기본은 3인칭 플레이라고! 나 같은 개그맨이나 1인칭으로 플레이하는 거야! 얼른 3인칭으로 바꾸도록 해! 바보 같으니……."

바보라는 말에 여자가 또 훌쩍거리기 시작했다. 수련은 황급히 손사래를 치며 위로의 말을 꺼내려 했으나 문장은 쉽게 만들어지지 않았다. 여자가 자그맣게 웅얼거렸다.

"…전 성형 안 했다고요……. 머리 색깔 바꾼 게 다인걸요……."

"알았으니까 울지 마세요."

수련은 우는 여자를 어떻게 대해야 할지 몰랐기 때문에 그저 난감할 뿐이었다. 이렇게 연약한 여자가 어떻게 하드코어 퀘스트에 지원한 걸까. 그때 루피온이 눈치껏 수련에게 귀띔을 해주었다. 성형 안 했다는 말에 혹한 모양이다.

"이봐, 그럴 때는 살포시 안아줘야지."

물론 그런 일은 일어나지 않았다. 일행이 목적지에 도착했던 것이다.

긴장이 파티 전체로 퍼져 나감과 동시에 흥분한 루피온이 말을 더듬으며 헛소리를 하기 시작했다.

"나, 나 사, 사실 파티 퀘스트는 처음인데… 어떤 개그를 해야 먹힐까? 응?"

짚을 마구 우겨 넣어 만든 듯한 움막 사이사이에 고블린이 떼로 모여 있었다. 개중에는 다른 고블린보다 두 배 정도 크며 빨간 가죽으로 뒤덮여 있는 홉 고블린도 있었다.

하나, 둘, 셋, 넷…….

"생각보다 많다."

마에스트로가 작게 욕지기를 내뱉었다. 레벨 4의 홉 고블린이 다섯, 그 외의 졸개 고블린의 수가 이십을 훌쩍 넘기고 있었다. 이 구성의 파티로는 도저히 공략이 불가능해 보였다. D급 퀘스트라기엔 너무 난이도가 높았다.

흘끗 본 마에스트로의 표정이 일그러져 있었다. 계획대로 일이 풀리지 않는 자의 눈빛이 뒤틀려 있었다.

"저, 저기… 그냥 돌아가면 안 될까요?"

뒤를 돌아보니 네르메스라는 여자 사제가 울먹거리는 것이 보였다. 옆에서 마법사 베로스가 혀를 찼다. 어차피 저렇게 나올 거면서 왜 파티에 참가했단 말인가?

"저는 고작 레벨 3이라고요. 저렇게 많은 숫자를 상대할 수는……."

"꼭 이런 년들이 있다니까. 파티 경험도 없으면서 괜히 끼어

들어서 경험치랑 보상을 챙기려는……. 세상이 외모면 다 되는 줄 알아?"

베로스의 말에 네르메스의 고개가 더욱더 내려갔다.

"그건 됐고, 너희들 한 명당 고블린 몇이나 상대할 수 있냐?"

네르메스를 보는 마에스트로의 얼굴도 썩 좋아 보이지는 않았으나, 그는 냉철하게 사태를 파악하고 전력을 비교, 조율하기 시작했다. 수련은 내심 그의 침착함에 감탄사를 흘렸다. 제일 먼저 대답한 사람은 베로스였다. 그의 표정에는 자신감이 가득 들어차 있었다.

"여섯."

어떠냐, 너희들은 이만큼 상대할 수 있느냐 하는 시선을 받은 루피온이 고개를 숙이며 작게 말했다.

"하나……."

베로스가 멸시의 눈길로 비웃었다.

"훗, 고작 고블린 한 마리도 버거워하는 주제에 잘도 입을 나불거렸군."

"너는 몇이나 상대할 수 있지?"

마에스트로가 수련을 보고 말했다. 기이한 열기 같은 날카로움이 일렁이는 눈빛이었다. 대놓고 말을 놓는 마에스트로에게 조금 화가 났으나 수련은 내색하지 않고 입을 열었다. 그러나 타이밍을 가로챈 사람이 있었다.

"저, 저는 돌아가겠어요!"

"조용히 말해."

예의 사제 네르메스였다. 그녀의 안색은 이제 하얗게 질려 있었다. 어차피 게임인데 뭐가 그렇게 무서운 걸까. 1인칭에 아직 익숙하지 않은 건가? 수련은 의아함을 느끼며 그녀를 만류하려 했지만 네르메스의 태도는 단호했다.

"모, 몰라요. 전 그만둘 거예요."

그녀의 말에 마에스트로도 더 이상은 참을 수 없었는지 뭐라 쏘아붙이기 위해 자리에서 벌떡 일어났다. 그러나 바로 그 때, 마치 예정된 일이었던 것처럼 뒷걸음치던 여자가 돌부리에 걸려 넘어지고 말았다. 동시에 튀어나온 귀를 찌르는 비명.

"꺄악!"

"바보! 그렇게 큰 소리를 내면!"

당황한 베로스가 사제를 향해 다가가는 순간, 고블린 무리 쪽에서 괴상망측한 울음소리가 들려왔다. 눈이 벌겋게 물든 고블린이 떼를 지어 파티를 향해 달려오고 있었다.

"이미 늦었군."

뒤이어 검을 뽑은 마에스트로가 짓씹듯 말을 내뱉었다.

고블린과의 거리는 이제 몇십 미터 남짓. 저렇게 많은 숫자의 몬스터들을 상대로 파티 하나의 진형 따위는 소용없었다. 전술로 극복할 수 없는 숫자인 것이다. 일단 초반에 조금이라도 숫자를 줄여놓거나, 일부를 다른 곳으로 유인하여 각개격파하는 방법이 그나마 가장 현명해 보였다.

마에스트로는 재빨리 마법사 베로스에게 명령했다.

"이봐, 빨리 맨 앞줄의 고블린들에게 매직 애로우(Magic arrow)를 날려!"

"에, 예?"

그러나 정작 앞으로 나선 베로스는 어리둥절한 표정이었다.

"뭐 하는 거야? 빨리 매직 애로우를 날려! 코앞까지 왔잖아!"

베로스가 난처해지자 신나는 것은 루피온이었다. 베로스의 얼굴이 일그러짐과 동시에 마에스트로의 고함이 터져 나왔다.

"매직 애로우를 날리라고! 다섯 마리 정도를 따로 유인하란 말야!"

"저, 그, 그게 저기……."

베로스는 말을 더듬더니 당황했는지 기묘한 제스처를 취하기 시작했다. 물론 무슨 말인지는 알 수 없었다.

"그게 저는 사실 중급 마법밖에……."

"뭐?"

마에스트로가 어처구니없다는 표정으로 베로스를 노려보았다. 마법사의 수련에서 기본 과정의 익스퍼트(Expert)는 기본이다. 속성 마법을 배우기 전에 기본 마법부터 충실히 배워둬야 파티플레이든 솔로플레이든 적재적소에서 마법을 사용할 수 있게 된다.

물론 처음부터 3서클 수준의 중급 마법을 배울 수는 있지만, 그렇게 되면 중급 마법 자체의 효력이 떨어질뿐더러 명중률도 형편없어진다. 그럼에도 불구하고 중급 마법부터 배운 후 남들 앞에서 자랑을 하려는 베로스 같은 유저들이 론도에는 가끔씩 있었다. 남들보다 조금이나마 앞선다는 우월감이 캐릭터를 망치고 파티를 위험에 빠뜨리게 되는 줄도 모른 채.

"이 멍청한 자식! 어쩐지 레벨 3짜리가 3서클 마법사라는 게 이상하다 했어! 그래서 네놈이 사용할 수 있는 최고 마법이 뭐냐?"

"코, 콜 라이트닝입니다……."

몇 번의 대화가 오가는 사이 이미 고블린들은 지척까지 다가왔다. 찌푸릴 대로 찌푸려진 표정의 마에스트로가 베로스의 몸뚱이를 확 밀쳤다. '우어어' 하고 괴상한 비명을 지르며 앞으로 뛰쳐나간 베로스는 자신을 향해 달려오는 고블린들을 보았다. 불행 중 다행으로 3인칭 시점을 사용하고 있었던 베로스였기에 죽음에 대한 두려움은 남들보다 낮았다.

"뭐 해! 그럼 빨리 콜 라이트닝을 써!"

베로스는 그제야 주문을 영창하기 시작했다. 마법사의 경우 자신의 서클보다 3단계 이하의 마법만 캐스팅 없이 사용할 수 있었기 때문에 고작 3서클 마법사인 베로스는 처음부터 주문을 다 외워야만 했다. 뇌전의 기운이 뭉글거리며 베로스의 두 손 사이로 뭉쳐지기 시작했다.

어느덧 초롱초롱한 눈망울을 빛내는 루피온이 던지듯이 말했다.

"저 녀석, 그래도 뭔가 할 모양인데?"

열 걸음, 아홉 걸음, 여덟 걸음… 다섯 걸음, 네 걸음……. 일행 모두가 긴장감에 물든 채 그 광경을 보고 있었다. 그래도 혹시나 하는 일말의 기대를 가진 채로.

더 이상 기다릴 수는 없다는 듯 베로스가 황급히 두 손을 내밀었다.

"코, 콜 라이트닝!"

섬광 같은 시퍼런 뇌전 한줄기가 하늘치의 구름에서 뻗어나왔다.

목표는 고블린 무리.

그러나 극적인 순간에 어처구니없는 일이 발생했다. 하필이면 근처에 나무가 붙어 있었던 까닭에 작렬의 순간 뇌전이 나뉘며 두 개의 나무에 꽂혀 버린 것이다. 어부지리로 익힌 마법이 그대로 까발려진 모양새였다.

벼락을 맞은 나무는 열화처럼 파랗게 불타오르며 쓰러져 내렸다. 새카만 연기 사이로 베로스의 '히익!' 하는 목소리가 들려온 것도 거의 동시였다.

"이 개념없는 자식이……."

마에스트로는 허탈한 목소리로 중얼거리며 일행과 함께 재빨리 뒤쪽으로 빠졌다. 옆에서 루피온이 안드로메다 어쩌구를 중얼거리며 맞장구를 쳤다.

그런데 아이러니하게도 쓰러진 두 그루의 나무가 여섯 마리의 고블린을 깔아뭉개는 쾌거를 거두었다. 물론 베로스도 함께 깔렸다. 아마 사망했으리라.

"정말 딱 여섯 마리를 잡았잖아?"

루피온은 무언가 말은 하고 싶은데 개그의 대사가 선뜻 떠오르지 않는지 오묘한 느낌으로 말했다.

목숨을 건 베로스의 활약에도 불구하고 잿더미를 밟고 넘어오는 고블린의 숫자는 아직도 이십여 마리. 게다가 다섯 마리의 홉 고블린이 무리의 중앙에서 진두지휘하고 있었다. 이미 고블린은 단순한 무리가 아니라 이미 소규모의 몬스터 군단이었다.

"너, 궁수지? 어서 화살 안 쏘고 뭐 하냐!"

마에스트로가 답답한 목소리로 외쳤다.

"어? 어, 그게……."

소심하게 말을 얼버무리던 루피온은 이내 에라, 모르겠다 하는 표정으로 싱긋 웃으며 경쾌하게 말했다. 마치 가난은 모든 것을 변명해 준다는 느낌으로.

그래, 그렇게!

"실은 화살 살 돈이 없어서 얼마 전부터 단검 마스터리만 집중적으로 올리고 있어. 사실 생각해 봐도 그게 더 경제적이잖아? 단검 숙련도를 열심히 올린 후 조각술을 익혀서 단검으로 화살을 직접 깎아 사용하면……."

그 말을 반증하듯 루피온의 등에 매달린 화살통에는 화살 대신 나뭇가지들이 빼곡하게 꽂혀 있었다. 아직 만드는 것은 무리인 모양이었다. 마에스트로의 표정이 황당함으로 물들었다.

"젠장, 뭐 이런 놈들이 다 있지……?"

이건 뭐, 엉망진창의 파티였다. 지금까지 별 희한한 녀석들을 다 상대해 봤지만 이런 놈들은 없었다.

이를 갈던 마에스트로의 시선이 닿은 곳은 일행의 뒤쪽이었다.

조금씩 물러나며 고블린들과의 간격을 유지하던 루피온이 입술을 비죽 내민 채 말했다.

"마에스트로, 이제 어떡하지?"

"꺅! 뭐, 뭐예요!"

뒤늦게 목소리를 들은 루피온이 뒤를 돌아봤을 때는 마에스트로가 여자 사제를 안아 들고 있었다. 발갛게 물든 얼굴의 여사제 네르메스가 마에스트로의 품에서 발버둥 치고 있었다. 이런 상황에 무슨 로맨스냐는 말을 꺼내려는데, 상상도 못할 일이 벌어졌다.

마에스트로가 그대로 여사제를 던져 버린 것이었다. 엄청난 힘으로 날려 보내진 여사제는 그대로 고블린 무리의 한가운데에 떨어져 버렸다. 간접 공격죄가 적용된 마에스트로의 아이디가 벌겋게 물들었다.

"미, 미쳤어, 대장?"

"저건 어차피 도움도 안 돼!"

이글거리는 마에스트로의 눈빛에 루피온은 순간 주눅이 들고 말았다. 언뜻 차가워 보이지만 뜨거운 무언가로 일렁이는 붉은 눈동자. 보이지 않는 결박이 루피온의 몸을 사슬처럼 감았다.

눈동자에는 이상한 설득력 같은 것이 담겨 있어서, '이 상황에서는 이럴 수밖에 없다' 하고 생각하게 만드는 힘이 있었다. 루피온은 자기도 모르게 고개를 끄덕였다.

"어떤 진형을 짜도 저걸 다 상대하는 건 무리다! 각자 좁은 구역으로 유인해 흩어져서 상대한다!"

말과 함께 마에스트로는 수풀 사이의 길을 꿰뚫고 쏜살같이 사라져 버렸다. 고블린 무리가 나뉘어 삼분의 일 정도가 마에스트로의 뒤를 쫓기 시작했다. 찬바람 같은 것이 루피온의 피부를 훑고 지나갔다. 그제야 정신이 번쩍 든다.

"잠깐, 이거 혹시……."

파티 쫑?

루피온은 자신의 생각에 확신을 더했다. 원정대장은 도망가고, 일행 중 한 명이 죽고 한 명은 죽은 것이나 마찬가지인 데다 남은 일행 둘은 초보다. 말로만 듣던 파티 해체의 지경에 이른 것이다.

하지만 설마 그것이 자신의 이야기가 될 줄이야! 루피온은 개그는 고사하고 당혹감에 젖어들었다. 그는 어서 도망쳐야 한다는 생각에 시리우스, 그러니까 수련이 있는 쪽을 보았다.

"우리도 어서… 어?"

이미 그곳에 당사자는 없었다. 어디선가 들려오는 칼부림 소리에 시선을 맞췄을 때, 루피온은 입을 딱 벌릴 수밖에 없었다. 십여 마리의 고블린 무리를 향해 달려가는 청년이 그곳에 있었기 때문이다.

아마 여사제를 구하려는 것 같았다.

"뭐, 뭐하는 거야! 저 미친, 도망가기도 바쁜데 무슨 짓거리야! 초보자 주제에 무슨 영웅 행세를!"

여사제의 비명이 공기를 찌르는 가운데 루피온은 갈등에 잠겨들었다.

이대로 도망갈 것이냐, 아니면 그를 도울 것이냐. 그의 본능은 계속해서 도망가라고 경고하고 있었다. 몬스터도 몬스터지만, 잘 생각해 보니 진짜 적은 고블린 떼가 아니었다.

얼마 전 게임 뉴스에서 본 기억이 났다. 카를 숲 근처를 지나는 유저들을 집중 사냥하는 의문의 살인 집단. 왜 더 일찍 생각해 내지 못했을까.

생각해 보니 이곳은, 그렇다, 몬스터보다 더 무서운……

"에라, 모르겠다!"

품속에 무기를 넣어버린 루피온은 전력을 다해 나 몰라라 달리기 시작했다.

남자의 신형이 움직일 때마다 수풀이 한일자 형태로 드러누웠다. 특별한 신법(身法)이라도 익힌 양 자연스러운 모양새. 자신의 애검인 플레임 시커(Flame seeker)를 단단히 쥔 마에스트로 마태준은 재빨리 가지 몇 개를 디디고 나무 위로 올라섰다.

시야가 탁 트이자 넓은 초원의 긴 수풀 사이를 날쌔게 가로지르는 무언가가 있었다. 마태준은 긴장을 놓치지 않은 채 그들을 바라보았다.

얼마 지나지 않아 초록색의 단단한 가죽으로 둘러싸인 고블린 무리가 괴성을 지르며 나타났다. 못생긴 코를 벌름거리며 먹잇감의 흔적을 찾았으나, 아무래도 오크에 비해 후각이 뒤떨어지는 고블린이었기에 쉽게 그의 꼬리를 밟을 수 없었다.

꾸륵꾸륵.

마태준은 조용히 기회를 노렸다. 침착하고 재빠른 움직임이었다.

세 마리, 네 마리, 다섯 마리……. 나무 밑에 모인 고블린의 숫자가 일곱을 넘어섰을 때 즈음, 마태준은 강한 기합을 지르며 뛰어내렸다.

스피릿 오브 이그니션(Spirit of ignition).
문 오브 블러드(Moon of blood).

핏빛을 머금은 검극이 다섯 갈래로 갈라지며 커다란 원을 그렸다. 만개하는 핏빛의 보름달. 홍염의 결정을 머금은 만월(滿月)이 수풀과 고블린의 몸뚱이를 태우며 이글거렸다. 고블린들이 찢어질 듯한 비명을 지르며 자리에 하나둘 쓰러졌다. 다섯 가지 속성검(屬性劍) 중 가장 강력하다는 화염계의 소드 스킬.

마태준은 화속성의 마검사였다.

조심스레 풀숲에 착지한 마태준은 살아 있는 고블린이 없나 확인한 후 재빨리 예의 일행이 있던 곳으로 달려가기 시작했다. 분명 지금쯤이면 파티는 전멸했으리라. 남은 고블린 무리는 자신과 시오리 군단이 맡아서 각개격파시키면 된다.

마태준의 예측은 언제나 빗나가지 않았으나, 사실 이번만큼은 그도 꺼림칙한 부분이 있었다. 그러나 그건 아주 작은 예감, 아니, 예감이라고 말하기도 민망한 수준의 걱정 같은 것이었다. 그러니까 말하자면 자기 전에 양치질을 하지 않은 수준의 찜찜함에 가까웠다.

시리우스.

어디선가 들은 닉네임이었다. 그다지 과거를 회상하지 않는 편인 그는 그 아이디의 주인을 생각해 내는 데 한참이 걸렸다. 생각은 꼬리에 꼬리를 물고 늘어졌고, 그는 결국 그 아이디를 쓰던 과거의 한 게이머를 기억해 냈다.

그것은 명목상 마태준이 론도를 시작한 이유 중의 하나. 전설…… 그러나 그는 고개를 저었다.

어차피 흔한 아이디가 아닌가. 게다가 녀석은 특별히 강해 보이지도 않았다. 지금쯤 싸늘한 은빛 먼지가 되어 휘날리고 있으리라.

'이번에는 좀 싱거웠다. 시오리 녀석들의 도움을 받을 필요도 없었어.'

마태준은 속으로 유쾌한 웃음을 흘리며 나무와 나무 사이를 오가며 빠르게 이동했다.

시오리는 PK를 전문적으로 하는 집단의 약칭이었다. 이름하여 시오리 PK군단. 마태준은 게임을 시작하면서부터 지금까지 시오리 PK단과 밀약을 맺고 일종의 뒷거래를 해왔다.

—그러니까, 거래를 하자는 이야기다.

—거래?

—네가 하드코어 퀘스트를 받아서 유저들을 모아와라. 물론 보상이 큰 퀘스트일수록 좋다. 그럼 우리가 특정 지역에 숨어 있다가 너희 파티가 퀘스트를 끝내는 시점에 아무것도 모르는 척 덮치는 거다. 멤버가 전멸하고 나면 하드코어 퀘스트의 특성상 네가 모든 보상을 독차지하게 될 테니 그걸 가지고 나누면 될 거다.

그리고 이번 거래가 시오리 PK단의 마지막 청탁이었다.

'지금까진 나 혼자서 감당하기엔 녀석들의 힘이 거대했던 탓에 마지못해 협력을 해줬지만 앞으로는 좀 다를 거다.'

어디에도 아군은 없다. 마태준은 이를 악문 채 발걸음을 놀렸다. 숲이 끝나자 예의 교전 지점이 어렴풋이 보이기 시작했다. 그리고…….

"이럴 수가……!"

마태준은 경악성을 흘리며 자리에 멈춰 섰다. 그곳에는 무수한 고블린의 시체가 은빛 가루가 되어 휘날리고 있었다. 그리고 중앙에서는 아직도 치열한 교전이 벌어지는 중이었다.

"왼손……?"

왼손에 검을 쥔 채 고블린들을 유린하고 있는 한 청년.

불가능한 일이었다. 분명 자신을 제외한 파티원의 평균 레벨은 3. 그럼에도 불구하고 그곳에는 레벨 5의 홉 고블린을 상대로 막상막하의 싸움을 벌이고 있는 남자가 있었다.

홉 고블린의 일격을 막아낸 남자의 왼손이 부르르 떨림과 동시에 마태준의 입꼬리도 가늘게 진동했다. 의문을 빚어내던 심장이 세차게 뛰며 부르짖는다.

저런 짓을 할 수 있는 자는, 그가 아는 한 둘밖엔 없다!

"시리우스!"

쇄도하는 검에 망설임은 없었다. 정확한 간격으로 찔러 들어가고, 찰나의 순간에 회수한다. 군더더기없는 스텝이 히트 앤 런(Hit and run)의 기본을 충실하게 뒷받침하고 있었다.

고블린의 긴 손톱을 한 뼘 차이로 피해낸 수련은 반보를 내디뎌 검을 찔러 넣었다. 쾌속한 검극이 고블린의 심장을 꿰뚫자 은빛이 산개한다.

고블린의 공격이 어디로 향할지 정확히 예측하지 않고서야 나올 수 없는 움직임.

키에에엑.

이걸로 다섯.

막대한 긴장을 피부 전체로 느끼며 수련은 자신이 살아 있다는 것에 대한 아찔한 갈증을 느꼈다. 베고, 움직이고, 또 베고, 찌르고. 그 단순 반복적인 행위 속에 그의 모든 것이 들어있었다.

살아 있다. 그리고 게임을 하고 있다. 검을 휘둘러 스스로를 움직인다.

나는 지금껏 이런 순간을 기다렸던 걸까.

관중은 없다. 그럼에도 수련의 검은 빠르고, 화려하고, 아름다웠다. 자신에 대한 만족, 강한 자기애를 뒷받침하는 광기.

전투가 즐겁다.

환검(幻劍). 보이지 않는 검극이 수갈래가 되어 고블린들의 몸체로 치닫는다. 수련을 감싸고 있던 네댓 마리의 고블린이 차례차례 무릎을 꿇고 먼지로 승화한다.

아홉, 그리고 열.

수련은 일부러 왼손을 사용하고 있었다. 아직까지 오른손에 비하면 뒤처지는 왼손이었기 때문에 조금이라도 더 휘둘러서 감각을 익힐 필요가 있었다. 다른 사람이 보기엔 충분히 훌륭한 검세(劍勢)임에도 그는 만족하지 못했다.

왼팔의 끝을 타고 흐르는 이상한 위화감.

익숙하지 않다. 만족스럽지 못하다.

심장을 타고 흐르는 뜨거운 혈류를 느끼며 수련은 검을 휘두르고 또 휘둘렀다. 그러던 중, 거침없이 나아가던 수련의 검이 최초로 무언가에 걸렸다.

공기를 제압하는 파찰음. 검과 손톱의 마찰부가 세차게 미끄러져 내리며 비명을 질렀다. 홉 고블린이 참전한 것이다.

하나, 둘, 셋… 넷, 다섯.

긴장의 밀도가 높아졌다. 홉 고블린의 레벨은 4. 수련의 레벨은 3. 전심전력으로 컨트롤해도 둘 이상을 상대하기란 버겁다. 아니, 원래는 일 대 일로 상대하지 못하는 게 정상이다. 그만큼 레벨 1의 차이는 컸다. 수련은 강공을 준비했다.

죽음을 각오하지는 않는다. 죽지 않을 자신은 있다.

나는 강하다.

대기를 짓이기고 들어오는 발톱을 간신히 피해낸 수련이 팬텀 블레이드의 발검 자세를 취했다.

그런데 다음 순간, 수련을 압박하던 홉 고블린의 살기가 한층 누그러졌다. 육감(六感)이 번뜩인다.

"이봐아! 이 멍청한 고블린들아!"

말과 함께 날아온 돌멩이에 홉 고블린 하나가 불쾌한 괴성을 질렀다. 시선이 도착한 곳에는 익숙한 남자가 서 있었다.

"헉헉."

루피온은 자기도 모르게 거친 호흡을 내뱉으며 숲길을 내달리고 있었다. 1인칭을 플레이하며 무의식중에 캐릭터와 동화가 된 것일까.

어쩌면 그렇게 멍청할 수 있을까!

그는 분했다. 동료를 버리고 도망친 자신.

아무리 게임이라도, 아니, 오히려 게임이기에 이대로 도망친다면 아까 그 베로스랑 다를 게 뭐가 있단 말인가? 결국 비겁자에 겁쟁이일 뿐이다.

그는 스스로에게 화가 났다. 이 바보, 천치, 겁쟁이.

그는 자신이 할 수 있는 일이 거의 없다는 것을 알고 있었다. 지금 다시 돌아가 봤자 시리우스라는 남자를 도울 수는 없으리라. 하지만 적어도, 적어도 자신에게 부끄럽지는 않을 수 있다.

스스로에게 떳떳한 것. 그게 무엇보다도 중요했다.

"헉헉. 그래, 그거야말로 개그맨에게 더없이 필요한 정신이지!"

대뇌부에 혼란이 몰아치다 보니 엉터리 같은 생각만 떠올랐다.

정신없이 달린 숲길 사이로 고블린 무리의 시체가 보이기 시작했다. 그런데 그때, 어디선가 사람 소리가 들렸다.

"이, 이봐! 거기 누구 없어? 이것 좀 치워줘! 으으…….."

소리가 들린 쪽에는 나무 두 그루가 쓰러져 있었다. 새카맣게 탄 나무 기둥에서는 아직도 연기가 피어오르는 중이었다.

베로스가 아직 살아 있었던 것이다.

루피온은 순간적으로 갈등에 빠졌다. 그를 도울 것인가, 아니면 바로 시리우스에게 달려갈 것인가.

그러나 이성이 결정을 내리기도 전에 먼저 몸이 행동을 취했다. 그는 심성적으로 착했다. 재빨리 옆의 나뭇가지 하나를 나무 밑동의 틈새에 밀어 넣은 루피온은 쓰러진 나무 더미에 조금씩 반동을 주기 시작했다.

찰나가 흐르고, 새카맣게 그을린 손 하나가 잿더미 밑에서 불쑥 튀어나왔다. 허탈한 얼굴이 그곳에 있었다.

"…하, 설마 너한테 도움을 받을 줄은 몰랐군."

살아 있긴 했지만 체력은 형편없이 떨어진 모양인지 베로스는 일어서자마자 비틀거리기 시작했다.

"별로 구해줄 생각이 있었던 건 아니니까 감사해할 필요는 없어."

자의(自意)가 아니었다고 할 수 있을까. 적이나 다름없지만 미움받고 싶지 않다는 마음이 강하게 작용했던 것은 아닐까.

루피온은 스스로의 입에서 튀어나온 차가운 목소리에 놀랐으나 이내 털어냈다. 지체할 시간이 없었던 것이다. 어서 그를 도우러 가야만 한다. 재빨리 등을 돌린 루피온은 그대로 달려가기 시작했다.

가까운 곳에서 싸우는 소리가 들려오고 있었다.

"어, 저기……!"

등 뒤의 목소리를 가볍게 무시한 루피온은 숲길 사이를 건너 바깥으로 튀어나왔다. 그리고 그곳에는 다섯의 홉 고블린에게 둘러싸인 시리우스가 있었다. 루피온은 재빨리 옆의 돌을 주워 들었다.

"이봐아! 이 멍청한 고블린들아!"

수련은 뜻밖의 도움에 놀랐다. 그가 돌아올 거라고는 생각지 않았기 때문이다. 왜 돌아온 걸까, 그는? 인간은 모두 이기적인 것이 당연할진대.

이상하게도 뭉클함 같은 것이 가슴 왼편을 타고 스며든다.

루피온은 엉덩이춤을 추며 고블린들을 골려대고 있었다. 얼굴이 새파랗게 질린 걸로 봐서 제법 무섭긴 한 모양이었다. 고블린을 화나게 하는 것이 목적이라면 제법 성공적이라고 할 수 있었다.

키에에에.

고블린들이 무시하고 수련을 계속해서 공격하자 살짝 인상을 찌푸린 루피온은 뭔가를 고민하더니 갑자기 괴성을 질렀다.

"키에에에."

그 뜬금없는 괴음성에 고블린들은 순간 공격을 멈추고 고개를 갸웃거리더니 루피온을 바라보았다. 그리고는……

키에에에.

"키에에에."

고블린들이 고개를 한 번 더 갸웃거리더니 다시 괴성을 질렀다.

키에에에.

"키에에에."

고블린들이 화가 났다. 루피온이 유쾌하게 웃기 시작했다.

"으하하, 멍청이들!"

어떻게 한 건지는 몰라도 고블린들과 말이 통한 모양이다. 수련은 자기도 모르는 사이 그 말도 안 되는 사실을 납득해 버렸다.

우르르 몰려오는 고블린과 홉 고블린들을 본 루피온은 사방

팔방으로 뛰어다니기 시작했다.

"우와아아아앙!"

어딘가 장난스러운 비명이었다.

수련은 멍하니 그 광경을 보고 있다가 루피온의 악에 받친 목소리에 번뜩 정신을 차렸다.

"뭐 해! 내가 유인하는 동안 어서 녀석들을 죽이라고!"

루피온은 손을 마구 흔들어 젖히며 정신없이 비명을 질러댔다. 어쩐지 그 모습이 즐거워 보인 것은 수련의 착각이었을까.

그는 눈앞에 남은 두 마리의 홉 고블린을 향해 검을 휘두르기 시작했다. 특유의 전투 센스가 발휘되며 공격 하나하나가 수련의 동공 속으로 스며든다.

얼마 뒤, 당연하게도 루피온은 홉 고블린들에게 포위당하고 말았다. 음흉한 홉 고블린들의 괴성이 카랑카랑하게 울린다. 루피온은 비장한 표정으로 홉 고블린 하나하나와 시선을 맞추었다.

그리고 지금이 최후의 개그 타임이라는 것을 깨달았다.

"사, 사실 난 한 방만 맞아도 죽는다!"

끝임을 깨달은 루피온이 눈을 질끈 감았다. 일 초, 이 초, 삼 초…… 아, 이제 죽었겠지?

그러나 몸의 어디에서도 열 감각이 느껴지지 않았다. 어딘가를 맞았다면 그 부위가 뜨거워져야 정상일 텐데…… 루피온은 혹시나 하는 심정으로 조심스레 두 눈을 떴다.

게슴츠레 뜬 망막에 검격에 목이 날아가는 홉 고블린의 모습이 비쳤다.

마태준은 망설임없이 눈앞에 있든 홉 고블린의 목을 날려버렸다. 절대 동료를 구하기 위해서라든가, 어설픈 정의감에 연루된 것은 아니었다.

그의 개그에 감동한 것은 더더욱 아니었다.

단지 귀찮았을 뿐이다.

순간 안도하는 동료의 눈빛에 마태준은 속으로 이상한 불쾌감 같은 것을 느끼며 남은 홉 고블린들을 도륙하기 시작했다.

동급의 홉 고블린들은 그에게 상대가 되지 못한다. 게다가 홉 고블린 같은 몬스터의 패턴은 지난 의뢰들을 수행하며 충분히 파악한 상태였다.

하지만 그의 움직임에는 조급함이 드러나고 있었다. 조급함은 방심을 부른다. 홉 고블린의 공격에 의해 몸의 곳곳에 상처가 돋아났다. 빠른 몬스터 소탕에 비해 마태준은 지나치게 많은 타격을 마태준은 입고 있었다.

그러나 그만큼 홉 고블린들의 숫자도 빨리 줄어들었다. 폭풍 같은 검의 파도가 이빨을 드러낼 때마다 한 마리의 홉 고블린이 쓰러진다.

세 마리, 두 마리… 한 마리.

그의 눈은 이미 홉 고블린을 향해 있지 않았다. 멀찍이 떨어져서 두 마리의 홉 고블린을 상대하고 있는 또 다른 청년. 그제야 베일에 싸여 있던 그의 외모가, 그의 움직임이 동공을 울리기 시작한다. 찌릿하고 뇌리의 귀퉁이가 아파온다. 머릿속을 울리는 기억의 잔재.

녀석이 틀림없다!

굴곡 없는 검의 궤적이 마지막 홉 고블린의 심장을 꿰뚫었다. 열댓 번의 검질에 남은 잔챙이 고블린들도 차가운 바닥에 쓰러졌다. 그의 검은 이제 고블린이 아닌 사람을 향하고 있었다.

검극이 가리키는 곳에서 두 마리의 홉 고블린을 쓰러뜨린 청년이 복잡한 눈길로 마태준을 바라보고 있었다.

"원정대장……?"

의아한 물음은 차가운 침묵에 의해 산산조각났다.

어떤 식의 의문이 똬리를 틀 만한 여유도 생기지 않았다.

찰나에 교차한 두 시선. 수련은 이미 상대가 자신을 알고 있다는 사실을 깨달았다. 붉게 변한 안광이 수련을 향해 쇄도한다.

거리가 좁혀지는 것은 그야말로 찰나.

수련은 본능적으로 들어 올린 검으로 간신히 그의 공격을 방어했다. 끔찍한 마찰음이 산개하는 무거운 일격이었다.

엄청난 힘이다.

골격으로 봐서 특별히 체력 강화에 신경 쓴 것 같지 않음에도 수련은 그의 일격에 왼팔이 저려오고 있었다. 수련은 검을 기울여 마에스트로의 검격(劍擊)을 간신히 비껴냈다.

"틀림없이 너로군!"

"마에스트로, 무슨……."

마에스트로의 공세에는 흔들림이 없었다. 어떤 잘 만들어진 틀 같은 것을 보는 듯하면서도, 전혀 그 앞을 예측할 수 없는 검술이었다. 수련은 뭔가가 잘못되었음을 알았다.

다음 투로를 예측하기가 어렵다.

검이 한 번 부딪칠 때마다 마에스트로의 검이 빨갛게 익어 간다. 그리고 수련의 얼굴에도 조급함이 드러나기 시작했다.

그는 입술을 악물었다. 열네댓 번의 공방이 계속되자, 실력의 차이가 분명하게 드러나기 시작했다. 마에스트로의 레벨은 5, 수련의 레벨은 3. 홉 고블린과 고블린의 대결과도 같다.

거기다 결정적으로 둘 다 1인칭 플레이어였다.

아니, 수련은 오히려 거기서 의문점이 남았다. 그의 컨트롤 능력은 일반 유저에 비해서 단연 압도적이다. 레벨업에 투자할 시간에 숙련을 올리고 캐릭터에 동화되는 것에 사용했으니 당연한 결과.

그런데 이자는 그의 검을 모두 받아내고 오히려 밀어붙이고 있었다. 어느 정도 예상하고 있지 않았다면 거짓말이겠지만, 그래도 계산 수치를 한참이나 상회하는 전투력이었다.

"모르겠나, 나를?"

핏빛의 동공이 분노와 희열로 떨리고 있다. 아니, 오히려 광기에 가까운 눈빛. 그건 단순한 복수가 아니었다. 시간에 잃어

버린 한 남자의 자존심이 눈을 뜬 것이다.

살기 어린 검격을 간신히 피해낸 수련은 마음을 다잡았다. 어쩔 수 없이 싸워야만 하는 것이다.

추측하고 자시고 할 것도 없었다. 처음 보는 순간 알았으니까. 상대방은 프로게이머다. 그것도 자신에게 진 적이 있는.

수련은 온 힘을 다해 검을 휘둘러 다음 일격을 받아냈다. 철과 철이 부딪치며 비명을 지른다. 전투가 시작된 이래 그는 단 한 번도 상대에게 변변찮은 공격을 시도하지 못하고 있었다. 과연 현역 프로게이머 중 누가 그를 이 정도로 몰아붙일 수 있을까.

그를 보는 순간 섬전처럼 뇌리를 관통한 이름. 상대는 너무나 명백했다. 그때와 외모는 달라졌지만 분위기, 눈빛, 모든 것이 그를 가리키는 지표가 되고 있었다. 심지어 아이디까지. 수련은 확신에 확신을 더했다.

가즈 핸드. 컨트롤의 귀재. 이 사람은 바로……

"신의 손 마태준."

입이 열림과 동시에 수련은 얼마 전 텔레비전에서 봤던 동영상을 떠올리고 있었다. 강용성과 마태준의 토너먼트 결승전.

마에스트로라는 아이디를 듣는 순간 느낀 기묘한 위화감에서 수련은 이미 상대의 정체를 예측하고 있었다. 다만 그가 자신에게 가진 감정이 이 정도로 나쁠 줄은 몰랐다는 것이 화근이라면 화근이었다. 그러나 어느 정도 알고 있었던 것과 전혀 모르는 것 사이에는 넘을 수 없는 벽이 존재한다.

"너무 늦었어."

"왜 나를 공격하는 거지?"

음험하다 못해 공포에 가까운 목소리가 붉은 검과 함께 몰아쳤다.

"너는 내 자긍심과 명예를 앗아갔다."

문답무용(問答無用)의 자세.

수련은 이 전투를 피할 수 없음을 알았다. 세상은 그렇다. 때로는 치러야만 하는 전쟁이 있다. 개인이 개인을 이해할 수 없듯, 검을 맞대고 겨루지 않고서는 결론을 얻을 수 없을 때가 있는 것이다.

붉게 익어가던 검에서는 희미하게 불꽃이 피어오르고 있었다. 수련은 자신이 그 일격을 받아낼 수 없을지도 모른다고 생각했다.

마태준은 검을 휘두를 때마다 이상한 불안감이 커져 가는 것을 느꼈다. 그와 수련의 차이는 막대하다. 유저 간의 레벨 2 차이는 단순히 컨트롤이 뛰어나다고 해서 극복할 수 있는 수준이 아니라고 마태준은 믿고 있었다.

게다가 문제는 바로 그 컨트롤.

순간적인 반사신경, 속도, 파괴력. 모든 것에서 자신이 앞선다. 그런데 이 위화감은 뭘까.

왜 놈이 내 검을 모두 받아내고 있는 거지?

검을 섞을 때마다 자신의 일부가 읽혀 들어가는 느낌이었다.

그때도 그랬지.

순간 마음의 기저에 묻혀 있던 암흑으로부터 정신적 트라우마가 꿈틀거렸다. 마태준은 그와 맞서 싸웠던 마지막 리그의 결승을 떠올렸다.

첫 판을 압도적으로 승리한 후, 어이없게도 나머지 세 판을 모조리 내줬던 치욕적인 과거. 아주 사소한 것에서부터 상대방의 전술을 모조리 읽어내는 무시무시한 수련의 능력.

확실히 끝내 버려야 한다. 여기서 또 질 수는 없다.

발검 자세가 바뀐다. 그는 이 기술을 만든 후 다섯 합(合) 이상 그의 검을 받아낸 프로게이머를 보지 못했다.

스피릿 오브 이그니션(Spirit of igniton).
소드 오브 스피릿(Sword of spirit).

기이한 불꽃이 검의 내부로부터 피어오르더니 이내 홍염으로 만개했다. 흑적(黑赤)에 가까운 빛깔이었다.

오라(Aura).

속성계 최강의 패시브(Passive) 스킬, 마스터 스킬로 불리는 오라 블레이드(Aura blade)가 발현되고 있었다. 그것도 고작 레벨 5의 손에서.

아니, 엄밀히 말해 그것은 오라 블레이드가 아니었다. 하지만 마태준은 오라 블레이드에 필적하는 엄청난 기술을 고안해 냈다. 순간적으로 빚어낸 마찰열에 약간의 속성 에너지를 더하여 엄청난 양의 불꽃을 산출해 내는, 현재의 그가 사용 가능한 화염계 최강의 기술, 소드 오브 스피릿.

현재 마태준의 레벨로는 소드 오브 스피릿을 사용한 채 총 열다섯 번의 검을 휘두를 수 있었다. 그러나 지금까지 열 번은 커녕 다섯 번도 제대로 그 검을 받아낸 이가 없었다는 사실이 그의 승리에 대한 확신을 뚜렷하게 만들고 있었다.

"언젠가 이 기술을 쓸 날이 오기를 고대했다."

마태준은 수련의 눈에 떠오르는 미미한 두려움을 읽어냈다. 그래서 더욱더 의기양양해졌다. 이제 전설은 그의 앞에 무릎을 꿇을 수밖에 없으리라.

카아앙!

철과 철이 부딪치는 강렬한 음향이 귀청을 유린했다. 그러나 막상 그 검을 받아낸 수련은 죽을 맛이었다. 마에스트로, 마태준의 검은 너무나 강했다. 동영상을 보며 그의 움직임을 대부분 파악했다고 생각했는데 적은 짧은 기간 동안 더 강해져 있었다.

게다가 또 다른 이유로 위기가 닥쳐오고 있었다.

마태준의 공격을 받아낸 검의 내구도가 거의 제로에 가까워지기 시작했던 것이다. 이대로라면 얼마 가지 못해 검이 부러질 것이 뻔했다.

모험을 할 수밖에 없다.

수련은 위기에 몰릴수록 세차게 뛰는 심장의 박동을 즐겼다. 살아 있다는 증거가 온몸의 혈류를 타고 퍼져 나간다. 상대방을 향해 겨눈 검, 그것이 바로 그가 프로게이머로서 존재하는 이유.

수련은 받아내는 검의 각도를 가능한 비스듬하게 잡고, 되도록이면 공격을 비껴내기 시작했다.

공격은 엄두도 내지 못했다.

피하기에만도 바쁘다. 가능하면 검을 한두 번쯤 흘려내어 기회를 잡고 싶었으나, 감히 그런 시도를 하기에는 마태준이 휘두르는 검의 정확도가 타의 추종을 불허하고 있었다.

한 번만 흘려낼 수 있다면…….

조금씩 마태준의 검에 익숙해져 감에 따라 몸의 상처도 늘어만 갔다. 조금씩 흩날리는 은빛 가루가 수련의 생명력을 앗아가고 있었다. 그러나 그의 안력은 이미 검의 궤적이 그리는 한계를 정확히 잡아내고 있었다.

앞으로 다섯 번이다. 다섯 번만 더 받아내면 공격이 한 템포 느려질 거다.

수련은 검을 피해내면서도 한편으로는 얼마 전 메모해 두었던 마태준과 강용성의 대결을 상기시켰다. 마태준 자신도 알지 못하는 그만의 버릇.

긴장이 절정에 달했을 때 왼쪽 어깨가 무방비가 되는 것.

수련은 두 걸음을 물러서고 무릎을 살짝 굽혀냄으로써 열한 번째의 공격을 피해냈다. 마태준의 눈에 초조한 빛이 퍼져 나가는 것이 보인다. 그러나 그만큼 그의 움직임도 느려지고 있었다.

열둘, 열셋.

왼쪽 허벅지가 길게 그어지는 상처로 두 번의 공격을 피해냈다. 이제 두 번. 두 번만 더 피해내면 자신에게 기회가 온다.

수련은 그 조그마한 가능성에 승부의 모든 것을 걸고 있었다. 한 타이밍의 빈틈에 모든 것을 던져 넣는 것이야말로 진정한 승부사. 그리고 수련의 그 감은 지금까지 단 한 번도 빗나가지 않았다.

열네 번!

"아!"

그러나 간신히 피해냈다고 믿었던 열네 번째의 검격에 수련은 치명상을 입고 말았다. 충분한 거리를 두고 피해냈다고 안심한 순간 마태준의 검이 일렁거리며 검고 날카로운 불꽃을 토해냈던 것이다. 불길은 수련의 왼쪽 이두근을 베고 스쳐 갔다. 검을 잡은 손에 힘이 빠진다. 왼쪽 허벅다리도 기력을 다했는지 움직임이 거의 멎어 있었다.

다음 일격을 피할 수 없다.

찰나의 순간, 수련은 남아 있는 모든 생명력을 다해 오른손으로 검을 옮겨 쥐었다. 과연 이 일격을 받아낼 수 있을까 하는 고민 같은 건 하지 않았다. 지금 이 순간 필요한 건 오직 이길 수 있다는 강한 의지.

열다섯 번!

수련은 오른 다리를 강하게 박차며 검세(劍勢)를 향해 돌진했다. 그가 사용할 수 있는 대인(對人) 공격기 최강의 기술이 낡은 철검의 끝으로부터 구현되고 있었다.

왼쪽 어깨. 그곳을 노려야만 승산이 있다.

펜텀 블레이드(Phantom blade).
퍼스트 스타일(First style).
일루전 브레이크(Illusion brake).

상대방의 검로를 제압하는 다섯 개의 검.

완전 수련 시 총 열두 개의 검상을 만들어낸다는 환검 특유의 화려함과 속도가 겸비된 대인전 최강의 기술 중 하나. 벌건 불꽃의 소용돌이가 다섯 환검의 궤적과 섞여들며 굉음이 터졌다.

상대방이 당황하는 게 검끝으로 전해진다.

검과 검이 공명한다. 서로의 검이 가졌던 에너지만큼의 충격이 서로의 몸에 전해진다. 산화하는 은빛과 흙먼지가 시야를 뿌옇게 메운다.

이겼나? 아니면…….

수련은 오른쪽 가슴 언저리가 묵직하게 내려앉는 것을 느꼈다. 열기가 맴돈다. 아프지는 않았지만 분명히 감각이 있었다. 캐릭터의 생명력이 급속도로 떨어지고 있다.

진 건가?

수련은 가만히 눈을 감았다가 떴다. 졌지만 만족할 만한 승부라고, 그렇게 생각했다. 이윽고 먼지가 걷히자 승부의 진상이 드러났다.

검을 지지대 삼아 간신히 버티고 있는 마태준이 거친 호흡을 뱉어내며 그를 쏘아보고 있었다. 안광은 색이 바래 있었으나 여전히 무시무시한 눈길이었다.

"…비겼단 말인가."

수련의 검은 완전히 박살나 있었다. 아마 검격이 교차하는 순간 내구도가 바닥나서 파괴되어 버린 듯했다. 마태준은 인정할 수 없다는 눈길로 그 광경을 보고 있었다.

그의 검은 분명 압도적으로 강했다. 그런데, 그럼에도 불구하고 최후의 순간 수련이 사용한 기술이 그의 오라를 잡아먹으며 상쇄되었다. 수련의 검이 노린 곳이 정확히 그의 약점을 가리키고 있었기에 검공의 일부를 회수하지 않을 수 없었던 것이다.

마태준이 일그러진 목소리로 말했다.

"…아직 승부는 끝나지 않았다."

수련은 다리에 힘이 풀리는 것을 느꼈다. 생명력이 바닥을 기고 있었다. 좀 더 빨리 오른손을 사용했었다면 이길 수 있었을까. 아니다. 그의 검은 지금의 자신이 감당할 수 없는 종류의 것이었다.

하지만 수련은 본능적으로 느꼈다. 다음에 만나면 반드시 이길 수 있다.

마태준은 호흡을 몇 번 고르더니 검을 쥐고 자리에 섰다. 수련에 비해 상대적으로 충격을 덜 받은 것이다. 그에 비하면 수련은 무너지기 일보 직전이었다.

"내가 이겼다, 전설."

어찌 됐든 승부는 그의 승리. 마태준은 의기양양한 표정으로 검을 들었다. 그 역시 타격을 받았는지 검극이 파르르 떨리고 있었다. 그러나 패배의 기색이 비치지 않는 수련의 얼굴이 그를 불쾌하게 만들었다.

"졌다고 말해! 어서!"

겨누는 검에 살기가 짙어진다. 그러나 수련은 입을 열지 않았다. 검이 부서지지 않았다면, 동등한 레벨이었다면 자신이 이겼을 것이라는 사실을 알았기 때문이다. 엉망이 된 몸을 가누기가 점점 힘들어진다.

정당한 승부에서는 패배를 인정하는 것이 진짜 프로다. 그러나…….

반드시 패배 선언을 받아야겠다는 치졸한 자존심이었을까. 마태준이 참지 못하고 다시 소리를 지르려는데, 갑작스런 폭발음이 울렸다. 순간 섬뜩함을 느낀 마태준이 하늘을 올려다본 순간, 난데없이 나타난 먹구름 사이로 전류가 폭사했다.

*   *   *

프리스트 네르메스는 겁에 질려 있었다. 갑자기 고블린 사이로 내던져진 것도 어처구니가 없는데, 이번에는 같은 편끼리 싸우고 있다니…….

"괜찮아?"

혼란을 틈타 다가온 루피온이 걱정스러운 표정으로 네르메스를 바라보며 말했다. 수련의 빠른 대처 덕분이었는지 그녀는 크게 다친 곳이 보이지 않았다.

"네, 네……."

루피온의 등장에 안심이 되었는지 네르메스는 울먹이며 고개를 끄덕였다. 여자란 동물은 정말 많이 우는구나. 루피온은 문득 스친 생각에 어색한 낯으로 머리를 긁적였다.

"어떡하면 좋아요. 저 때문에… 다 저 때문이에요……."

섬연한 초록빛 머릿결에 눈물방울이 뚝뚝 흘러내렸다. 루피온도 난처해지기 시작했다. 이럴 때는 안아줘야 된다고 들었지만 막상 실행하려니 말도 안 되는 짓이라는 생각이 들었다.

"도망쳐야 하나……?"

자기도 모르게 흘러나온 그 말에 루피온은 입술을 깨물었다. 여기까지 와서 도망칠 수는 없었다.

루피온은 착잡한 표정으로 시리우스와 마에스트로의 결전을 지켜보았다. 자신을 구해준 마에스트로. 파티 멤버를 지키기 위해 싸운 시리우스. 자신은 대체 누구를 도와야 하는 건가?

누가 옳은 것인지도 모호했으나 사실상 이 상황에서 루피온이 할 수 있는 것은 거의 없어 보였다.

레벨의 경지를 뛰어넘는 결전이었다. 화려한 컨트롤도 컨트롤이지만, 고작 레벨 3인 시리우스가 레벨 5인 마에스트로를 상대로 막상막하의 싸움을 벌이고 있다는 것 자체가 그를 주눅 들게 만들고 있었다.

"어떻게든 말려야 해……."

문득 개그를 하면 어떨까 싶었지만 그거야말로 미친 짓이라는 생각에 고개를 흔드는 것이 고작이었다. 루피온은 주저앉은 채 머리를 쥐어뜯었다.

"제길! 왜 이렇게 영감이 안 떠오르는 거야!"

"뭐 하냐, 개그 오타쿠?"

목소리가 들려온 곳에는 힘들게 몸을 가누며 나무에 기대어 선 마법사 베로스가 있었다. 도망가지 않은 모양이었다. 개그 오타쿠라는 말에 뭔가 반박할 문장을 찾으려던 루피온은 다음 순간 들려온 말에 뻣뻣이 굳어버렸다.

"마에스트로를 죽이자."

"뭐?"

루피온이 바보처럼 되물었다. 누굴 죽이자고?

"내가 보기에 저 시리우스라는 놈의 컨트롤은 상식을 뛰어넘고 있어. 어디서 저런 미친놈이 나온 건지 모르겠군. 하지만 마에스트로도 만만치 않아. 지금은 거의 용호상박으로 보이지만 조금씩 시리우스 쪽이 밀리고 있다고. 레벨 차이가 2나 나니까 당연한 거지만… 시리우스가 조금이라도 버티고 있을 때 마에스트로를 죽여 버려야 해."

바락바락 우기는 베로스의 모습에 루피온은 순간 넋을 잃었다. 이유를 말하진 않았지만 아무래도 아까 마에스트로에게 당한 것이 가슴에 맺힌 모양이었다.

루피온이 뒤늦게 고개를 흔들었다.

"하, 하지만 마에스트로는 나를 구해줬다구."

"너를 구해줬다고?"

루피온이 자초지종을 간략하게 설명하자 베로스가 코웃음을 쳤다.

"흥, 녀석이 널 구해주고 싶어서 구해줬을 것 같아?"

"어?"

루피온의 어리버리한 표정에 베로스가 나름대로 논리를 펼치기 시작했다. 여전히 특유의 신랄한 목소리였다.

"내가 보기에 마에스트로는 처음부터 모종의 목적을 가지고 우리를 이곳에 데려온 것 같아. 아마 파티 퀘스트 이상의 뭔가를 노리고 있었겠지. 의심의 여지가 충분해. 상식적으로 그 고블린 무리를 상대로 진형도 제대로 갖추지 않고 덤빈 것도 이상하고, 지금의 상황만 놓고 봤을 때도 마에스트로의 전투력이 혼자서 고블린 무리를 상대할 수 있을 만한 수준이었다는 것도 이해하기가 힘들어. 저 실력이라면 처음부터 자기가 나섰으면 됐잖아?"

복잡한 말을 이해하기가 힘들었던 루피온은 무심결에 고개를 끄덕이며 생각나는 대로 되물었다. 그리고 그게 제법 핵심이었다.

"그래서 그 목적 중의 하나가 시리우스였다, 이 말씀?"

"어쩌면. 아마 널 구해준 건 자의가 아니라 그냥 근처에 있는 몬스터가 방해되었기 때문이겠지."

"하지만 시리우스는 그저 우연히 우리 파티에 참가한……."

"아무튼 마에스트로를 죽여야 해! 놈은 분명 우리를 살려두지 않을 거라고!"

베로스는 자신의 감을 확신하는 것 같았다. 물론 엉터리임에 분명했다.

"나도 좋은 놈은 아니지만 마에스트로 놈은 나보다 더 나쁜……."

"당신, 이제 와서 잘도 말하는군요. 아까는 마에스트로한테 알랑거리기에 바빴잖아요?"

문맥을 끊는 말. 어느새 울음을 그치고 대화를 관망하던 네르메스의 날카로운 지적이었다. 나름 비상한 논리를 펼치던 베로스는 한순간 말문이 막혔다.

화난 여자는 무섭다.

"그건……."

변명하고 싶었지만 변명할 거리가 없다. 인정하기엔 자존심이 허락하지 않는다. 베로스의 표정이 벌겋게 달아올랐다. 가벼운 적막이 내려앉기 직전, 단아한 목소리가 울린다.

"제가 돕겠어요."

네르메스의 갑작스런 말에 베로스의 안색이 조금 나아졌다.

"뭐?"

"마에스트로를 죽이는 것 말이에요."

"네가?"

"결코 당신이 좋아서 돕는 건 아니니까 걱정 말아요."

아직까지 베로스의 말을 가슴에 담아둔 모양이었다. 말을 더듬던 아까와는 달리 침착하고 동시에 독기 어린 목소리였다. 서슬 퍼런 그녀의 표정에 움찔거린 베로스가 탐탁잖은 표정으로 고개를 끄덕였다.

"뭐, 도와준다니 고맙군."

네르메스는 표정없는 얼굴로 베로스의 체력을 회복시키기 시작했다.

"뭐야? 꼭 마법 한 방 쏠 만큼만 회복시켜 주는군."

베로스의 씁쓸한 웃음에 네르메스가 차가운 목소리로 비꼬았다.

"어차피 마법도 하나밖에 없으면서 뭘 그래요? 어서 쏘기나 해요."

"알았다구. 이봐, 부축 좀 해줘. 지금 몸 상태가 완전하지 않아서 조준이 힘들거든."

"원래 조준 못하면서 뭘."

순간 웃음보가 터진 루피온이 깔깔거리자 베로스가 험상궂은 표정으로 툴툴거렸다.

"시간 없으니까 빨리 도와."

이미 시리우스와 마에스트로의 승부는 승패가 거의 엇갈린 것처럼 보였다. 마에스트로는 서 있는 반면, 시리우스는 한쪽 무릎을 꿇은 채 주저앉아 있었던 것이다.

루피온이 베로스의 양쪽 어깨를 지탱해 주고, 네르메스가 뒤쪽에서 넘어지지 않도록 허리를 잡아주었다.

영창이 시작된다.

아까와는 다르게 빠르고 간결한, 망설임도 더듬거림도 없는 영창이었다.

콜 라이트닝!

먹구름이 모여듦과 동시에 벼락이 떨어진다. 놀랍게도 조준은 정확했고, 마에스트로가 눈치 챘을 때는 이미 번갯불이 코앞에 다가온 뒤였다. 마에스트로의 몸이 천천히 쓰러져 내리자 환호성이 터져 나왔다.

휘유!

마태준이 비웃었던 베로스의 콜 라이트닝이 작렬한 것이다.

"맛이 어떠냐, 이 개자식아?!"

베로스가 통쾌하게 외쳤다.

"시리우스!"

루피온은 복잡한 표정으로 시리우스를 구하기 위해 달려갔다. 마에스트로가 딱히 미운 것은 아니었지만 이미 파티는 시리우스를 택했다.

그런데 바로 그 순간, 뒤쪽에서 비명 소리가 들려왔다. 네르메스의 것이었다.

등 뒤를 돌아본 루피온의 입에서 경악성이 흘러나온다. 사상자는 그녀가 아니었다.

"베로스……."

마법사 베로스가 등에 볼트를 맞은 채 쓰러져 있었던 것이다. 치명상이었는지 은빛 입자가 끊임없이 새어 나오고 있었다. 볼트의 주인은 수풀 사이에서 나타났다.

반전은 언제나처럼 갑작스러웠다. 루피온은 깜빡 잊고 있었던 사실을 그제야 떠올리며 뻣뻣이 굳어버렸다. 하필이면 지금.

"뭐야, 마태준이 죽었잖아?"

"쳇, 누가 직접 공격하랬어, 그냥 유인만 해오랬지? 쌤통이군."

수풀 사이를 헤치고 나타난 네 개의 인영.

네 사내의 몸에는 희미한 붉은색 기운이 흐르고 있었다. 어슴푸레한 붉은빛 파장은 카오스 유저의 상징과 같은 것.

몬스터가 아닌 유저를 사냥하는 자, 머더러(Murderer)다.

"어이, 마태준. 정말 죽었나?"

건들건들 일행 사이로 접근한 네 명의 사내는 검게 탄 마태준의 사체를 툭툭 건드려 보다가 흥미를 잃었는지 자리에서 일어났다.

"뭐, 잘됐군. 어차피 이놈과의 거래도 오늘로 끝내려고 했으니까."

"아이템은 안 떨어뜨린 모양이지? 아쉽군."

"이놈을 조지는 건 내 역할이었는데, 젠장."

마태준의 등에 발을 올려놓은 사내가 두꺼운 목소리로 킬킬 웃었다. 침착한 얼굴의 남자가 마에스트로의 맥을 짚으며 입을 열었다.

"아니, 아직 안 죽은 것 같다. 일단 잔챙이들부터 처리하고 마을까지 데리고 가자. 보수는 확실히 챙겨야 하니까."

그는 다른 사내들과 달리 유달리 가늘고 냉정한 눈빛을 유지하고 있었다.

남자들은 모두가 호화찬란한 장비로 무장하고 있었는데, 장비 급수로 미루어 적게 잡아도 레벨 4 이상은 되는 것 같았다. 모두가 랭커들이라는 이야기.

"운이 나빴다고 생각해. 너희들만 당한 것도 아니니까."

길을 걷다 나무에서 꽃을 꺾듯 무감각한 말투였다. 자리에서 일어난 침착한 얼굴의 남자는 옅은 조소를 띠고 있었다. 먹잇감을 노리는 포식자의 눈빛. 압도적인 강함을 자신하는 자들만이 가질 수 있는 기백이었다. 아마도 그가 네 명 중의 대장이리라.

네르메스가 앙칼지게 쏘아붙였다.

"이런 짓을 하고도 무사할 것 같아요? 동영상을 인터넷에 공개할 거예요!"

"흥, 하든 말든. 대신 여자는 맨 마지막에 제일 비참하게 죽여줄 테니 기대하라고."

그 말에 다른 사내들이 웃기 시작했다. 네르메스의 얼굴이 굴욕적으로 일그러졌다. 유저가 PK를 당할 경우에는 일정 확률로 옷이 찢겨 상당 수위의 노출을 당하게 될 가능성이 있었다. 물론 심의에 벗어나지 않을 정도였지만, 그걸 당하고 싶은 여성 유저는 아무도 없었다.

게다가 하드코어 퀘스트 도중에는 귀환 주문서의 사용이 불가능하다. 도망칠 수조차 없는 상황. 죽거나, 아니면 싸우거나.

루피온은 분노로 인해 덜덜 떨리는 다리를 간신히 멈춰 세웠다. 그 광경을 지켜보는 것이 역겨웠다.

그들을 나무랄 수는 없다. 게임은 즐기기 위해 하는 것. 모두가 즐기는 방법이 다르고, 즐거움을 얻는 요소가 다르다.

하지만… 옳지 못해. 루피온은 입을 앙다물었다.

그는 현실의 자신이 비겁자라고 생각했다.

고등학교를 다니던 시절부터 그랬다. 강한 녀석들에겐 덤빌 생각조차 못했고, 눈앞에서 부정한 일을 목격해도 눈을 질끈 감은 채 스쳐 가곤 했다.

그것이 자신에게 영향을 끼치지만 않으면 아무런 상관이 없다는 생각으로. 적어도 지금 당장은 참고 넘어가는 것이 현명한 것이라 자위하며.

그 결과 대학생이 된 후에도 요 모양 요 꼴이었다.

자신은 게임에서조차 그 탈을 벗지 못하는 것일까.

이곳은 게임인데. 이건 단지 게임일 뿐인데…….

루피온은 심장 언저리에서 울렁이는 뜨거운 뭔가를 틀어쥐었다.

"프리스트, 내가 시간을 끌게. 시리우스와 다른 파티 멤버들을 데리고 도망가."

그건 어떤 결심 같은 것이었는지도 모른다. 루피온은 태어나서 처음으로 누군가를 위해 희생하는 것이 뭔지를 배웠다. 그의 부축을 받고 힘들게 서 있는 시리우스라는 청년이 그걸 가르쳐 줬다.

녀석들이 게임이라는 이유로 이런 짓을 저지를 수 있다면, 자신 또한 게임이기에 현실보다 더 용감해질 수 있다.

시간을 번다. 그가 시간을 번다고 해서 얼마나 벌 수 있을지는 불 보듯 뻔했다. 결과에 대한 기대는 하지 않았다. 지금은 단지 그렇게 하고야 말겠다는 그의 의지가 중요했다.

그런데 다음 순간, 시리우스가 그의 품을 벗어났다. 홀로 자리에 버티고 선 시리우스는 네 명의 사내들과 한 번씩 시선을 마주쳤다.

오연한 시선, 담담하고 깨끗한 눈빛. 열화가 베고 지나갔던 옆구리를 틀어쥔 시리우스는 힘겹게 입을 열었다.

"루피온, 내 이름은 시리우스가 아니다."

낮지만 또렷한 저음이었다. 루피온은 자신의 가슴을 파고드는 뭔가를 느꼈다. 열정? 분노? 묘사할 수 없는 감각 속에서 루피온은 입술을 떨었다.

그래, 이 남자는…….

"내 이름은… 진수련이다."

수련은 루피온을 돌아봄과 동시에 둘의 시선이 허공에서 마주친다. 루피온이 고개를 끄덕임과 동시에 둘은 네 명의 사내를 향해 달려가기 시작했다.

그리고 결전이 시작되었다.

제법 멋있었던 대사와는 다르게 수련은 루피온에게 건네받은 단검으로 상대방의 공격을 허겁지겁 막기에 바빴다. 원래 현실이란 대개가 그런 법이다. 하지만 수련은 제법 잘 버텨내고 있었다.

시야가 뚜렷하지는 않았지만 그래도 당분간은 문제없을 것 같았다. 결투 직전에 프리스트 네르메스가 걸어준 블레스(Bless)가 조금은 효험을 본 것일까. 하지만 블레스의 지속 시간은 그리 길지 않으리라.

수련의 상대는 적의 대장으로 추정되는 사내를 포함해 세 명.

신관이나 성직자를 먼저 사냥하는 것은 단체 전투의 기본임에도, 사내들은 수련 일행을 얕잡아본 모양인지 신관인 네르메스를 먼저 죽이지 않았다. 어차피 거리가 멀어서 힐을 하기에는 힘들 것이라 생각했던 것일까, 아니면 예의 그 대화 때문이었을까.

네 명 중 남은 하나는 루피온과 대결 아닌 대결을 벌이는 중이었다. 루피온도 지금쯤 공격을 피하는 것에 여념이 없으리라. 그가 상대하기엔 너무 강한 상대. 극복하기엔 레벨 차이가 심하다.

오른쪽 상단.

불꽃이 튐과 동시에 손목 언저리가 크게 꺾인다. 작은 공격에도 생명력이 휘청거리고 있었다. 애초부터 단검 마스터리를 거의 올리지 않은 수련이었기에 더욱 그랬다.

리치가 짧은 단검으로는 공격은커녕 수비만으로도 벅찼다. 또 한 번의 검격이 교차하며 생명력이 깎였다.

"마에스트로와 대등하게 싸우는 걸 봤지."

사내들의 대장이 말했다. 약간의 경탄이 녹아 있는 목소리였다. 사내는 가뿐하게 수련의 공격을 받아넘기며 다시금 입을 열었다.

"프로게이머인가?"

"답할 이유 없어."

수련은 단검을 한 번 휘두른 후 연속으로 날아들어 오는 두 개의 검을 간신히 피해냈다. 그러나 그들의 연계 공격은 상당한 수준이어서 몇 합이 지나기도 전에 또다시 허벅지와 왼쪽 어깨에 상처를 입고 말았다.

젠장맞을 왼팔!

비록 검을 잡은 것은 오른손이었으나, 큰 상처를 여러 번 입은 탓에 덜렁거리는 왼팔이 계속해서 움직임에 방해가 되었다. 적 또한 그것을 잘 알고 있는 것 같았다. 공격은 빈틈이 많은 좌측을 향해 주로 쏟아졌다.

그나마 불행 중 다행인 것은, 그들의 움직임을 봐서는 모두가 1인칭 유저 같지는 않았다는 것이다. 정교하지 못한 컨트롤과 검 놀림. 분명 대장을 제외한 둘은 3인칭 유저이리라. 대장도 1인칭의 컨트롤에 그리 익숙해 보이지는 않았다.

그럼에도 현 상태의 수련으로는 그들을 이길 수 없었다. 착용하고 있는 장비의 문제도 있지만, 체력이 너무 심하게 저하되어 있었던 것이다. 제대로 된 대결은커녕 오히려 농락당하는 형편이었다.

녀석들은 자신을 갖고 놀고 있다. 수련은 그걸 알고 있었다.

싸움이 계속되자 사내의 표정에 일말의 흥미가 스쳤다.

"재미있군. 나도 가능하면 프로게이머에 한번 도전해 보고 싶었는데 말이지……. 내 생각엔 우리 실력으로도 저기 있는 마태준 정도는 어렵지 않게 쓰러뜨릴 수 있을 것 같거든?"

그 말을 꺼냄과 동시에 처음으로 사내의 얼굴에 어떤 감정 같은 것이 떠올랐다. 수련은 순간 가슴을 스치는 희망 같은 것을 느꼈다. 남자가 말을 시작했다는 것은 공격에 여유가 생겼다는 의미였다. 여유는 방심을 유도한다.

틈을 벌려야만 한다.

상대방을 읽기 위해서는 조금이라도 가공할 정보가 필요했다. 수련은 빠르게 입을 열었다.

"혹시 저기 있는 마에스트로와 너희는… 동료인가?"

"동료?"

그 말에 세 남자가 동시에 웃음을 터뜨렸다. 혹시나 공격에 틈이 생기지 않을까 기대했으나 안타깝게도 그런 요행은 일어나지 않았다.

"동료 좋아하네. 좋은 말로 하면 거래자고, 나쁜 말로 하면… 글쎄, 뭘까나? 아무튼 우리는 놈이 죽든 말든 별 신경 안

써. 돈만 챙기면 되니까."

"흥. 저놈처럼 허울만 좋은 프로게이머와 동급 취급이라니,
불쾌하군."

착각인지는 모르지만 검공이 사나워졌다. 수련은 뭔가를 깨
달았다. 희미하게 남아 있던 희망의 불씨가 조금 커졌다.

현재 수련의 피스트 마스터리 레벨은 5단계. 소드 마스터리
보다는 숙련치가 떨어지지만, 동급의 유저에 비하면 무시무시
한 수준이었다. 다만 제대로 된 글러브나 장비가 없기 때문에
정면충돌은 불가했다.

하지만 빈틈을 노린다면 이야기가 달라진다. 수련은 도발을
결심했다. 내키지는 않았으나 어쩔 수 없었다.

기다리자. 때를 기다려야 한다.

"겨우 그 정도로는 프로게이머가 되지 못해."

공격 도중 대화를 한다는 것은 사실상 자살 행위에 가까웠
다. 게다가 자신은 하나, 적은 셋. 압도적으로 불리하다. 그럼
에도 불구하고 대화를 유도해야만 했다.

네 번째 합공이 무위로 돌아갔다. 수련은 속으로 안도의 한
숨을 내쉬었다.

"컨트롤 말인가? 도발하려는 생각이라면 소용없어."

남자의 말투는 덤덤했다. 그러나 그건 말뿐, 수련은 남자의
미간을 가볍게 스치는 감정을 읽었다.

사람마다 각자의 콤플렉스나 트라우마 같은 게 있는 것일
까. 수련은 상대방의 심리를 읽으면 읽을수록 이상한 연민 같

은 것을 느꼈다. 하지만 그것 때문에 싸움을 멈출 수는 없었다. 원래 세상이란 부조리의 연속이 아니던가.

여섯 번째 검을 간신히 쳐낸 수련이 말했다.

"마태준을 깔보는 모양인데, 너희들 셋이 다 덤벼도 그를 당하지 못할걸?"

"시끄럽군."

시간을 벌어야 했다. 자신에게 승산이 전혀 없다고 상대방이 믿도록 최대한 지친 모습을 연기해야만 한다. 등 뒤로 식은 땀이 주르륵 흘러내렸다. 무섭도록 치밀한 감각에 긴장감이 팽배해진다.

굳어진 남자의 표정에 걸맞게 검세는 더욱 강맹해졌다.

대화는 지속되지 않았다. 말 대신 날아온 것은 검극. 포커페이스가 무너지고 감정에 날이 서자 공격이 날카로워지는 만큼 빈틈도 늘어나기 시작한다. 수련은 기회가 가까워져 오는 것을 느꼈다.

살을 훑고 지나가는 검의 마찰음이 허공을 갈랐다.

수련은 오른쪽 정강이와 왼쪽 옆구리에 찰과상을 입고 일곱 번째의 합공을 피해냈다.

앞으로 세 번.

세 번 뒤에 기회가 올 거다.

수련은 짧은 시간 동안 검세의 특징을 어렵지 않게 파악했다. 합공은 다섯 번에 한 번 재정비를 위해 공세를 회수한다.

점점 더 과격해지는 검의 움직임을 보며 수련은 온 힘을 다해 몸을 비틀었다. 대장이라는 녀석만 어떻게 처리한다면 조금이나마 가능성이 생길지도 모른다.

두 번의 합공을 더 피해내자, 대장 사내의 안색이 변했다. 눈치 챈 걸까? 수련은 마음이 다급해졌다.

그때, 변수가 생겼다.

"빨리 처리하고 가자고, 대장!"

다른 한 명의 사내가 패턴을 무시한 채 수련의 거리 안쪽으로 파고든 것이다.

천금 같은 타이밍이었다. 그러나 수련은 쉽게 주먹을 내밀지 못했다. 걸려든 사냥감이 원하던 먹이가 아닌 것이다. 대장을 쓰러뜨리는 건 사기 감소에 영향을 미칠지 몰라도 부하를 쓰러뜨려서는 지금 상황에서 화만 돋울 뿐이다.

그러나 방법이 없었다. 어차피 이렇게 된 거 한 놈이라도 줄이자! 수련은 이를 악문 채 주먹을 내밀었다. 환검의 묘용이 주먹을 감싸 안으며 눈부신 잔영을 만들었다. 무기가 다르기 때문에 파괴력은 대폭 떨어지지만, 한 사람을 쓰러뜨릴 만한 위력은 있으리라.

팬텀 블레이드 세컨드 스타일. 실루엣 소드가 수련의 주먹을 통해 발현되었다.

전투가 점점 불리한 양상으로 치닫자, 네르메스는 무력감에 잠겼다. 이렇게 멀리서는 힐을 할 수도 없었다. 자신은 전혀 도움이 못 된다. 도망칠까 생각도 했지만 혼자 도망치는 건 내키지 않았다.

어설픈 유대라든가 동정의 문제가 아니다. 그 이전에 그녀의 마음 내부에 기거하고 있는 양심의 문제였다.

네르메스는 내키지 않는 손길로 베로스를 치료했다. 그라도 치료하면 어떻게든 도움이 되지 않을까 해서였다. 그러나 베로스는 그로기 상태—그로기 상태에 들어가면 의식은 있으나 대화를 하거나 몸을 움직일 수 없게 된다—에 빠졌는지 불러도 대답이 없었다. 체력이 너무 많이 떨어져 치료도 제대로 이루어지지 않고 있었다.

또 하나의 희망이 바스러진다.

초조함이 더해져 갈수록 손끝의 경련도 심해져 간다. PK단은 그녀를 제일 마지막에 제일 비참하게 죽이겠다고 말했다. 유혹의 밀도가 높아졌다.

고작 게임에서 그런 꼴을 당하고 싶진 않았다.

도망칠까.

"이봐, 여자."

처음에는 잘못 들은 거라고 생각했다. 아니, 현실을 인정하기 싫었는지도 모른다. 이런 상황에서 더 최악의 사태를 가정하고 싶지 않았다. 그러나 두 번째 목소리가 들려옴과 동시에 네르메스는 한 걸음 뒤로 물러서며 경계 태세를 취했다. 긴장이 발끝에서 머리끝까지 치밀었다.

"이봐, 여자."

아직 죽지 않았던가? 시선이 도착한 곳에는 거친 숨을 고르며 자리에 주저앉아 있는 마에스트로가 있었다.

"여자, 나를 치료해라."

루피온은 정신이 하나도 없었다. 사방팔방에서 날아오는 칼날. 그의 어설픈 컨트롤 실력으로는 뒷걸음치기에도 빠듯했다. 간간이 공격권 사이로 단검을 찔러 넣어 견제해 보려 했지만, 긴 리치의 장검에 겁먹어 황급히 회수하기 일쑤였다.

"뭐야, 공격해 보라고! 이 허접한 새끼!"

루피온이 우물쭈물하며 물러서기만 하자, 남자는 거만한 표정으로 속절없이 욕설을 쏟아냈다. 그러나 루피온은 거기에 답할 정신이 없었다. 쇄도하는 검극을 보고 있자니 머릿속이 새하얗게 물들었던 것이다.

방어나 회피는 거의 본능에만 의존하고 있었다. 격투 게임을 처음 접했을 때의 기분이 이럴까. 남자는 루피온을 농락하는 것에 재미를 들였는지 허벅지와 어깨 같은, 맞아도 비교적 체력이 덜 떨어지는 부분만 집중 공략했다.

젠장, 젠장, 젠장.

속으로 욕지기가 터져 나온다. 한가하게 개그나 연구하고 있을 계제가 아니었다. 그 시간에 레벨업을, 최소한 활 숙련을 쌓았더라면 루피온은 이 남자가 자신에게 다가오기도 전에 죽여 버릴 수 있었을지도 모른다.

그래도 최소한 얕보이고 싶지는 않았다.

"뭐, 뭐야? 그 정도밖에 못해?"

괜한 반발심에 내지른 소리였다. 처음부터 그는 적의 상대가 되지 않는다는 것을 깨닫고 있었고, 그래서 어떻게라도 상황을 끌어야만 했다.

기적을 기도하는 수밖에 없었다. 베로스가 깨어나거나, 아니면 수련이 세 남자를 물리치고 자신을 도와주거나.

"웃기는 놈이군. 봐주는 것도 모르고."

돌아온 것은 비웃음.

남자의 공격이 처음으로 본격적인 태세를 취했다. 분명 3인칭 시점일 텐데도 루피온보다는 훨씬 정밀한 컨트롤이었다.

루피온은 간신히 왼발을 꼬아 옆으로 몸을 돌림으로써 남자의 일격을 겨드랑이 사이로 흘려냈다. 그랬더니 뜻밖의 기회가 생겼다. 남자의 공세 안쪽으로 빈틈이 생긴 것이다.

망설임보다는 두근거림이 더 컸다. 어쩌면 자신이 이 남자를 쓰러뜨릴 수 있을지도 모른다. 그렇게 된다면…….

루피온은 그대로 남자의 품속으로 뛰어들었다.

지척에 이르러 단검 촉을 앞세운 것은 한순간.

그러나 전투 경험이 적었던 루피온은 그것이 남자의 함정이었다는 사실을 몰랐다. 리치가 짧은 단검을 한쪽 건틀렛으로 막아낸 남자는 달려오던 루피온의 힘을 역이용하여 다리를 걸었다.

시야가 순간 한쪽으로 무너지며 땅이 가까워지고 있었다. 쿵 하고 가슴이 내려앉는다.

완전히 당했다.

루피온은 최후의 순간 온몸을 회전시켜 자신에게 검을 내리
꽂으려는 남자 쪽을 보았다. 어차피 죽는다. 최소한 단검이라
도 녀석의 몸에 꽂아 넣어 전투력을 약화시킬 수 있다면…….

그러나 매가리없이 날아간 단검은 남자의 허벅지 부근을 스
치고 지나갔을 뿐이다.

절망이다.

루피온은 가슴팍으로 날아드는 검을 보았다. 모든 것이 슬
로우 모션처럼 느리게 보인다. 눈을 감지 않은 것은 최후의 오
기 같은 것이었다.

삼십 센티, 이십 센티, 십 센티… 끝이다.

푸슉.

뾰족한 뭔가가 물체를 꿰뚫는 소리가 들렸다.

그리고 루피온은 아직 살아 있었다.

검극은 정확히 한 치가량을 남겨두고 멈췄다. 마치 투명한
무엇인가가 그 검의 앞을 방패처럼 가로막은 양.

남자의 몸은 석상처럼 꼿꼿이 굳어 있었다.

"아……!"

탄성.

남자의 심장은 흑적색이 감도는 검에 관통당해 있었다. 확
인할 필요도 없이 완전한 절명이다. 루피온은 그 검의 주인을
알고 있었다.

"제법 잘 버티더군."

남자의 몸이 서서히 무너지고 은빛 입자가 되어 공중으로

분산한다. 산화하는 은빛 속에서 남자에게 검을 찔러 넣은 사내의 모습이 어렴풋이 보이기 시작했다.

"마에스트로……."

시선이 닿은 곳에는 마에스트로가 표정 없는 눈길로 루피온을 내려다보고 있었다. 그가 또다시 루피온의 생명을 구해준 것이다.

사태가 좋지 않은 것은 수련 쪽도 마찬가지였다. 불의의 일격을 맞은 부하 하나가 쓰러지자 예상대로 대장은 분노했다. 하지만 그에 비해 공격은 더욱 신중해졌다. 약해졌다는 말이 아니었다. 오히려 훨씬 상대하기 까다로워졌다.

"멋지게 속였군."

대장 사내가 이를 부득 갈며 말했다.

검의 숫자는 두 개로 줄었지만 이미 수련의 몸은 한계의 한계에 이르렀다. 이대로라면 아무런 공격을 받지 않아도 5분 안에 생명력이 고갈되리라.

그럼 죽는다.

"두 개의 마스터리를 동시에 올렸단 말인가… 과연."

루피온에게 천운이 일어나 적 하나를 쓰러뜨리고, 그 후 수련을 도와준다고 할지라도 승부를 장담할 수 없는 상황.

아니, 어느 모로 보나 필패. 검을 주고받은 횟수—정확히는 일방적으로 밀린 횟수—는 이미 삼십 회를 넘기고 있었다.

단검의 질이 형편없었던 탓에 날은 이가 다 빠져 버렸다. 고블린을 사냥하다 우연히 주웠던 가죽 갑옷은 이미 넝마에 가까웠다. 모든 상황이 패배의 기표가 되고 있었다.

마치 폭풍 속에 서 있는 기분.

싸울 수 있다. 검을 휘두를 수 있다.

전투의 감각이 가져다주는 쾌락과 예전처럼 필사적으로 게임을 하지 않은 자신에 대한 후회. 모순된 감정들이 섞여들어 본유의 의지를 만들었다.

조금만 더 버텨보자.

중압감은 점점 더 심해져 갔다. 시간을 끌수록 불리한 것은 수련 쪽. 상대방도 그걸 아는지 위험한 공격은 절대 시도하지 않았다.

말을 듣지 않는 왼팔은 계속해서 방해가 되었다. 좌측에 포화된 공격. 움직임이 점점 더 둔해진다.

삐끗.

스텝이 꼬인 것은 그 순간이었다. 실상은 몸의 중심이 살짝 기울여지는 정도에 불과했지만, 적에게 빈틈을 보이기엔 충분한 시간. 머리가 차갑게 식는다.

검극이 가리키는 목표는 왼팔. 피할 수 없는 일격이었다.

할 수만 있다면 피하고 싶다, 이번 일격만 흘려낼 수 있다면.

그러나 검은 지척까지 다가왔다.

왼팔은 틀림없이 잘린다.

수련은 별수없이 왼팔을 포기하기로 했다. 한번 잘린 왼팔은 캐릭터가 죽었다가 살아나기 전까지는 복구되지 않지만, 어쩔 수 없는 선택이었다. 두 개의 검이 교차하며 왼팔을 가르고 지나간다.

그런데 바로 그 순간, 왼팔에서 엄청난 운동량이 느껴졌다. 모든 신경이 떨리며 분해되는 듯한 기묘함. 자신의 의지에서 벗어난 몸부림 같은 것이 세포를 타고 전율처럼 전이되었다.

기이한 이물감과 함께 마치 왼팔에 특수한 신경이 따로 존재하는 듯한 느낌이 들었다.

잘리지 않았어?

수련은 멀쩡히 붙어 있는 자신의 왼팔을 보며 경악에 잠겼다. 적도 큰 충격을 받았는지 순간 전투가 소강상태에 빠졌다.

일격을 피한 건가? 아까부터 계속 여러 군데에 상처를 입은 걸로 봐서 맞아도 잘리지 않는다거나 하는 것은 아닌 걸로 보였는데⋯⋯. 그렇다면 대체⋯⋯?

수련은 자기도 모르게 뒷걸음질을 쳤다. 그때, 등에 느껴지는 감촉이 있었다.

아차, 루피온이 당한 건가?

수련은 잠시나마 방심했던 스스로를 자책하며 재빨리 옆쪽으로 물러섰다. 피하는 것이 늦지 않았기를 비는 수밖에 없었다.

그리고 다음 순간 수련은 소스라치게 놀랐다.

"⋯어떻게 회복한 거지?"

"자, 잘됐군, 어서 놈을 죽이고 마을로 가자고."

처음의 말은 수련의 것, 그리고 나중의 말은 사내들의 것이었다. 이미 죽었어야 할 상대가 그곳에 서 있었다.

머릿속으로 의문을 제기한 순간 수련은 네르메스 쪽을 돌아보았다. 수련과 시선이 마주친 네르메스가 죄스러운 표정으로 눈을 내리깔았다.

그렇군. 그렇게 된 건가.

마태준의 비릿한 목소리가 들렸다.

"한심하게도 고전하고 있군."

수련은 순간 화가 났다. 만약 레벨만 같았더라면 당신을 이겼을 거라고, 적어도 패배하지는 않았을 거라고. 그리고 이 녀석들쯤은…….

그러나 그의 생각보다 마태준의 검이 더 빨랐다. 수련을 향해 몰아치는 불꽃의 검날. 아차 싶었다. 놈들과 마태준은 동업자 관계. 그를 노리는 것은 당연하다. 화끈한 열기가 뺨을 스친 것은 거의 동시였다.

그리고 열기의 끝이 향한 곳은…….

"마, 마태준… 네 녀석이… 왜……."

"내가 네놈들의 생각을 정말 모를 거라고 생각했나?"

PK단의 원정 대장은 단 한 번의 검공에 사망했다. 거의 급습에 가까운 공격. 당황한 목소리는 다른 사내의 것이었다.

상식을 뛰어넘는 수준의 검속. 불꽃이 휘감긴 마태준의 플레임 시커는 스러지는 은빛을 머금은 채 울고 있었다.

"거래가 끝나면 나를 제거할 생각이었겠지. 뭐, 한 번쯤 죽는다고 캐릭터가 없어지는 건 아니지만."

절대적인 우위를 자신하는 고고함. 오만함조차 뛰어넘는 자신감이 아로새겨진 표정이었다.

수련은 깨달았다. 마에스트로 마태준, 이 남자는 자신과의 결전에서 그의 모든 것을 보여주지 않았다.

마태준은 검을 멈추지 않고 남은 한 사내의 목을 날려 버렸다. 목이 잘린 캐릭터는 혐오감 조성을 피하기 위해 죽는 순간 그대로 산화해 버린다. 수련을 고전하게 만든 상대치고는 너무나 허무한 최후였다.

깊게 내려앉은 정적. 누군가 입을 연다면 깨져 버릴 그 얇은 유리판 같은 적막은 쉽게 걷힐 줄 몰랐다. 마태준도 수련도 뭔가를 생각하고 있었다.

재대결을 벌일 작정일까. 수련은 조심스럽게 마태준과의 거리를 벌리며 전투 태세를 취했다.

먼저 입을 연 것은 마태준이었다. 어쩐지 숨이 차는 듯한 목소리였다. 방금 그 공격은 그의 마지막 기력을 다한 것이었다.

"그만두는 것이 좋아. 너도, 그리고 나도…… 이제 쥐새끼 한 마리 잡을 힘도 남아 있지 않다는 걸 아니까."

마태준은 그 말과 동시에 검을 바닥에 꽂고 깊은 숨을 들이켰다. 그 깊은 호흡은 너무나 생생하여 진짜 같았다. 아니, 정말 진짜일지도 몰랐다. 수련은 쥐었던 주먹을 천천히 풀었다. 확실히 마태준은 지쳐 있는 것 같았다. 그리고 수련은 이미 서 있을 힘도 없었다.

"시리우스, 네 레벨은… 정말 3인가?"

몰라서 묻는다기보다는 어떤 결단을 위한 겉치레 같은 물음이었다. 수련이 천천히 고개를 끄덕임과 동시에 마태준이 가만히 눈을 내리깔았다.

천천히 등을 돌린다. 휘적휘적 걷는 발걸음에는 어떤 거리낌도 없었다. 마치 그대로 사라져 버릴 듯한 바람처럼.

상처투성이, 하지만 한없이 강하고 또 독한 사내. 수련은 조금씩 멀어져 가는 마태준의 등을 보며 프로게이머의 마지막 남은 자존심 같은 것을 느꼈다.

"이번 승부는 무승부다. 다음을 기대하지."

귓가를 짧게 울리는 파티 탈퇴 메시지와 함께 마태준의 신형은 숲길 사이로 사라져 버렸다.

혹시 모를 상황에 대비하여 수련은 온 힘을 다해 그 자리에 버티고 서 있었다. 10초, 30초, 1분……. 마태준의 기척이 완전히 사라졌음을 깨달음과 동시에 다리에 힘이 풀렸다.

끝났다. 그리고… 살아남았다.

멍하니 굳어 있던 네르메스와 루피온이 그제야 수련을 향해 달려오기 시작했다.

EPISODE **005**
Unexpected

새카만 어둠 속에서 장작이 타닥타닥 소리를 내며 불타오르고 있었다. 불꽃의 음영이 크게 일렁이며 나무둥치에 기대어 앉은 남자의 모습을 어렴풋이 비췄다.

뾰족한 붉은 머리를 가진 한 사내. 그가 입은 고급스런 레더 아머(Leather armor)의 곳곳은 보기 흉하게 찢어져 있었고, 한쪽 팔에는 붕대가 대충대충 휘감겨 있었다. 적색의 검 플레임 시커는 언제든 뽑을 수 있도록 사내의 허벅지에 기대어져 있었다.

사내가 모닥불을 보는 시선은 기이했다. 소리없이 어둠을 유린하는 불꽃.

눈빛에 떠오른 감정은 일정하지 않았다. 스스로에게 어떤 확신을 종용(慫慂)하는 듯한, 가정을 현실로 조심스레 바꾸려는 듯한 움직임.

"거기 있는 거 다 알아."

어둠은 답이 없었다. 그러나 남자의 말은 계속되었다.

"다음번에도 내가 먼저 부르지 않으면 나타나지 않을 셈인가?"

입술은 모종의 비웃음을 띠고 있다. 그러나 입술이 가리키는 표지는 정확하지 않았다. 누구를 향한 비웃음일까.

"제법이군."

뜻밖에도 대답이 돌아왔다. 어둠이 말했다? 아니, 그럴 리가 없다.

"전보다 더 빨리 알아챘군. 육감이 성장한 건가?"

어둠이 기이하게 일렁이더니 이내 붉게 물들었다. 적색의 야행복을 두른 남자가 나무 위에서 그를 내려다보고 있었다.

"내려와. 기분 나쁘니까."

남자는 가볍게 뛰어 나무 위에서 내려왔다. 착지하는 폼이 숙달되어 있다. 마치 자신이 상당한 실력자라는 것을 과시하려는 듯이.

남자의 붉은 입술이 우물거린다.

"마에스트로 마태준."

"왜 내게 가르쳐 주지 않았지?"

말을 먼저 자르고 선수를 친 것은 마태준이었다. 그의 냉정한 눈빛 속에 흉포함이 번지고 있었다. 적포인(赤布人)의 입가에 능글맞은 미소가 맺혔다.

"그런 걸 가르쳐 주면 재미가 없으니까."

"잘도 날 가지고 놀았군."

마태준은 자리를 털고 일어섰다. 잔뜩 찡그린 미간이 심한 불쾌감을 드러내고 있었다. 두꺼운 근육의 핏줄이 불거졌다.

"다음번에도 이런 식으로 나오면 더 이상 협조하지 않겠어."

"그는 어땠나?"

"언제까지 내가 너희들 손에 놀아날 거란 생각은 않겠지?"

"그는 어땠나?"

적포인은 필요한 대답만을 원한다. 마태준이 인상을 찌푸렸다. 대화의 선수를 다시 빼앗겨 버린 걸 느낀 것이다.

"강했다. 만약 다음번에 또 만나게 된다면… 어쩌면……."

마태준이 말끝을 흐리자, 적포인의 입가에 흥미로운 미소가 떠올랐다.

"질 것 같은가?"

"나는 지지 않는다."

그 어떤 것으로도 꺾을 수 없는 맹렬한 자존심. 적포인은 그의 그런 성격을 잘 알고 있었다. 적포인은 괴이한 미소를 그리더니 크게 뒤로 물러섰다.

다음 순간, 그가 서 있던 자리에 붉은빛의 검영(劍影)이 몰아쳤다. 마태준은 어느새 검을 쥐고 있었다.

한 치였다.

단 한 치가 부족해서 마태준은 사내를 베지 못했다. 적포인이 크게 웃어 젖혔다. 능글능글한 그 웃음에 마태준의 인상이 일그러진다.

"전보다 검의 화력(火力)이 강해졌군. 이젠 나도 위험하겠어?"

"미친놈."

마태준은 검을 집어넣었다. 스스로를 시험해 보기 위한 공격이 아니었다. 그는 오로지 적포인의 능력을 가늠하기 위해 검을 휘둘렀던 것이다. 그리고 그 차이를 똑똑히 실감했다.

단순한 유저와 비인간(非人間)의 차이를……

"너 같은 리메인더(Remainder)는 몇이나 있지?"

"금지사항입니다."

눈을 찡긋거리며 대답하는 그의 모습에 마태준의 얼굴이 의아함으로 물들었다.

"뭐지, 그건?"

"흠, 그냥 한번 해보고 싶었다."

적포인의 대답에 의미심장한 침묵을 지키던 마태준은 눈동자를 내리깔며 물었다.

"왜 녀석에게 관심을 가지는 거지?"

마태준의 질문에도 적포인은 대답하지 않았다. 가면처럼 박힌 웃음만이 모든 언어를 대변할 뿐이다. 마태준은 조용히 한숨을 쉬었다.

"다음 목적지는?"

"북부의 아스칼. 그곳에 가면 널 기다리고 있는 남자가 있을 거다."

*   *   *

뉴스 앵커의 지시가 이루어짐과 동시에 화면이 바뀌었다. 세련된 빛깔의 건물과 매일 물자를 실어 나르는 수많은 트럭들이 간이 도로 위를 질주하고 있었다.

"2010년부터 정부 차원에서 시행된 노숙자 구호 시설이 최근 들어 더욱 활기를 띠고 있습니다. 현재 구호 시설의 도움을 받고 있는 노숙자의 수는 전체 노숙자 수의 약 십분의 일 정도로 추산되며, 국민들의 큰 호응을 받고 있어 앞으로의 활동이 매우 기대됩니다."

곧 노숙자들이 화면에 잡혔다. 남루한 옷차림에 비실비실한 걸음걸이. 정작 구호 센터 내부 화면을 비춰주지 않아서 전혀 제 역할을 수행해 내고 있는 것처럼 보이지 않았음에도 뉴스는 오로지 칭찬 일색이었다.

아버지도 마지막엔 저런 모습이었을까.

수련은 천천히 눈을 감으며 미간을 짚었다. 또 아버지가 떠올라 버렸다. 부지중에 채널을 돌려 버린다.

삑.

"가상현실 게임 론도의 발표에 뒤이어 여러 민간 단체의 소송이 뒤따르고 있습니다. 민간 단체들은 론도의 지나친 현실성이 18세 이상의 성인들에게도 심리적으로 좋지 않은 영향을 끼칠 수 있다고 판단하여……."

삐.

"안녕하세요? 저는 지금 (주)레볼루셔니스트의 회견장에 나와 있습니다. 빗발치는 여론에 맞서 회견에 직접 참여하신 레볼루셔니스트의 개발팀장 한민 씨의 의견을 들어보겠습니다."

카메라 앵글이 회견장의 내부를 잡음과 동시에 여러 곳에서 질문이 쏟아져 나오기 시작했다.

"한 팀장님, 현재 인터넷 상에서 한창 화두로 제기되고 있는 민간 단체의 소송에 대해서 어떻게 생각하십니까?"

"흠, 아무 생각 없습니다. 성인들이 무슨 어린애랍니까?"

어쩐지 공식적인 자리에 맞지 않는 오만한 어투에 기자들의 기세가 순간 움츠러들었다. 예의 류 실장이라는 사람과는 또 다른 어투로 주변의 분위기를 압도하고 있었다. 저것도 컨셉일까.

재빨리 다음 기자가 질문 공세를 이어갔다.

"그렇지만 론도에서는 유저나 몬스터가 공격을 당할 시 목이나 신체의 일부가 날아가는 리얼한 장면을 직접적으로 유저에게 보여주지 않습니까? 몇 년 전의 버지니아 공대 사건을 기억하신다면 이 부분을 결코 오시할 수 없을 거라 생각합니다."

"그건 알파 테스트 당시에도 꾸준히 제기되어 왔던 문제입니다."

한 팀장은 말을 한 템포 끊으면서 차근차근 문장을 이어나가기 시작했다.

"인간이 그로테스크한 물체나 잘린 신체의 일부에 공포를 느끼는 것은 일반적으로 그 물체가 만들어내는 상황 자체에 근거합니다. 특히 피. 학계에서는 흔히 '적색의 공포'라고들 하지요. 인간이 거부감을 느끼는 주요 원인은 그 피가 만들어내는 상황에 근거하고 있습니다. 실제로 실험 결과 피를 은색 입자로 바꾸었을 시 유저들이 느끼는 거부감이 대폭 감소했습니다."

수련은 그의 말에 이상하게 동의할 수 없었다. 그러나 잠자코 들었다. 기자가 미련을 버리지 못하고 다시금 입을 열었다.

"하지만 안전성은……."

"알파 테스트와 클로즈 베타 테스트가 끝나는 동안 심리적, 혹은 정신적으로 문제가 생긴 사람은 아무도 없었습니다. 론도가 가진 대표적인 재미 중의 하나가 바로 현실성입니다. 그 정도의 현실성도 견뎌내지 못한다면 성인이라고 말할 수 없지요."

잠시 말문이 막혔던 기자들 사이에서 다시 질문이 터져 나왔다.

"학자들의 일설에 의하면 현재의 렘수면 기술로는 론도와 같은 게임을 제작할 수 없다고 합니다. 요즘 인터넷에는 혹시 레볼루셔니스트에서 영혼의 데이터화에 성공한 것이 아닐까 하는 의문들이 제기되고 있습니다."

"하하, 현실은 소설이 아니랍니다. 영혼의 존재 유무도 제대로 밝혀지지 않은 상황에 무슨 영혼의 데이터화랍니까? 게임 소설을 너무 많이 읽으신 듯합니다."

처음에는 익숙하지 않던 그의 말투는 시간이 지날수록 오히려 푸근함을 가져다주었다. 듣고 있으면 이상한 신뢰 같은 것을 갖게 되는 기묘한 어조였다.

이목을 끄는 말을 할 줄 아는 사람이다.

수련은 내심 감탄하며 멍하니 프로그램을 보다가 이내 텔레비전을 끄고 자리에서 일어났다. 게임 플레이 자체에는 별 도움이 안 되는 정보 때문에 시간을 낭비할 틈은 없었다.

수련은 게임 아이템 거래 사이트인 블랙 존(Black zone)에 접속했다. 아직까지 아이템을 판다거나 할 생각은 없었으나, 그래도 이곳에 들어오면 현재 론도에 나온 최고 아이템의 정보나 시세 등을 한눈에 파악할 수 있었다.

[리자드 나이트의 샴쉬르] : C+ 그레이드 레어.

공격력 : 24-52

옵션 : 힘 +10 / 민첩 +10 / 체력 +5 / 지능 -5

부가 옵션 : 소형 몬스터에게 데미지 8% 증가.

설명 : 리자드 나이트가 낮은 확률로 드랍하는 샴쉬르. 파괴력이 강한 만큼 체력이 낮은 전사는 오래 사용하지 못한다는 단점이 있다. 가드 옆에 붙어 있는 나선형의 고리 두 개가 부딪칠 때마다 파충류 계열의 몬스터들을 불러들인다고 한다.

[오크 버서커의 롱 스피어] : C+ 그레이드 매직.

공격력 : 28-69

옵션 : 힘 +10 / 민첩 -5

부가 옵션 : 대형 몬스터에게 데미지 10 증가. 소형 몬스터에게 데미지 5 감소.

설명 : 제2차 몬스터 전쟁 당시 오크 족이 드워프 족으로부터 탈취한 롱 스피어. 고대 시대 장인의 문장이 음각으로 새겨져 있어서 밤이 되면 창끝에서 은은한 빛이 난다.

현재 올라와 있는 최고 상품은 리자드 나이트의 샴쉬르였다. 리자드 나이트라면 레벨 7의 중급 몬스터. 현존 최고 레벨이라 알려진 유저가 6 중반인 것을 감안하면 최상급의 무기였다. 경매 가격은 현재 150만을 훌쩍 넘어가고 있었다. 게다가 아이템은 C+ 그레이드의 레어. 레어 급의 무기라면 최소한 B급의 무기와 대등한 능력치를 가지고 있다는 이야기였다.

아이템의 급수는 S, A, B, C, D, E 순으로 이루어져 있으며, 각 등급마다 플러스와 마이너스, 그리고 유니크, 레어, 매직, 노말의 품질 순위가 매겨져 있었다.

롱 스피어의 경우는 현재 경매가가 현금 120만을 막 넘어서고 있는 중이었다. 샴쉬르도 롱 스피어도 아마 경매가 끝날 때까지 최소한 200만 이상을 돌파하리라.

"놀고 있을 시간이 없군."

벌써 레벨 7 중급의 몬스터가 잡혔다면 현재 론도의 최고 레벨이 그의 예상을 월등히 뛰어넘고 있다는 이야기였다. 수련의 현 레벨은 3. 더 이상 지체할 시간이 없었다.

＊　　　＊　　　＊

'태곳적부터 존재해 왔던 광명의 신 루시온의 이름을 빌어 그대가 염원하던 최초의 하늘을 유영하게 하나니, 그대의 목숨이 붙어 있는 한 검과 전쟁의 시그너스가 그대의 칼날과 함께하리라.'

—레벨 4가 되셨습니다.

—능력치의 폭이 증가합니다.

수련은 마침 카를 숲의 근방에 있던 로스트 템플(Lost temple)에서 정화의 의식을 받고 레벨 4단계에 진입할 수 있었다. 레벨 4부터는 익스퍼트 초급이 되어 더 다양하고 높은 수준의 검술을 어렵지 않게 구사할 수 있게 된다.

"북동쪽으로 갈 거야."

이제 어디로 갈 거냐는 루피온의 질문에 수련은 그렇게 대답했다.

"북동쪽 어디?"

"페르비오노."

수련은 파인더가 가리키는 바늘을 보며 그렇게 말했다. 파인더의 조율 볼트는 확실히 페르비오노를 가리키고 있었다. 그리고 그곳이 바로 수련의 목적지였다.

"그럼 여기서 헤어지겠군."

토를 단 것은 베로스였다. 네르메스와 루피온의 간호 덕택에 그는 구사일생으로 그로기 상태에서 살아남았다. 루피온이 말했다.

"우리는 브룸바르트 남쪽으로 가려고 해. 좀 있으면 중부 내란 이벤트가 발생할 테니까 그 근방에서 사냥하다가 다시 내륙으로 올라올 생각이야."

놀라운 것은 그 셋이 함께 다니기로 결정했다는 것이었다. 파티 생성 당시부터 전혀 어울릴 것 같지 않았던 그 셋이, 네르메스와 루피온이라면 모를까, 베로스와 네르메스가 같이 다니기로 했다는 것은 수련에게 있어서도 꽤나 뜻밖의 사건이었다.

'그게… 내가 미안했다, 프리스트.'

도망가지 않고 자신을 구해준 네르메스에게 베로스는 고개 숙여 감사의 인사를 했던 것이다. 순순히 자존심을 굽히고 사과를 하는 그를 그녀 또한 미워할 수 없었으리라.

사람의 일이란 정말 모를 일이다.

"그런데 페르비오노로 가는 길은 로드 스트림으로 막혀 있을 텐데?"

로드 스트림(Lord stream).

카를 숲의 중심을 타고 흐르는 그 암흑의 강은 알카이온 연방과 브룸바르트 제국을 종단하는 역할을 했다. 중앙산맥 마(魔)의 산 로드 플레인(Lord plain)에서 뻗어 나왔다는 지류 근처에는 강한 몬스터가 많이 기생하는 까닭에 유저들은 그 근처를 무법지대로 설정하고 현재로선 솔로잉(Soloing)이 불가능하다는 결론을 내렸다.

"괜찮아. 그래도 가야 하니까."

느긋한 그 미소에 루피온을 비롯한 세 명은 어안이 벙벙해졌다. 최상위 랭커들도 함부로 발을 디디지 않는 곳이 동부의 로드 스트림이다. 비록 로드 플레인 전체로 봐서는 하위 지역에 속하지만, 현재의 랭커들 중에서 로드 플레인을 혼자서 횡단할 만큼 대단한 유저는 거의 없다고 해도 무방하다.

로드 플레인이라면 못해도 중급의 몬스터가 출몰하기 때문이다.

"로드 플레인도 아니고 로드 스트림인걸."

"하지만……."

수련의 가만가만한 눈웃음에 네르메스의 얼굴이 발갛게 물들자, 베로스가 툴툴거렸다.

"얼른 가라. 정들기 전에."

"또 만나자구!"

뭐가 좋은지 연신 싱글벙글하는 루피온.

그렇게 그들은 헤어졌다. 현실 시간으로 약 한 달 뒤, 브룸바르트 내전 이벤트 때 다시 만날 것을 기약하며.

수련은 바로 북동쪽을 향해 가지 않았다. 그보다 먼저 도착한 곳은 카를 숲 근처에 있던 마을의 초보 사냥터였다. 여전히 토끼와 다람쥐가 폴짝폴짝 뛰어다니는 정겹기까지 한 모습에 수련은 잠시 미소를 짓더니 돌멩이 하나를 집어 들었다.

그리고 그대로 뛰어다니는 토끼들을 향해 돌을 던졌다.

그것은 결코 수련이 정신병을 앓고 있다거나, 파괴주의에 도취되어 있다거나 하는 이유에서가 아니었다. 돌멩이의 위력이 강맹했던 탓인지 토끼는 한 방에 즉사했다. 수련은 입맛을 다시며 발걸음을 죽이고 살금살금 토끼에게 다가가 이번에는 귀를 살짝 건드려 보았다.

움찔!

공격 신호에 놀란 토끼가 재빨리 달아나기 시작했다.

"역시 토끼는 안 돼."

수련은 작게 툴툴거리며 초보 사냥터 근처를 헤맸다. 아직 계획이 틀어진 것은 아니었다.

"저 녀석이 좋겠군."

나무 사이를 요리조리 기어다니는 너구리 무리를 발견한 수련은 돌멩이를 다시 집어 들고 살짝 던졌다. 레벨 1 후반의 몬스터인 너구리는 돌멩이 한 방에 죽지는 않았다.

끼이잉.

너구리는 공격을 받자 도망가지 않고 바로 반격을 해왔다. 화가 난 너구리가 다리 근처를 할퀴자 생명력이 손톱 밑의 때만큼 감소했다. 수련은 무시하고 돌멩이 하나를 더 집어 들어 너구리 무리 사이로 던졌다.

더블 히트!

이번엔 너구리 두 마리가 더 달려와 생명력을 갉아먹기 시작했다. 왠지 딱따구리한테 쪼아 먹히는 나무가 된 기분이었으나, 수련은 개의치 않고 세 번째 돌멩이를 집어 들었다. 그렇게 몇 번을 반복하자 달려드는 너구리가 열 마리를 넘어섰다.

—인내 스테이터스가 생성되었습니다.

—민첩이 증가했습니다.

이제 한 번에 깎이는 생명력이 상당했다. 좁쌀만 한 데미지도 한 턴에 여러 번을 맞으면 꽤 아프다. 수련은 난처한 표정을 지으며 검을 휘둘러 너구리 두 마리를 제거했다.

"이거 안 되겠는데⋯⋯. 클로즈 베타 테스트 때는 토끼로 가능했는데 너구리는 숫자가 많으니 좀 버겁군."

수련은 살짝살짝씩 화끈거리는 다리를 보며 거북한 표정을 지었다.

그가 굳이 이런 귀찮은 짓을 하는 이유는 단지 인내나 민첩 스테이터스의 향상 때문이 아니었다. 이런 식으로 초반에 올릴 수 있는 인내와 민첩의 최대 효율 스테이터스 포인트는 고작 10 정도. 게다가 걸리는 시간을 감안했을 때, 차라리 사냥을 하여 레벨 구간 두 번을 채우는 것이 나았다.

정작 그가 노리는 것은 따로 있었다.

사방에서 날아드는 너구리의 공격을 정신없이 피하고 또 피한다. 그리고 한순간 너구리들이 모두 공격을 쉬는 바로 그 턴을 노린다!

쉬익!

다음 너구리의 공격이 시작되기 바로 직전, 수련의 손가락이 너구리 하나의 배를 푹 찔렀다. 괴상한 감촉이 손가락 끝으로 스며든 탓에 수련은 조금 인상을 찌푸렸다.

그런 일련의 과정이 끝나면 재빨리 뒤로 빠지며 돌멩이 하나를 또 집어 던졌다.

"뭐야? 저 사람 몹 몰이 하는 거야?"

"몹 몰이는 신고할 수 없나?"

종종 그런 그의 모습을 보던 몇몇 사람이 수군거렸으나, 이내 관심없는 척 지나가는 것이 보통이었다. 너구리 몰이를 해봐야 경험치도 얼마 못 받기 때문이다.

끼익끼익.

쉴 새 없이 들려오는 너구리의 울음소리.

—민첩이 증가했습니다.

간혹 지나가던 중 레벨의 마법사가 피식 웃음을 터뜨리며 너구리에 헤이스트를 걸고 가는 경우도 있었고, 착한 신관이 수련의 생명력을 회복시켜 주고 지나가는 경우도 있었다. 그럴 때마다 수련은 빌어먹을과 고맙습니다를 반복하며 성의껏 답례를 표했다.

하늘은 이미 어둑어둑해져 있었다.

"이제 슬슬 떠오를 때가 됐는데……."

수련은 미간을 살짝 찌푸리며 또다시 달려드는 너구리 하나의 공격을 흘려내고 배를 찔렀다.

푸욱.

미적거리는 촉감.

오늘은 글렀나.

—접속 시간이 6시간을 초과하셨습니다. 10분 안에 종료해 주십시오. 시간 초과 시 강제 종료됩니다.

수련은 입맛을 다시며 쓴웃음을 지었다. 론도는 게이머의 건강을 고려해서 급한 퀘스트라던가 특별한 사유가 없는 한 6시간마다 로그아웃을 하여 한 시간 정도 휴식을 취해야만 한다. 만약 꼼수를 써서 6시간이 경과하기 전에 10분 정도씩 로그아웃을 했다가 다시 접속하는 방법을 쓰게 되면 누적 시간이 쌓이게 되고, 12시간의 누적 시간이 초과할 시 하루 동안 접속하지 못하는 페널티를 받게 되었다.

몰아두었던 너구리의 숫자는 급격하게 줄어 있었다. 여섯… 다섯… 셋… 둘… 하나. 수련은 별수없이 마지막 너구리를 잡고 로그아웃하기로 했다. 재빠르게 점프해서 달려드는 너구리의 발톱을 살짝 피한 후 주먹을 강하게 내지른다.

—스킬 '카운터'를 습득하셨습니다.

"됐다!"

[카운터(Counter) : 액티브 스킬] : Rank 1

숙련도 : 0%

설명 : 5%의 확률로 적에게 공격을 되돌려준다. 스킬 성공

시 상대방의 공격력 100%와 자신의 공격력 50%만큼의 데미지를 상대방에게 입힌다.

수련이 만 하루라는 시간을 투자해 초급 스킬인 카운터를 익힌 것에는 다 이유가 있었다. 한 시간 후 다시 게임에 접속한 수련은 곧장 카를 산맥의 능선을 따라 카를 만(灣)을 향했다.

끼룩끼룩.

고운 털빛의 갈매기가 날아다니며 해변을 돌아다니는 작은 벌레와 물고기들을 사냥한다. 익숙하기에 더욱 생소한 광경. 새하얀 모래가 발바닥을 간질일 때마다 수련은 묘한 촉감에 헛웃음을 터뜨렸다.

현실에서 바다에 가본 적이 언제였던가. 아버지가 살아 있고, 어머니와 여동생의 입가에서 미소가 끊이지 않던 시절.

이제는 돌아갈 수 없고, 다시는 돌이킬 수 없는 과거.

"궁상맞다."

수련은 스스로 머리를 쥐어박았다. 과거는 돌이킬 수 없기에 더 소중한 것이다.

태양이 밝아오는 해안가에 서서 수련은 찌뿌드드한 몸을 털었다.

슬슬 나올 때가 됐는데.

태양이 수평선의 절반 근처에 걸릴 즈음, 모래사장 속에 숨어 있던 몬스터들이 하나둘 모습을 드러내기 시작했다. 해안가의 몬스터들은 모두 밤에는 잠을 자는 것이다.

사각사각.

수련은 자신의 배후로 재빠르게 다가오는 뭔가를 느꼈다. 정체는 뻔했다. 그러나 수련이 부지중에 철검을 빼 들고 뒤를 돌아본 순간, 그곳에는 아무것도 없었다.

아니, 정확히 뭔가가 있기는 했다. 그것은 사람 크기의 거대한 바위였다.

[사이코 크랩] : Level 3

설명 : 해안가에 종종 등장하는 갑각 몬스터의 일종으로, 마법과 물리 공격에 강력한 내성을 갖추고 있어서 통상 공격 스킬로는 사냥이 힘들다. 생명력이 낮기 때문에 늘 커다란 돌집 속에 몸을 숨기고 있다. 특수 능력으로 단거리 순간 이동을 사용한다.

수련은 확신을 굳히기 위해 바위로부터 재빨리 10미터가량 떨어졌다.

사샥.

다시 뒤를 돌아본 순간, 바위는 또다시 자신의 뒤에 있었다.

"확실하군."

단거리 순간 이동 스킬을 사용하는 레벨 3의 몬스터, 사이코 크랩. 제법 맛깔나게 생긴 몬스터임에도 불구하고 물리 내성과 마법 내성이 너무 강한 탓에 초보자들에게는 그리 각광받지 못하는 몬스터였다. 사이코 크랩의 단단한 껍질은 검사의 경우 최소한 소드 익스퍼트 하급—레벨 6이상—에 올라야 상처를 입힐 수 있었기에 초반에 사냥해야 하는 몬스터임에도 효율성이 형편없었던 것이다. 그 때문인지 해안가에는 사냥하는 사람이 아무도 없었다.

하지만 이건 아무도 몰랐을 거다.

수련은 처음 이 몬스터에 대한 설명을 본 순간, '통상 공격으로는 사냥이 힘들다' 라는 부분에 주안점을 두었다. 통상 공격이라면 무엇을 말하는 걸까?

말 그대로 일반 공격이나 일반적인 공격 스킬, 마법 등을 말하는 것이리라. 그렇다면 그 이외의 것으로 공격을 가하면 죽일 수 있다는 말.

수련이 카운터 스킬을 배운 것은 바로 그 때문이었다.

카운터 스킬은 엄밀히 말해 공격 스킬이 아니었다. 그렇다고 해서 방어 스킬도 아니었다. 방어와 공격의 중간 경계에 위치 한 유일한 스킬이 바로 카운터.

카운터는 '일반적인 공격 스킬' 에 속하지 않았던 것이다. 그리고 수련은 이미 클로즈 베타 테스트 당시 그 사실에 대한 확인 점검을 마쳤다.

수련이 아무런 행동을 보이지 않자 자신감이 솟았는지 눈을 빠끔히 내밀던 사이코 크랩이 급습을 시작했다. 순식간에 돌 사이에서 삐져 나온 여덟 개의 다리가 수련을 향해 달려든다.

카운터!

수련은 엉거주춤하게 자세를 잡으며 칼자루에 손을 얹었다. 그리고…….

사이코 크랩의 다리에 맞아서 멀리 튕겨 날아가 버렸다.

"젠장."

욕지거리가 터져 나올 수밖에 없었다. 카운터의 무지막지한 확률을 감안했지만 설마 이 정도로 스킬이 안 터질 줄은 몰랐다. 사이코 크랩이 숲을 싫어한다는 것을 이용해 생명력이 떨어지면 숲 근처로 이동해서 생명력을 다시 채우는 꼼수를 이용했으나, 이런 식으로 가다가는 끝이 없어 보였다.

'클로즈 베타 테스트 때는 정확히 스무 번 만에 성공했는데…….'

벌써 백 번쯤 공격을 당한 것 같았다.

그나마 위안이 되는 것은 사이코 크랩은 하급 초능력 계열 몬스터이기에 공격 이펙트에 비해 유저가 큰 타격을 입지 않는다는 것이었다. 실제로 사이코 크랩에게 정통으로 맞았을 때 수련의 생명력은 십분지 일도 채 감소하지 않았다. 물론 아무리 약한 공격이라도 목이나 심장 같은 취약 부분을 맞게 되면 생명력이 급격하게 감소하기 때문에 늘 주의를 해야만 했다.

맞는 것도 골라서 맞아야 하는 것이다. 한 시간… 두 시간… 세 시간이 지났을 즈음, 최초로 카운터가 터졌다.

—스킬이 성공했습니다.

―치명적인 일격이 터졌습니다.

운 좋게도 크리티컬 히트까지 성공시켰다. 애초에 생명력이 낮은 사이코 크랩이었기 때문에 단 한 방의 카운터에 절명하고 말았다. 사이코 크랩은 주문서 한 장과 1실버를 떨어뜨리고 사라졌다.

수련은 속으로 쾌재를 불렀다. 그래도 운은 제법 따라주는구나.

[최하급 순간 이동 주문서]
설명 : 반경 10미터 안쪽의 지역으로 캐릭터를 강제 이동시킬 수 있다.

사이코 크랩은 사냥하는 사람이 없기 때문에 주는 아이템이 잘 알려지지 않은 상태였다. 하지만 인프라블랙에서 얻은 정보에 의하면 사이코 크랩이 주는 아이템은 최하급 순간 이동 주문서.

마법 주문서의 경우 가격이 굉장히 비싼 편이었지만, 사이코 크랩이 주는 주문서는 주문서 중에서 최하급에 속하는 1골드짜리였고, 그것마저 자주 나오는 편도 아니었다.

하지만 5서클 이상의 마법사만이 사용할 수 있는 주문인 텔레포트를 초보자인 수련이 사용할 수 있다는 것만으로도 놀라운 메리트가 있었다. 물론 반경 10미터 안쪽이라는 커다란 제약이 있었지만, 그 정도면 그의 목적을 달성시키기에는 충분했다.

"다음은 슬슬⋯⋯."

기이한 일은 다음 순간 벌어졌다.

순간 이동 주문서를 인벤토리에 넣은 수련이 갑자기 충격받은 사람마냥 자리에 철퍼덕 주저앉은 것이다. 뭔가에 좌절한 것일까? 모래사장에 대(大) 자로 뻗은 수련은 쾌청한 하늘을 바라보며 숨을 푸푸 내쉬었다. 조금의 시간이 지나자 이내 숨소리도 잠잠해졌다.

자는 걸까? 그럴 리가?

눈을 감은 수련은 한없이 편안한 표정이었다. 한시가 급한 와중에 바다 냄새에 취해 여운을 즐기고 있다고 볼 수는 없었다. 그러나 한 시간, 두 시간, 마침내 반나절이 지나도록 해변가에 꼼짝 않고 엎어져 있는 수련의 모습은 그렇게밖에는 보이지 않았다.

간혹 그를 이상히 여긴 사이코 크랩이 수련을 툭툭 건드리거나 퍽 치고 달아났지만 수련은 꼼짝도 하지 않았다. 이내 수련이 죽은 것이라 판단한 사이코 크랩은 차츰 자리에서 멀어져 갔다.

그렇게 하루가 꼬박 지나고 다음날 아침의 해가 뜰 무렵, 수련이 자리에서 벌떡 일어났다. 그는 대체 뭘 한 것일까? 찌뿌드드한 표정으로 기지개를 켠 그는 싱긋 웃으며 자기 암시를 걸 듯 소리 내어 말했다.

"좋아, 그럼 가볼까?"

수련은 그동안 모아뒀던 돈 4골드 중 1골드가량을 모조리 포션을 담을 유리병과 제조 키트로 바꿨다. 가능하면 포션을 구입하고 싶었지만, 포션은 소형 힐링 포션의 경우에도 개당 80실버를 호가했으므로 많은 양을 구입할 수가 없었다.

"유리병 열다섯 개, 제조 키트 한 개. 모두 해서 1골드입니다."

─스킬 '포션 제조'를 습득하셨습니다.

카를 숲 근방을 돌아다니며 미리 채집해 둔 약초와 로드 스트림에만 자라는 특유의 들풀들을 으깨어 즙을 짜낸 후 융합하면 맛은 좀 쓰지만 소형 힐링 포션에 준하는 회복 효과를 가진 포션을 제조할 수 있었다. 클로즈 베타 테스트 당시 생활직 대부분의 스킬을 한 번씩 건드려 봤던 수련만이 알고 있는 노하우였다.

'포션 제조는 일단 로드 스트림 근방으로 가야 가능하다. 그전에 우선⋯⋯.'

수련이 잡화점 다음으로 방문한 곳은 고서점이었다.

아직 많은 유저들이 모르는─그리고 별로 알고 싶어하지도 않는─사실이지만, 카를 숲 근처의 마을은 몬스터들의 습격이 잦아서 대부분의 성인 남성 NPC가 경비병으로 차출되어 사망하는 탓에 마을에 남아 있는 NPC는 골골거리는 노인이거나 여자가 대부분이었다.

그 때문인지 잡화점의 NPC도 70세의 노인이었다.

"오옹, 손님인가."

흥분할 때면 '오옹' 하며 소리 내는 영감의 이름은 세비어. 수련은 이미 계획에 필요한 NPC의 이름을 대부분 외워두고 있었다.

"오옹, 손님입니다."

이 노인은 특이하게도 '오옹' 하는 콧소리를 내는 사람을 무척이나 좋아했다. 오옹 몇 번만 해주면 호감도가 쑥쑥 올라가는 독특한 NPC 중의 하나가 바로 세비어였다.

"오옹."

"오옹."

—잡화점 주인 세비어의 호감도가 상승했습니다.

'됐다.'

수련은 이런 사소한 부분을 패치하지 않은 레볼루셔니스트의 기획실장에게 내심 감사하며 다음 대사를 이어갔다.

"오옹, 혹시 방어계 주술 1단계에 관한 스킬 북을 구입할 수 있을까요?"

초보자의 장점은 마법사를 제외한 모든 전 직업의 기초 1단계 스킬의 일부를 맛보기로 습득할 수 있다는 것이었다. 물론 직업을 선택하면 자신의 직업 관련 스킬과 생활 스킬을 제외한 다른 스킬은 대부분 사라지지만, 그래도 그전까지는 여러 가지를 습득해서 사용해 봄으로써 앞으로 어떤 직업을 선택할지 좀 더 쉽고 유연하게 결정할 수 있었다.

수련이 배우려는 주술은 주술 중에서도 방어계 주술에 속한 것으로, 초보자도 간단히 습득할 수 있는 매우 기초적인 것이었다.

"방어계 주술 1단계, 일시적 동화(同化). 이걸로 주세요."

"오옹."

노인은 수련이 건넨 스킬 북을 받더니 씩 웃었다.

"2골드만 주게."

그럴 수는 없다. 남은 3골드 중 2골드는 따로 사용해야 할 곳이 있었다. 수련은 입술을 가늘게 오므리며 작게 소리를 냈다.

"오옹."

"1골드 50실버."

"오옹."

"1골드."

좋았어.

그렇게 수련은 1골드에 스킬 북을 구입했다. 하지만 아직 끝난 것이 아니었다. 수련은 필사적으로 '오옹' 하고 중얼거리며 말을 걸었다.

"영감님, 요즘 카를 숲 근방에서 행방불명되는 상인들이 많다던데, 사실입니까?"

"오옹, 그걸 어떻게 알았나?"

바로 반응이 왔다. 수련은 회심의 미소를 지었다.

"오옹, 최근 카를 숲을 지나 로드 스트림을 건너는 상인들이 지속적으로 행방불명되고 있다네. 그 때문인지 페르비오노 왕국 사람들이랑 교역이 뚝 끊겨 버렸어. 아마 몬스터들의 소행

일 것이라 짐작 중이네만, 현재 브룸바르트는 중앙 귀족들의 다툼 때문에 이런 변경 지역까지 손을 쓰질 못하고 있어. 교역이 지체되는 것이 국가 간 불화로 번지지 않을까 걱정이라네. 괜찮다면 자네가 페르비오노로 가서 브룸바르트의 현 실정을 알려주지 않겠는가?"

[페르비오노 왕국 진입 퀘스트를 받으시겠습니까?]

난이도 : C급
시간 제한 : 두 달
설명 : 오옹 노인의 최근 로드 스트림 변경에서 행방불명되는 상인들이 증가하고 있다고 한다. 페르비오노로 가서 브룸바르트의 사정을 설명해 주자.

승낙—예, 미천한 제 능력이라도 도움이 될 수 있다면…….
거절—아니오, 오늘따라 이상하게 거기가 아픈 게 좀…….

당연히 예를 택할 수련이었지만 거절할 생각이었더라도 아니오는 선택하고 싶지 않을 것 같았다. 어떻게든 유저에게 퀘스트를 떠넘기려는 제작자들의 열의가 엿보이는 장면이었다.
"예, 미천한 제 능력이라도 도움이 될 수 있다면……."
"오옹, 고맙군."
[페르비오노 왕국 진입 퀘스트를 받으셨습니다.]

＊　　　　＊　　　　＊

아직 준비는 끝나지 않았다. 수련의 레벨에 로드 스트림을 건넌다는 것은 일반적인 상식에서 불가능한 이야기. 불가능을 가능으로 만들기 위해서는 언제나처럼 치밀한 계획과 준비가 필요했다.

수련은 수풀 사이를 조심스레 헤치고 나가며 미리 구해둔 단검으로 나무를 찔러 수액을 짜냈다. 로드 스트림 근방의 나무들은 수액이 풍부한 편이라 조금만 찔러도 한 병 분량의 수액을 쉽게 얻을 수 있었다. 유리병 안에 수액이 가득 차자, 수련은 손가락으로 수액을 찍어 얼굴과 팔 등, 몸의 곳곳에 발라 괴이한 형태의 문양을 그렸다. 끈적끈적한 감촉이 불쾌했으나 어쩔 수 없었다.

"일시적 동화."

—방어계 주술 1단계, 일시적 동화를 사용합니다.

[일시적 동화] : Rank 1

숙련도 : 3%

설명 : 밀림 속에 분포하는 나무의 수액을 발라 몬스터들과 동화 작용을 일으킨다. 지능이 낮은 몬스터들 사이에서 동족 취급을 받을 수 있으며, 하급 몬스터들에게 공격당하지 않는다. 단, 밀림 속에서만 사용이 가능하다는 제약이 있다.

로드 스트림에 출몰하는 몬스터들의 레벨은 4~8 사이. 수련이 상대하기엔 버거운 강력한 중급의 몬스터들이 많았다. 레벨 4 이상의 몬스터들은 일반적으로 '지능'을 가지게 되며, 지능에 따라 공격과 방어를 결정한다. 특정한 패턴에서 조금씩 벗어나게 되는 것이다.

　하지만 로드 스트림에 출몰하는 몬스터들은 조금 달랐다.

　중앙산맥 로드 플레인의 지능적인 몬스터들과는 달리, 로드 스트림의 지류를 따라 나타나는 몬스터들은 강력한 공격력을 가진 것에 비해 지능이 떨어지는 편이었다. 지능이 떨어진다는 것은 곧 인식 능력이 떨어진다는 것을 의미했다.

　그것은 곧 1단계의 방어계 주술로도 몬스터들을 속일 수 있다는 이야기.

　실제로 수련은 클로즈 베타 테스트 당시에 이것을 직접 시도해 보았고, 인프라블랙의 멤버로부터 가능하다는 이야기도 들은 상태였다.

　다만 시전 시간이 게임 시간으로 두 시간 내외였기 때문에 풀리는 즉시 주술을 재시전해야 한다는 단점이 있었다.

　수련은 로드 스트림 안쪽으로 천천히 진입하며 머루나무의 잎들을 모았다. 머루나무의 잎과 카를 숲에서 구한 약초 툴라멘을 찧어 혼합시킨 후, 머루나무의 수액을 부으면 소형 힐링 포션 급의 액체가 완성된다.

　─정체불명의 액체를 완성하셨습니다.

[정체불명의 액체]

설명 : 어느 허접한 견습 포션 제조사가 만든 정체불명의 액체. 어떤 재료로 만든 것인지는 알 수 없지만, 먹으면 체력이 회복될 것 같은 이상한 느낌도 든다. 다만 부작용에 대해서는 책임지지 않는다. 죽어도 난 모른다.

정체불명이지만 일단 먹고 죽지는 않는다. 아니, 살기 위해서 먹는 거다.

숲은 내부로 들어갈수록 험악해졌다. 초반에는 군단 대장급 몬스터에 속하던 홉 고블린이 내부로 들어가자 일반 몬스터가 되어 단독으로 이곳저곳에 출몰하는가 하면, 아직 솔로플레이로는 공략이 불가능하다고 알려진 오크 전사까지 나타났다.

수련은 조급해하지 않았다. 어차피 몬스터는 몬스터. 특정 패턴만 잘 파악하면 중급까지의 몬스터는 어렵지 않게 사냥할 수 있었다(로드 스트림의 몬스터들은 중급이지만 특이하게 패턴화되어 있다). 긴장하지 않고 최대한 컨트롤에 집중한다면 어쩌면 고위급 몬스터도 유저들의 말처럼 불가능하지만은 않으리라는 것이 수련의 생각이었다.

사실 이미 중, 고위급 몬스터들 사냥하는 유저도 있을지 몰랐다. 물론 가능성은 희박하지만. 언제나 그렇듯이 이런 부문에 있어서는 게임 공식 집계나 뉴스 같은 건 신뢰성이 없다.

사람이란 동물은 늘 예측을 뛰어넘는다.

로드 스트림을 건너 페르비오노 왕국으로 가는 길은 두 가지가 있었다. 첫째는 로드 스트림을 직접 헤엄쳐서 건너는 것이고, 둘째는 뗏목을 만들어 건너는 것이었다.

첫째는 자살 행위, 둘째는 적어도 원정대 급의 숫자가 있어야 하고 시간도 많이 소모될뿐더러 조선(造船) 스킬을 습득해야만 가능한 이야기였다.

물론 수련은 미리 생각해 둔 방법이 있었다.

'일단 로드 스트림 안쪽까지 가는 게 문제인데……'

사실 로드 스트림을 건너는 것보다 로드 스트림의 지류가 흐르는 곳까지 도착하는 것이 문제였다.

로드 스트림으로 가는 길목에는 고블린 부락, 오크 부락, 난쟁이 부락 등, 각종 패밀리어 몬스터들이 기거하고 있었다. 중급 몬스터라도 일 대 일이라면 각개격파가 가능하지만, 패밀리어의 경우는 하나를 공격하면 여러 마리가 몰려오는 A.I의 특성상 건드리기가 까다로웠다.

가능한 한 수련은 느긋하게 마음먹기로 했다. 나무 수액은 꽤 모아뒀고, 포션 대용 액체도 상당수 가지고 있는 데다가 다 떨어지면 다시 만들 수 있는 재료도 충분했다.

로드 스트림 근방의 부락 몬스터들은 리젠 타임이 한 달 간격인데다 자체 출산율도 높지 않았다. 그 말은 사냥을 할 만한 충분한 시간이 있다는 것. 물론 현재 수련의 레벨로써는 심한 레벨 격차 때문에 사냥은 턱도 없는 이야기였다. 한 마리 한 마리씩 하위급부터 천천히 잡으면서 레벨업을 하며 전진할 수도 있다지만 문제는 시간.

혼자서 한 달 동안 꾸준히 몬스터들을 사냥한다면 한 부락을 전멸시킬 수 있을까? 수련은 고개를 저었다. 지금 그의 전투력으로는 서너 마리 이상의 홉 고블린을 상대할 수가 없었다. 그런 식의 전개라면 차라리 파티를 이뤄 로드 스트림을 건너는 것이 낫다.

하지만 굳이 지금 로드 스트림을 건너려는 이유는 다른 유저들을 앞서 나가기 위한 것. 파티를 이뤄서 건너는 것은 별 의미가 없었다.

수련은 혼자서 무리를 격멸하는 것이 불가능하다는 판단을 내렸다. 무기와 식량의 충당, 그리고 시간 그 어느 것도 그의 편이 아니었다.

일단 로드 스트림 근처까지만 가면 건널 방법이 있다. 방어계 주술을 사용했으니 곧장 가면 되지 않느냐고? 그것도 쉬운 이야기가 아니다. 로드 스트림은 넓고, 어디서 강력한 몬스터가 나타날지는 알 수 없었다. 치밀한 수련도 아직 로드 스트림과 로드 플레인의 몬스터 분포만큼은 모두 조사하지 못했다.

가능성이 희박하긴 하지만, 만약 이곳에서 군단장 급의 몬스터를 만난다면 아무리 로드 스트림 몬스터의 지능이 떨어진다 할지라도 고작 방어계 주술 레벨 1단계인 수련의 정체쯤은 가볍게 간파당할 것이다.

계획은 제법 치밀했으나, 언제나 그렇듯 이론과 실전은 다르다. 또한 언제까지 운에 기댈 수도 없다. 계획은 그 이상의 것을 해주지 못한다.

"일단 꾸준히 전진하는 수밖에."

수련은 일부러 소리 내어 말했다. 스스로의 힘을 북돋우듯 그는 그렇게 천천히 발걸음을 떼어나갔다.

문제는 그날의 오후쯤에 발생했다.

로드 스트림까지 남은 거리는 하루. 수련은 야음을 틈타 나무의 수액을 보충하고 있었다.

그때, 형형한 몬스터의 눈동자가 어둠 속에서 모습을 드러내었다.

근처에 난쟁이 부락이 있었던가? 긴장이 밀려오자 입술이 바짝바짝 타 들어갔다. 하필이면 주술이 약해진 시간에 만나다니……. 수련은 입술을 둥글게 말아 뭔가를 외치기 시작했다. 어딘가 자포자기한 목소리였다.

"오옹? 아, 아니, 카룽카룽!"

에라, 모르겠다!

"취익취익!"

대답한 상대는 불행인지 다행인지 오크였다. 아무래도 자신의 목소리를 듣고 적의를 품은 모양이었다. 카룽카룽은 난쟁이의 것이다. 아차! 난쟁이와 오크 족이 적이던가?

"아, 취익취익!"

수련은 황급히 말을 바꿨다. 이게 무슨 미친 짓일까. 순간 수련은 루피온을 데려왔으면 좋았을 것이라고 생각했다.

"춰, 취익! 그대는 오크인가?"

오크의 목소리에는 왠지 힘이 없었다. 뭐지? 다친 것일까? 수련은 재빨리 머리를 굴리며 사태 파악에 나섰다.

"취익. 처음에는 난쟁이인 줄 알았다네. 취익."

"그, 그럴 리가요. 취익. 저는 건실한 오크입니다. 하하!"

수련은 비지땀을 흘리며 열심히 웃었다.

"취익. 어르신, 다치신 겁니까?"

오크의 어깨와 허벅지에서는 초록색 입자가 계속해서 뿜어져 나오고 있었다. 수련은 황급히 클로즈 베타 테스트를 떠올렸다.

'설마 벌써 난쟁이족과 오크 부족의 전쟁이 시작된 것인가? 이건 예상보다 훨씬 더 빠르다!'

사실 수련은 페르비오노에서의 일을 끝마치고 돌아오는 길에 다시 로드 스트림에 들러 퀘스트에 참가할 생각이었다. 퀘스트 내용은 난쟁이족의 소탕. 그의 기억에 따르면 그 퀘스트는 페르비오노로 가는 진입로가 뚫리고 난 후에야 활성화되는 퀘스트였다.

페르비오노, 즉 지도의 극 동부 지역은 초기 시작 포인트가 아니다. 그런데 벌써 종족 전쟁의 조짐이 보인다는 것은…….

벌써 그보다 먼저 페르비오노에 진입한 자가 있다는 것?

수련은 마음이 급해졌다. 그럴 리가 없다.

"취익. 나, 나는 리츄라고 하네……."

리츄건 피카츄건 여기서 놀고 있을 시간이 없다고. 빨리 페르비오노로 가야……

"저는 시, 시릴츄… 입니다. 취익."

생각과 입이 따로 놀고 있었다. 어쨌든 이 오크에게 의심을 받지 않아야 하는 것이다.

"취익, 쿨럭쿨럭."

어쩐지 작위적인 기침 소리 같다는 생각을 지울 수 없었지만, 아무튼 오크 리츄는 몸이 많이 안 좋아 보였다. 아마 조만간 죽을 것 같았다.

잘됐다. 걱정하는 척하다가 죽으면 도망가자.

그러나 곧 죽을 것 같던 오크는 어디서 기운이 나는지 갑자기 일장 연설을 시작했다.

"도, 동쪽 숲의 난쟁이족들이 평화 협약을 깨고 경계선을 침범해 오기 시작했다네. 이미 남쪽 숲의 고블린들은 난쟁이족의 습격에 무릎을 꿇고 노예 조약을 체결했네. 고, 곧 서쪽 숲의 오크들도 위험해질 걸세. 난쟁이들이 본격적으로 침범하기 시작하면 우리 종족은 속수무책으로 당하고 말 거야!"

오크와 고블린 주제에 무슨 노예 조약에 평화 협약이란 말인지……. 수련은 담담한 체하려 노력하며 그의 말을 경청했다.

"취, 크윽… 난 이제 얼마 살아 있지 못할 걸세. 나를 대신해서 카를 숲 오크 족의 족장에게 난쟁이족의 침략을 알려주겠나?"

—스페셜 퀘스트가 발동되었습니다.

[늙은 오크의 부탁 퀘스트를 받으시겠습니까?] : 스페셜 퀘스트

난이도 : D급

시간 제한 : 1일

설명 : 변경의 오크 투사 리츄는 난쟁이족의 본진을 정찰하던 도중 전쟁의 조짐을 발견했다. 그러나 난쟁이족 병사들과 맞서 싸우다 큰 부상을 입은 탓에 오크 부족의 본진으로 돌아가지 못하는 상황에 처하고 말았다. 잘은 모르겠지만 아무튼 용사 오크인 당신은 오크 리츄의 명예를 이어받아 그의 전보를 대신 보고해야만 한다.

승낙─취익취익, 그대가 보여준 오크 족의 기상과 명예를 이어받겠습니다.

거절─난 사실 인간이다.

살다 살다 몬스터에게 퀘스트를 받기도 처음이었지만, 웃기에는 상황이 매우 심각했다.

수련은 간신히 심장을 진정시키고 침착하게 머리를 굴렸다.

뭘 선택하든 이건 자살 행위였다. 족장을 만나면 정체를 들킬 것이고, 인간이라고 했다간 오크가 놀라서 소리를 지를 것이다.

순간 뇌리를 스쳐 나가는 기막힌 생각이 있었다.

간단하다. 죽여 버리자.

"캑."

약간의 망설임과 함께 내지른 수련의 검에 오크 리츄가 단말마의 비명을 토하며 쓰러졌다. 어쩐지 바보 같은 비명이었으나 다행히 주변의 몬스터들에게 들킬 만큼 큰 소리는 아니었다. 수련이 안도의 한숨을 내쉬었다.

이걸로 안심.

수련은 나무 수액을 마저 담은 후 조심스레 병을 품속에 넣고 자리를 이동하기 시작했다. 그런데 그때였다.

"취익, 거, 거기 누구 있는가……."

수련은 순간 등골이 오싹해졌다. 분명히 죽였는데?

게임인데 유령 같은 게 있을 리가 없다. 수련은 창백한 표정으로 조심스레 뒤를 돌아보았다. 원근감이 없는 어둠 사이로 오크의 희미한 얼굴 윤곽이 나타난다.

"취익. 나, 나는 리츄라고 하네……."

…빌어먹을.

"캑."

클로즈 베타 테스트 때도 이랬던가? 리츄를 죽인 것은 이걸로 벌써 다섯 번째였다.

그러나 죽일 때마다 오뚝이처럼 벌떡벌떡 일어난 리츄는 다시 수련의 근처로 어슬렁어슬렁 다가와 말을 걸기 시작했다.

'그런 체력이 있으면 직접 족장에게 가지. 게다가 불사신이

잖아!'

퀘스트를 주는 몬스터가 죽어버리면 곤란하니 아마 게임사에서 그렇게 조치를 해둔 것으로 보였지만 그래도 그렇지, 너무하다.

"캑캑캑."

가끔씩 비명 소리가 달라지긴 했으나 그런다고 다시 살아나지 않는 것은 아니었다.

"캐캐래캑캑캑캑."

수련은 달려도 보고 나무 위에도 올라가 보고 바위 뒤에도 숨어보았으나, 오크는 텔레포트라도 하는지 그의 뒤에서 매번 번쩍번쩍 나타나곤 했다.

"취익. 요, 용맹한 오크족의 젊은 용사여, 괜찮다면 나의 부탁을 좀 들어주겠는가?"

[늙은 오크의 부탁 퀘스트를 받으시겠습니까?] : 스페셜 퀘스트

난이도 : D급

시간 제한 : 1일

설명 : 변경의 오크 투사 리츄는 난쟁이족의 본진을 정찰하던 도중 전쟁의 조짐을 발견했다. 그러나 난쟁이족 병사들과 맞서 싸우다 큰 부상을 입은 탓에 오크 부족의 본진으로 돌아가지 못하는 상황에 처하고 말았다. 잘은 모르겠지만 아무튼 용사 오크인 당신은 오크 리츄의 명예를 이어받아 그의 전보

를 대신 보고해야만 한다.

승낙—취익취익, 그대가 보여준 오크 족의 기상과 명예를 이어받겠습니다.

거절—난 사실 인간이다.

이젠 방법이 없었다. 이 미친 오크를 질질 끌고 로드 스트림까지 갈 수는 없는 노릇이었다. 수련은 생각했다. 덫에 가둬 버릴까? 아니다. 이놈은 불사신이다. 그물을 쥐어뜯고 미친 듯이 쫓아올지 누가 아는가.

"취익취익, 그대가 보여준 오크 족의 기상과 명예를 이어받겠습니다."

단지 방법이 없었을 뿐이다.

—오크 투사의 목걸이를 습득하셨습니다.

[오크 투사의 목걸이] : E그레이드 매직

옵션 : 힘 +1 / 체력 +1

부가 옵션 : 오크 족에 대한 친화력 상승, 하급 오크에게 강제 명령권을 가진다.

설명 : 위대한 오크 투사의 노장 리츄의 유품. 이걸 가지고 있는 자는 오크 족에게서 오크 투사의 대우를 받을 수 있다. 퀘스트 완료 시 자동 소멸된다.

그제야 불사신 오크 리츄는 자리에 철퍼덕 엎어졌다. 나뭇가지로 목을 쿡쿡 찔러보았으나 정말로 죽었는지 반응이 없었다.

"뭐, 일단 받아놓고 도망가면 되지."

다음 순간 자동 메시지가 들려오기 전까지 수련은 이 퀘스트를 눈곱만큼도 수행할 마음이 없었다.

─강제 수행 퀘스트가 발동됩니다. 이 퀘스트는 유저가 죽을 때까지 없어지지 않으며, 퀘스트 수행 지역에서 벗어날 시 자동으로 사망 처리됩니다.

퀘스트의 수행 지역 반경은 일반적으로 그 지역을 포함하는 땅의 일부를 의미했다. 즉, 이 경우 근방의 카를 숲과 로드 스트림을 의미하는 것. 페르비오노로 진입할 시 수련은 그 자리에서 바로 사망할 것이다. 그럼 브룸바르트에서 다시 부활하게 된다.

게임 내에서 사용할 수 있는 목숨은 총 열 개.

간단히 말해서 빌어먹을 퀘스트다.

"……."

계획이 완전히 틀어져 버렸다. 이렇게 된 이상 카를 숲 근처의 신전에서 퀘스트를 강제 파기하는 수밖에 없었다. 물론 그랬다간 리츄가 다시 벌떡 일어날지도 몰랐지만. 수련은 얼마 전 의식을 받았던 로스트 템플을 들르기로 했다. 페르비오노로 가는 시간이 조금 지체되겠지만 어쩔 수 없는…….

그러나 역시 불행은 언제나 엎친 데 덮친다.

"취익취익! 거기 누군가!"

"인간의 냄새가 난다. 취익!"

말을 말자.

수련은 오크 부족의 본진에 질질 끌려가다시피 도착했다. 여기저기서 원주민처럼 북을 두드리며 엉덩이를 흔들어대는 오크들이 보였다. 간혹 암컷 오크들이 그를 향해 윙크를 해온 탓에 수련은 부들부들 떨리는 고개를 간신히 바로잡으며 눈을 질끈 감았다.

"취익, 뿅뿅, 췻췻, 뿅."

"취이익, 푸우우."

가망성은 없다고 생각했지만 수련은 최대한 오크로 보이기 위해 나무 수액을 얼굴에 덕지덕지 발랐다. 수액을 많이 바른 다고 스킬의 효과가 가중되는 것은 아니었으나, 그렇게라도 해야 안심이 될 것 같았다.

오크의 부족장은 다른 오크보다 키가 반 배는 더 커 보이는 장신의 괴물이었다. 추장처럼 동물의 손뼈로 만든 목걸이를 목에 걸고 있어서 그런지 어쩐지 음산한 느낌을 주었다.

"취익취익? 인간의 냄새가 나는데? 이자는 인간이 아닌가?"

부족장은 큼지막한 눈덩이를 가늘게 좁히며 수련을 노려보았다. 카를 숲 오크 부족장의 레벨은 8. 지금의 수련으로서는 죽었다 깨어나도 이길 수 없는 놈이었다.

"취익! 하지만 우리 부족의 용맹한 표식을 가지고 있었습니다!"

"취익! 자세히 보면 오크 같기도 합니다!"

두 명의 경비병이 부복한 채 나름 수련을 대변하려 노력했다. 하지만 수련은 이때 이미 도망칠 준비를 하고 있었다. 부족장의 다음 말이 터져 나오지 않았더라면 아마 죽을힘을 다해 꽁무니를 뺏을 것이다.

"오오, 그렇군. 자세히 보니 오크 같구먼. 취익."

수련은 이상하게 기분이 나빠졌지만 별수없이 함께 부복하며 말했다.

"그렇습니다. 제 이름은 시릴츄라고 합니다. 사실 저는 어릴 적부터 인간들의 손에서 키워졌습니다. 빌어먹을 인간들은 저를 서커스의 광대로 쓰기 위해… 크흑."

수련은 자신에게 소설가의 재능이 있다는 것을 깨달았다. 새하얗게 변한 뇌리 속에서 나오는 대로 아무렇게나 내던진 말이 오크를 감동시켰는지, 수련을 데리고 왔다는 코츄와 알츄는 닭똥 같은 눈물을 뚝뚝 떨어뜨리며 코를 팽 풀고 있었다.

비지땀이 흘렀다. 뭐, 이런 놈들이 다 있지?

"그건 그렇고, 부족의 전사 리츄가 저에게 이것을 맡겼습니다."

수련은 자신의 목에 걸린 오크 투사의 목걸이를 가리키며 리츄의 마지막을 설명했다. 물론 죽었다 살아난 건 말하지 않았다.

"취, 취익취익! 용맹한 부족의 전사 리츄가 죽었단 말인가!"

"그렇습니다. 아무튼 제가 그의 진전… 아니, 사명을 이어받기로 결심했습니다."

"오오, 갸륵하도다, 취익취익! 위대한 오크의 후예여!"

클로즈 베타 테스트 때도 종종 몬스터의 현명함에 놀라곤 했지만, 이 오크들은 머리가 좋은 것인지 나쁜 것인지 알 수가 없었다. 그래도 일단은 궁여지책으로 허장성세를 이어나가야만 했다.

"내 이름은 까츄라고 하네. 위대한 오크 리츄의 후예 시릴츄여, 내 그대의 용기를 높이 사 그대를 금번 전투의 돌격대장으로 삼으려고 하네. 내 청을 들어주겠는가?"

[연계 퀘스트 : 부족 전쟁(對 난쟁이 전)] : 스페셜 퀘스트
난이도 : C+급
시간 제한 : 한 달
설명 : 동쪽 숲의 난쟁이들이 고블린과 오크를 상대로 전쟁을 일으켰다. 이대로라면 카를 숲 전체가 난쟁이의 소굴이 되고 만다. 용맹한 오크인 당신은 리츄의 후예로서 오크들의 선봉에 서서 전쟁을 막아야만 한다.

오크들과 힘을 합쳐 난쟁이들의 부족장인 와까노를 무찌르자.

승낙—위대한 오크의 명예를 위해 제 한목숨 기꺼이 바치겠

습니다!

거절—피카피카츄.

"위대한 오크의 명예를 위해 제 한목숨 기꺼이 바치겠습니다!'

수련은 망설임없는 목소리로 우렁차게 외쳤다. 비주얼 효과를 위해 철검도 하늘 높이 들어 보였다. 그에 반응한 오크들이 함성인지 괴성인지 모를 소리를 질러댔다.

"취익, 역시 그대는 진정 오크의 후예로다!'

"송구스럽습니다."

수련은 주술이 지워지지 않게 조심스레 식은땀을 닦으며 말했다. 그때, 오크의 눈썹으로 보이는 뭔가가 꿈틀거렸다.

"송구… 뭐? 취익, 그런데 그대는 왜 말 끝에 취익을 붙이지 않는가!'

아차, 취익을 빼먹다니. 수련은 황급히 고개를 숙이며 사죄했다.

"죄송합니다. 취익취익. 인간들 사이에서 오랜 시간을 보냈더니 오크의 상징인 취익취익을 깜빡하고 말았습니다."

"취익취익! 취익취익은 우리 오크의 긍지이자 사명과 같은 것이다. 모두 함께 외쳐라. 취익취익! 취익취익이다!'

"취익취익! 취익취익!'

수련은 내심 안도의 한숨을 내쉬었다. 하마터면 큰일 날 뻔했다. 어쨌든 당장의 위기는 무사히 넘긴 듯했으나, 앞으로 닥칠 일을 생각하니 머리가 지끈지끈 아파오고 있었다.

*　　　　*　　　　*

　부족장의 막사. 허름하기 짝이 없는 동물들의 가죽을 얼기 설기 엮어서 만든 그곳에는 개중에서 그나마 머리가 좋다는 네 마리의 오크가 얼굴을 맞대고 앉아 있었다. 어슴푸레한 촛 불이 깜빡거리며 도저히 지도로는 보이지 않는 종이 쪼가리 하나를 비추자, 실내에는 긴장이 감돌기 시작했다. 전쟁을 앞 둔 밀도 높은 공기가 피부 세포를 자극한다.

　오크들의 이름은 각각 까츄, 탯츄, 츄츄, 그리고 시릴츄(?) 였다.

　"취익, 그래서 시릴츄 자네의 말은 정면으로 맞서 싸우자는 말인가?"

　말을 하는 까츄의 표정이 가히 좋지 않아 보였으나, 사실 오 크라서 이게 기쁜 표정인지 슬픈 표정인지 제대로 알 길은 없 었다. 탯츄가 헤실헤실 웃었다.

　"취익. 헤헤, 그렇지만 시릴츄도 생각이 있으니……."

　"닥쳐라, 탯츄!"

　까츄의 고함에 탯츄가 히익 하고 주눅이 들어 고개를 숙였 다.

　"시릴츄! 정면으로 맞서 싸워서는 우리에게 승산이 없다. 취 익! 우리가 힘밖에 모르는 바보 인간들과 동급인 줄 아는가!"

시릴츄는 순간 어깨를 움찔거렸다. 표정을 문자로 풀이하자면 오크는 다 멍청한 줄 알았는데 똑똑한 놈도 있었구나 정도가 될까. 막사 안의 공기가 흉흉해지자 보이지 않는 대립의 틈새에 낀 탯츄와 츄츄가 몸을 배배 꼬며 상황을 타개할 만한 방법을 궁리하기 시작했다.

그때, 시릴츄가 크게 숨을 들이키더니 투박한 목소리로 말을 시작했다.

"취익, 오크 족의 위대함을 설파하기 위해서는 우선 강맹한 힘으로 녀석들을 찍어 눌러야만 합니다! 모르시겠습니까? 치졸한 전법을 쓴다는 것은 우리 오크의 명예에 스스로 먹칠을 하는 것과 다름없습니다! 죽을 땐 죽더라도 용감하게 부딪쳐야 오크의 긍지를 지킬 수 있는 겁니다!"

시릴츄의 일장 연설에 순간 세 명의 오크가 멍한 표정을 지었다. 탯츄와 츄츄가 뒤늦게 '오오' 하고 맞장구를 쳤다. 어떤 결론이 나던 간에 어서 이 무거운 공기에서 벗어나고 싶어하는 몸부림일까.

"아, 그렇군. 취익."

"역시 시릴츄다! 용맹한 오크다! 취익!"

탯츄와 츄츄가 엄지손가락까지 들어 보이며 그를 찬양하자 시릴츄의 입가에도 안도의 미소가 떠올랐다. 됐다. 역시 바보들이야.

다만 까츄는 신중한 표정이었다. 까츄는 의심 어린 눈길로 시릴츄의 얼굴을 꼬나보았다.

"취익! 그렇다면 자네가 선봉에 서게, 시릴츄."

"예?"

"자네가 선봉에 서서 그 오크의 의지와 기상을 보여달란 말이네. 취익!"

순간 얼굴에 망설임이 스친다. 그건 그냥 나가 죽으라는 말이 아닌가. 그러나 이내 힘차게 고개를 끄덕였다.

"취익, 어차피 저는 돌격대장입니다. 선봉에 서는 것은 당연합니다!"

시릴츄의 강건한 말에 그제야 까츄의 눈빛에서 의심의 안개가 걷혔다. 그것으로 난쟁이족과의 정면 대결은 기정사실화되었다.

슬쩍 고개를 돌린 시릴츄는 살짝 내키지 않는 표정이었으나, 이내 어쩔 수 없다는 체념의 빛이 그의 얼굴에 감돌기 시작했다. 전투를 선택할 수 없다면 전장이라도 선택해야 한다. 시릴츄는 막사의 바닥에 낙서처럼 그려진 오크 족의 같잖은 지도에 돌 하나를 올려놓았다.

"전투는 여기서부터 시작합시다. 취익!"

둥! 둥! 둥! 둥!

숲길 사이로 두꺼운 북소리가 울렸다. 카를 숲 동쪽의 지배자 난쟁이족의 부족장 와까노는 기분 좋은 표정으로 난쟁이들의 진군을 바라보고 있었다. 그가 탄 마차를 이끄는 고블린들의 낑낑거리는 괴성이 그를 더욱 흥분시켰다.

카르르릉!

전장에 도착했음을 눈치 챈 와까노가 천천히 마차에서 내려 자신의 늑대를 향해 걸어갔다. 다리가 짧은 난쟁이족은 말에 탑승해서 전투를 치르기엔 힘겨웠기에 말 대신 늑대를 길러 탑승하는 것이 보통이었다. 턱을 쓰다듬어 주자 기분이 좋아진 늑대가 와까노의 손등을 핥았다.

둥둥! 둥둥! 둥둥!

북소리의 간격이 짧아짐과 동시에 전장을 물들이는 긴장의 밀도가 점점 더 높아진다. 아드레날린이 솟구침과 동시에 심장 박동이 빨라진다.

엉거주춤 늑대 위에 탑승한 와까노는 커다란 노호성을 내지르며 외쳤다.

"카룽! 위대한 난쟁이들의 용사여! 우리가 드워프 같은 하등한 꼬마들과는 다르다는 것을 보여줄 날이 드디어 찾아왔다! 이미 열등한 고블린들은 우리들의 충실한 노예가 되었다! 이제 남은 오크를 몰아냄으로써 우리가 카를 숲의 지배자라는 사실을 공고히 하면 콧대 높은 드워프들도 우리를 무시하지 못할 것이다!"

"카룽카룽!"

눈앞에 적군이 보이고 있었다. 와까노는 오만한 눈을 치떠 난쟁이족보다 세 뼘 정도 더 커 보이는 오크 족의 선봉을 바라보았다.

흥, 저놈이 돌격대장이겠군. 작달만 한 녀석, 확실하게 뭉개

주마!

"카룽! 돌겨억!"

상잔이 시작되었다.

수련은 연신 크룽거리는 오크들의 애마(?)인 레오파드
(Leopard)를 달래며 한숨을 푹푹 내쉬고 있었다.

"제발 말 좀 들어라."

크르르르!

흑표범이 노란 눈을 치뜨며 수련을 노려보았다. 벌써 오크
들의 진지에 들어선 지 이틀. 이젠 취익취익거리는 소리에 신
물이 날 지경이었다. 그것뿐이라면 어떻게든 버텨줄 만도 한
데, 자꾸 신경을 거스르는 한 녀석이 문제였다.

"취익, 네 녀석이 리츄의 후예라고? 크홍! 나는 인정할 수 없
다! 너는 결코 나보다 강해 보이지 않는다!"

적은 난쟁이들만이 아니었다. 진짜 적은 안에 있다더니, 오
크들의 전(前) 돌격대장이었던 또츄가 시비를 걸어온 것이다.
또츄라니…… 이름도 뭐 같은 놈이 하는 일마다 사사건건 태
클을 걸어대니 그나마 참을성이 좋은 편인 수련으로서도 미칠
지경이었다.

"홍! 뭐? 숲에서 싸워? 그럼 키 작은 난쟁이들이 무리한 것
모르냐? 취익!"

"무리가 아니라 불리."

"그래, 그거! 취익! 어?! 불리?"

"그래, 난쟁이들이 더 불리하지."

무리? 불리? 유리? 숫자를 세듯 손가락을 꼼지락거리던 또 츄가 이내 씩씩거리며 외쳤다.

"취익취이익! 아무튼 그렇단 말이다!"

그나마 낙이 있다면 아직 대륙 공용어에 능숙하지 않은 오크들을 놀려주는 것이었다. 물론 간혹 화가 나면 커다란 스피어를 휘두르며 무작정 돌격해 왔기에 그 수위의 조절이 필요하긴 했다.

사실 또츄의 말대로다. 깊은 숲에서 난쟁이들이 더 유리한 것은 사실.

그러나 그게 바로 수련이 노리는 것이었다.

'오크 족이 전멸하면 퀘스트는 실패한다. 그럼 퀘스트 제한 구역이 자동으로 해제되고, 나는 그 틈을 타서 로드 스트림을 건널 수 있다.'

수련이 카를 숲의 동북쪽 변경으로 먼저 치고 나갈 것을 제안한 것도 바로 그 때문이었다. 그곳에 바로 로드 스트림이 있기 때문이다. 그는 이번 퀘스트의 성공을 기대하고 있지 않았다.

아직 그의 레벨 대에는 클리어하기 힘든 퀘스트다. 조금 아깝기는 하지만 때로 버릴 것은 버려야 더 큰 것을 취할 수 있는 법. 수련은 그걸 잘 깨닫고 있었다.

"취익. 진정해라, 또츄. 너의 용맹함은 이미 충분히 알고 있다. 인간들 사이에서도 늘 들어왔다. 카를 숲 서쪽 변경에는 오크의 위대한 용사인 '시퍼런 공포'가 있다고. 내 기억에 정확하다면 그게 바로 또츄 너를 가리킨 말인 것 같다."

물론 그딴 말을 들은 기억은 없었다.

"취익! 당연하다! 무슨 말인지는 모르겠지만!"

또츄는 의기양양하게 외쳤다. 수련은 내친김에 아주 김장을 담가 버리기로 했다.

"또츄, 너를 보면 생각나는 말이 있다. 나를 사육하던 멍청한 인간들은 위대한 영웅을 두고 또라이라고 불렀지. 그러나 그 단어는 결코 인간들에게 어울리는 것이 아니다. 어찌 아둔한 인간들이 감히 '또'라는 단어를 그들의 앞에 붙일 수 있겠는가. 또라이라는 말이 어울리는 건 오직 또츄 너뿐이다."

수련은 유독 또를 강조하며 마치 뭔가 대단한 게 있는 양 장광설을 늘어놓았다.

의미는 조금 달랐지만 대륙의 영웅들은 전부 어떤 분야에 광적인 집착 증세가 있었다고 하니 아주 틀린 말도 아니었다. 또츄는 뭐가 뭔지 모르겠다는 표정으로 수련의 말에 귀를 기울이다가 이내 자신을 칭찬하는 말이라는 것을 깨닫고는 입이 헤 벌어졌다.

"취익… 또… 뭐?"

좀 너무했나? 정말인 줄 알고 눈을 휘둥그레 뜨는 또츄를 보며 수련은 손톱만큼 미안해졌다.

"또라이."

"또라이, 취익. 좋군. 참 좋은 어감이다. 또라이."

또츄는 연신 고개를 끄덕대며 방긋방긋 웃기 시작했다.

"취익! 이제부터 너희들은 나를 또라이라 불러라!"

"취익! 또라이. 또라이!"

"또라이, 취익! 또츄, 또라이!"

이왕 이렇게 된 거 어쩔 수 없다는 생각에 수련도 합창에 자진 참여하며 열심히 또라이를 외쳐 댔다.

"흥, 하지만 내가 그런 아… 부에 속아 넘어가 줄 거라 생각하면 오산이다. 취익!"

또츄는 귀에 걸릴 듯한 입을 애써 다물며 경련하는 얼굴 근육을 간신히 조절하고 있었다. 이걸로는 부족했나? 수련은 다시금 찬찬히 또츄를 훑어보았다. 전투 전 부하와 친목을 다지는 일은 생각보다 중요하다. 어차피 버릴 것이긴 하지만 일단 그의 명령을 들어야 전투를 원하는 방향으로 이끌어 나갈 것이 아닌가.

"또츄, 너는 내 어디가 그렇게 맘에 안 드는 건가, 취익?"

또츄는 수련이 그 말을 꺼내길 기다렸다는 듯 으르렁거렸다.

"나는 너의 취익취익이 마음에 들지 않아!"

또츄에 의하면 취익취익이란 좀 더 숭고하고 우렁찬 것이었다.

"너의 취익은 진정한 취익이 아니야! 취익취익은 이런 거지. 숨을 크게 들이켜고, 마치 영혼을 뱉어내듯이 온 힘을 다해 외치는 거다! 취익취익!"

"취… 익, 취익."

수련이 자신이 왜 이런 꼴을 당하고 있어야 하는지에 대해 고민하기 시작할 찰나, 오크 정찰병이 다급한 걸음으로 돌아오며 뭔가를 소리치는 것이 보였다.

"취익! 난쟁이들이 보이기 시작합니다!"

드디어 때가 됐군.

수련은 속으로 흐뭇한 미소를 지으며 오크들의 정렬을 명령했다. 자, 가는 거다. 기다려라, 로드 스트림!

*   *   *

"푸— 하! 푸— 하!"

숲길 사이를 빼곡하게 메운 난쟁이들. 전쟁 시점이 앞당겨진 탓인지 그 수가 클로즈 베타 테스트 당시에 비해 그렇게까지 많아 보이지는 않았다.

수련은 적당하게 몰려와 준 난쟁이들을 보며 인상을 조금 풀었다. 난쟁이들이 많이 와서 오크들을 전멸시켜 주면 좋지만, 잘못하면 그마저 죽을 우려가 있었다. 오크는 죽되 그만은 반드시 살아야 한다. 목숨이 열 개라도 있다면 모르겠지만—아니 물론 열 개가 있기는 하지만—당장 그의 목숨은 하나뿐이다.

"푸— 하—! 푸— 하!"

가쁜 숨이 새어 나온다. 긴장에 취한 심장이 미친 듯이 뛰고 있다.

"돌격억!"

수련은 낡은 철검을 번쩍 들어 올리며 외쳤다. 이미 기호지세(騎虎之勢)다. 이대로 난전을 유도해서 그 틈을 타 은근슬쩍 숨어 있다가 전투가 끝난 뒤 퀘스트 실패 창이 떠오를 때 로드 스트림으로 가면 된다.

그러나 오크들은 전혀 움직이지 않았다.

"취익, 왜 움직이지 않는 거지?"

"시릴츄! 오크의 전통을 모르는가! 취익!"

옆에서 기립하고 있던 또츄가 분개하며 외쳤다.

"오크들은 돌격대장이 앞장서서 진두지휘를 하지 않으면 결코 돌진을 하지 않는다, 취익!"

수련은 순간 당황했다. 지금 나보고 화살받이가 되라고? 돌격대장을 맡으라고 할 때 알아봤어야 하는데, 돌이킬 수 없는 실수였다.

"취익! 역시 너는 돌격대장의 자격이 없다! 내가 대신해서 보여주마! 봐라, 시릴츄!"

또츄는 그 말을 끝으로 자신의 글레이브를 휘두르며 용감하게 돌격하기 시작했다.

시퍼렇게 달아오른 서슬이 뜨거운 열기로 팽창한 공기를 꿰뚫는다.

그가 던진 글레이브에 맞은 난쟁이들이 힘없이 꼬꾸라졌다. 투척용 글레이브가 다 떨어지자 등에 멘 대형 글레이브를 빼어 든 또츄는 본신의 강력한 힘을 과시하며 난쟁이들을 꼬챙이에 하나둘 꽂아갔다. 과연 이름만큼 무시무시한 놈이었다.

수련은 어쩌면 잠시나마 자신의 희생을 빌지 않고도 작전에 성공할 수 있을지도 모른다는 생각을 했다.

"취익취익! 뭐 하는 거냐, 돌격대장?"

오크들이 눈을 가늘게 뜬 채 수련을 노려보기 시작했다. 돌격대장이 아닌 또츄도 저렇게 스스로를 희생하여 맞서 싸우고 있는데, 돌격대장이라는 네놈은 도대체 뭘 하고 있느냐는 눈빛이었다. 수련은 식은땀을 흘리며 레오파드에 필사적으로 매달렸다. 아직까지 수련의 손길을 거부하는 흑표범이 거세게 투레질을 했다.

아직 마상 전투도 익숙하지 않은데 돌격까지 해야 하다니…….

이렇게 되면 방법이 없다. 수련은 망설이지 않고 고삐를 힘껏 당겼다. 흑표범이 거세게 포효성을 토해내며 질주를 시작한다.

"취이이이이익!"

가능한 한 처절하게 보여야 한다. 자, 됐지? 어서 따라와! 달려오라고!

수련은 자신의 돌격을 멍청하게 보고 있는 오크들을 바라보며 이를 갈았다. 빌어먹을 놈들!

그는 용감하게 난쟁이들의 진영을 향해 돌진했다. 싸울 수밖에 없는 상황. 수련은 재빨리 머리를 굴렸다.

일단 적의 선봉을 꺾어야 한다. 다른 건 그다음에 생각하자.

그때, 수련의 눈에 또츄의 배후를 급습하는 비교적 거대한 난쟁이가 잡혔다. 적의 선봉대장으로 보이는 녀석이었다. 도와줘야 하나? 꽉 깨문 입술에 은빛이 고인다.

또츄를 도와주면 오크들이 전멸할 가능성은 더욱 낮아진다. 반면 놈이 죽으면 난쟁이들은 더욱 쉽게 승리를 챙길 수 있으리라. 그럼 로드 스트림으로 가는 시간이 더욱 단축된다. 그러나……

수련은 찰나의 순간 머릿속으로 복잡한 연산을 마쳤다.

"에잇, 빌어먹을!"

실루엣 소드!

수련은 욕지기를 내뱉으며 철검을 휘둘렀다. 화려한 수십 개의 잔영이 퍼져 나가며 검의 물결을 그린다.

또츄의 등을 노리던 난쟁이가 갑작스런 살기에 놀라 황급히 뒤를 돌아봤다. 눈을 현혹시키는 현란한 검세에 난쟁이 돌격대장의 눈이 휘둥그레 변했다. 난쟁이 선봉, 돌격대장의 레벨은 또츄보다 한 단계 낮은 6. 겨우 레벨 4에 불과한 그가 상대할 계제가 아니었다. 그러나 기습이라면 다르다.

제발 맞아라!

그러나 역시 레벨 6의 중급 난쟁이는 달랐다. 가볍게 실루엣 소드의 허점을 간파하고 재빨리 멀어지더니 수련의 왼쪽 어깨를 향해 창을 휘둘러 온 것이다.

카앙!

검과 창이 만들어낸 파찰음이 울림과 동시에 수련은 흑표범 위에서 떨어지고 말았다. 놀란 또츄의 눈이 수련을 향했다. 불신의 먹구름이 또츄의 동공으로 몰려들었다. 먹구름은 뜬금없는 감동의 비가 되어 오크의 정신을 녹였다.

"췩익, 시릴츄… 자네가 나를……."

그러나 수련은 그런 또츄의 감동에 일일이 응답해 줄 여유가 없었다. 엉거주춤 자리에서 일어났을 때는 창극이 자신의 머리를 노리고 날아들었기 때문이다.

이크!

알다시피 창은 검보다 유효 사거리가 길다. 발빠른 난쟁이의 장점을 살린 돌격대장 난쟁이는 검의 절대 거리 밖에서 마구 창을 내질러 왔다. 천부적인 전투 센스를 가진 수련이었으나, 난쟁이족에 대한 정보가 전혀 없는 상태에서 부딪치다 보니 몸의 자잘한 상처가 점점 늘어가고 있었다.

'이대로라면 당한다.'

정신없이 창을 피하다 보니 스텝까지 마구 엉키기 시작했다. 그는 더 이상 전투가 진행되기 전에 단 한 방에 승부를 내야 한다는 것을 깨달았다. 수련은 재빨리 뒤로 물러서서 포션을 벌컥벌컥 마셨다. 지독한 악취와 쓰린 뒷맛이 혀끝을 번져 나감과 동시에 몸이 뜨겁게 달아오른다. 수련이 체력을 회복하고 있음을 깨달은 난쟁이가 빠른 속도로 돌진해 왔다.

수련은 순간적인 기지로 빈 포션 병으로 난쟁이의 얼굴을 노렸다. 허공을 가르고 날아간 포션 병이 난쟁이 돌격대장의 얼굴에 명중하며 초록색 입자가 튀어 올랐다.

푸슉!

은빛 가루가 튀기며 수련의 왼쪽 옆구리가 갈라졌다. 시야가 마비된 상황에서도 난쟁이는 끝내 공격을 감행했던 것이다.

기회가 왔다.

수련은 이를 악물고 창대를 옆구리에 끼워 창이 옴짝달싹 못하도록 만들었다.

난쟁이에게 왼쪽 옆구리를 내주고, 그대로 다음 기술을 전개한다. 비록 적은 레벨 6의 난쟁이 돌격대장이었으나, 살을 주고 뼈를 깎는다는 생각으로 전투하면 이 한 놈쯤은 어떻게든 잡을 수 있을 거라고 수련은 믿었다.

일루전 브레이크!

다섯 개의 검의 환영이 허공을 찢으며 난쟁이의 목에 꽂혔다.

아무리 레벨 차이가 나더라도 방어력의 한계가 있는 이상 코앞에서 전개되는 기술을 막을 수는 없다. 처음 보는 기술에 당황한 난쟁이 돌격대장은 시야가 돌아온 순간 그대로 목이 난자당하고 말았다. 꾸륵 소리와 함께 육중한 난쟁이의 몸이 차가운 바닥을 향한다.

성공했다!

주변에서 난쟁이들의 비명이 들려왔다.

"머, 머라까노가 당했다!"

"돌격대장 머라까노가!"

수련의 몸이 비틀거리며 기울자 또츄의 표정에 당황함이 깃든다. 시릴츄가 자신을 구해준 것인가? 자신보다 약하다고 믿었던 그가?

"시, 시릴츄!"

또츄가 그를 향해 다가오려던 찰나, 수련은 재빨리 자신의 옆구리를 부여잡으며 휘청거려 주었다.

"취, 취익! 나, 나의 복수를!"

수련은 한 손으로 옆구리를 쥔 채 액션을 취하며, 다른 한 손으로는 몰래 만들어둔 포션을 벌컥벌컥 마셨다. 쓴맛이 혀 끝으로 번지며 얼굴이 마구 일그러졌다. 힘이 다한 그는 그대로 땅 위로 풀썩 엎어졌다.

"시릴츄우!"

쓰러진 수련의 위로 난쟁이들이 마구 달려들기 시작했다.

*　　　　*　　　　*

시릴츄는 깔린 것일까? 한참이 지나도 그의 모습이 보이질 않자 오크들은 당황하기 시작했다. 그리고 얼마 안 가 당황은 분노로 바뀌었다. 죽었다! 우리 돌격대장이 죽었다! 나쁜 난쟁이 놈들이 용맹한 오크의 전사를 죽였다!

"시릴츄! 취이이익! 시릴츄우-우우!"

시릴츄가 죽었다고 생각한 또츄는 녹색 피부가 거멓게 변색될 정도로 화가 났다. 이 망할 난쟁이 새끼들! 그것은 다른 오크들도 마찬가지였다. 흥분의 강도가 높아지자 사기가 폭발적으로 오르기 시작한다.

"오크 족의 용사가 난쟁이 놈들에게 죽었다, 취익!"

"돌격대장 시릴츄의 복수를!"

"취이이익! 크오오오!"

갑자기 오크들의 기세가 폭주하자 난쟁이들은 기겁하기 시작했다. 게다가 돌격대장인 머라까노마저 오크인지 인간인지 모를 같잖은 놈에게 당한 것이다. 그뿐만 아니라 저쪽에는 오크들의 돌격대장인 또츄인지 또라인지 하는 미친 오크도 살아 있다.

"오오, 취익, 위대한 오크의 용사여!"

"취이이익!"

오크들의 초록빛 물결이 난쟁이의 파도를 점차 압도해 나가기 시작했다.

전쟁은 날이 다 저물 때까지 계속되었다. 애초에 난쟁이들에게 수적으로 유리한 싸움이었으나, 오크들의 사기가 워낙 드높았고, 초반에 돌격대장이 사망한 탓에 전력에 큰 손실을 입었던 것이다.

"헉, 헉! 포기해라, 취익."

이제는 소규모 국지전만이 남아 있었다. 그리고 그 국지전

중에서 가장 피 튀기는 혈투가 바로 난쟁이들의 부족장 와까노와 오크의 전 돌격대장 또츄의 싸움이었다.

"카릉! 또츄, 넌 내 상대가 못 된다!"

와까노는 레벨 8의 난쟁이 부족장. 전체 난쟁이족 중에서도 고급에 속하는 전투력을 가진 몬스터였다. 고작 레벨 1의 차이지만 전투로 체력이 다한 또츄가 와까노를 상대하는 것은 무리였다. 물론 지치기야 와까노도 매한가지였기 때문에 간당간당하게 검을 받아낼 수는 있었다.

둘 다 강력한 힘을 바탕으로 전투를 펼치는 타입이었기 때문에, 힘과 힘의 대결이 지속될수록 약간의 차이가 커다란 갭을 만들 수밖에 없었다. 전투는 점차 일방적이 되어갔다.

"취익! 빌어먹으을!"

와까노의 막강한 완력이 담긴 대검을 간신히 받아 넘긴 또츄가 욕지거리를 뱉어냈다. 이대로 무너져야 하는가! 아직 시릴츄의 복수도 하지 못했는데······.

그때, 와까노의 힘을 감당하지 못하고 밀려난 또츄의 발이 난쟁이의 시체에 걸리고 말았다. 일순간 무게중심을 잃은 또츄의 거대한 몸이 천천히 기울어진다. 이를 놓칠 와까노가 아니었다.

"카르으응!"

또츄는 눈을 질끈 감았다. 오, 위대한 복수의 게펜하르드여, 저 빌어먹을 난쟁이 놈을 저주하소서! 취익취익!

그러나 또츄의 의식은 꺼지지 않았다. 분명 와까노의 거대한 대검이 그의 심장을 꿰뚫었을 것이 분명함에도 그는 아직 살아 있었다. 살아 있다?

"쿼……?"

조심스레 눈을 뜬 또츄의 눈이 왕방울만 하게 커졌다. 또츄는 이내 자신이 헛것을 보고 있는 게 아닌가 하는 착각에 주먹코를 부르르 떨었다.

이내 그것이 현실임을 깨닫자 탄성이 터져 나온다.

"게펜하르드여……!"

자신의 심장에서 한 뼘 앞에 멈춘 와까노의 대검. 그리고 와까노의 심장을 뚫은 빛바랜 철검…….

"고생했다, 또츄."

싱긋 웃는 그의 미소가 아름답다고 생각했다. 어떻게 된 것일까? 죽은 줄만 알았던 시릴츄가 그곳에 서 있었다.

부르르…….

산더미처럼 쌓인 시체 더미가 조심스레 떨리고 있었다. 지나가던 네크로멘서가 시체에 리바이브(Revive)라거나, 시체 소생술이라도 사용하고 있는 것일까?

그런 건 아닌 것 같았다. 진동은 오히려 좀 더 깊숙한 내부에서 벌어지고 있었다. 그렇다면 지진? 그것도 아니다. 울림은 점점 더 격화되어 갔다. 마치 거대한 공포를 눈앞에 둔 생쥐마냥 시체들이 떨기 시작한다. 진동의 정체는 바로…….

불쑥.

인간의 손으로 추정되는 뭔가가 튀어나온다 싶더니 그것은 이내 주변의 땅을 헤집고 나오더니 차츰차츰 형체를 갖추기 시작했다. 이내 완전한 하나의 인영이 된 은빛 형체. 입자가 바람에 나부끼며 스르르 미끄러지자 인영이 원래의 모습을 드러내었다.

수련이었다.

그는 죽지 않았던가? 대체 어떻게 살아 있는 것일까?

"이런 곳에서 사용하게 될 줄은 몰랐지만……."

[죽은 척하기] : Rank 5

현재 숙련도 : 76%

죽은 체하여 몬스터들의 인식에서 벗어난다. 스킬의 랭크가 높아질수록 스킬의 성공 확률이 증가하며, 고 레벨의 몬스터에게 인식당하지 않게 된다. 실패할 경우 페널티는 없으나 몬스터의 레벨이 시전자보다 지나치게 높은 경우 스킬이 간파당하여 공격을 받는다.

정체불명의 액체를 벌컥벌컥 마신 수련은 캑캑거리며 헛기침을 한 후 깊게 숨을 들이쉬었다. 뻣뻣하게 멈춰 있던 폐에 맑은 공기가 들어차며 통증을 유발했다.

죽은 척하기 스킬은 수련이 로드 스트림으로 가기 위해 준비한 스킬 중의 하나였다. 해변가에서 사이코 크랩을 잡고 바로 자리에 뻗었던 것은 바로 죽은 척하기 스킬을 익히기 위해서였다. 스킬의 입수 조건이 '몬스터 서식지에서 10시간 이상 가만히 누워 있기'였던 것이다.

처음에는 시전이 실패해서 주변의 난쟁이들에게 공격을 받았지만, 난쟁이 돌격대장을 잡을 때 구간 레벨업을 한 데다 미리 포션을 마셔둔 탓에 체력이 다 떨어지기 전에 죽은 척하기 스킬을 성공시킬 수 있었다.

"오크들이 제법 선전한 모양이지?"

퀘스트 완료 표시가 뜨지 않는 것으로 봐서 아직 난쟁이나 오크의 부족장은 죽지 않은 것 같았다. 하지만 주위의 광경은 뜻밖이었다. 수적으로 열세였던 오크들이 대선전을 펼쳤는지 난쟁이들의 시체가 오크들의 그것보다 더 많았다.

수련은 마음을 고쳐먹었다. 아직 퀘스트 실패 표시도 뜨지 않았다. 어쩌면… 그래, 정말 어쩌면이지만 어부지리로 퀘스트를 성공시킬 수 있을지도 조금쯤은 기대해도 괜찮을지 모른다.

수련은 주변을 슥 훑어보고는 씩 웃었다. 서로 상잔한 난쟁이와 오크들의 시체 사이로 반짝거리는 아이템들이 제법 쌓여 있었기 때문이다. 유저와 NPC의 사투였다면 더 많은 아이템들이 드랍되었겠지만 수련은 이 정도로도 충분히 만족스러웠다.

난쟁이의 시체 더미를 밀어젖히며 자리에서 일어난 수련은 아이템들을 조심조심 수거하기 시작했다. 개중에는 매직 급 아이템도 있어서 시간에 조급해하던 수련을 흐뭇하게 만들었다.

칼부림 소리가 귀에 들려오기 시작한 것은 그때였다. 아직 전투가 끝나지 않은 건가? 난쟁이들의 부족장인 와까노와 또츄가 서로 창검을 겨눈 채 다투고 있었다.

잠깐, 난쟁이 부족장만 죽이면 퀘스트에 성공하는 거였지?

수련은 호박이 넝쿨째 굴러들어 왔다는 것을 깨닫고는 녹슨 철검을 스윽 꺼내 들었다. 조심조심 다가가야 한다. 정황을 보니 또츄가 조금씩 밀리고 있었다.

일정한 패턴의 공격이 연속적으로 몰아친다. 오른쪽 하단, 가슴, 그리고 왼쪽 하단. 수련은 빠르게 흐름의 맥을 읽어나갔다. 단 한 번에 기습으로 공격을 성공시켜야 했다.

난쟁이 부족장이 지쳐 보였다지만 정면으로 싸워서 그와 또츄가 이길 만큼 만만한 몬스터도 아니었다. 부족장의 레벨은 좀 전에 싸웠던 돌격대장의 그것조차 상회하는 것이다.

왼쪽 가슴!

또츄의 무게중심이 크게 흔들리며 와까노의 대검이 커다란 나선을 그린다. 수련은 숨을 죽인 채 빠르게 목표를 향해 접근했다.

지금이다!

팬텀 블레이드(Phantom blade).
일루젼 브레이크(Illusion brake).

다섯 개의 검날이 허공을 종횡무진하며 와까노를 향해 쇄도

한다. 뒤늦게 뭔가를 눈치 챈 와까노가 뒤를 돌아보았으나 이미 서슬은 코앞에 도달해 있었다. 다섯 개의 검날은 특이하게 일렬 종대로 늘어서서 돌진했다. 모든 검극이 찌그러진 흉갑의 왼쪽 겨드랑이를 향하고 있었다.

첫 번째 검이 와까노의 흉갑에 부딪쳐 부러진다. 두 번째 검이 흉갑에 커다란 흠집을 낸다. 세 번째 검이 흉갑을 거의 부스러뜨린다. 네 번째 검에 흉갑이 완파되고 가죽에 상처를 입힌다.

그리고 다섯 번째 검!

가죽을 찢고 들어가 심장을 관통한다.

놀란 또츄의 눈이 화등잔만 하게 커지는 것이 얼핏 보였다. 심장을 정통으로 관통당한 와까노는 믿을 수 없다는 듯 눈을 부릅뜨더니 이내 피거품을 물고 자리에 쓰러졌다.

—퀘스트를 완료하셨습니다.

—경험치 게이지가 레벨 6을 넘어섰습니다.

—명성이 50 증가합니다.

—보상을 지급받으셨습니다.

[오크 족장의 목걸이] : C+그레이드 레어

옵션 : 힘 +5 / 체력 +5

착용 시 모든 오크 족에게 호감도 증가. 오크 족이 먼저 공격하지 않음.

서브 캐릭터를 가지고 있을 시 통솔력 증가. 체력 회복 속도 1.5배 증가.

[족장 난쟁이의 대검] : C+ 그레이드 레어
공격력 : 44-81
옵션 : 힘 +15 / 체력 +10 / 민첩 -3
소형 몬스터에게 데미지 5%증가. 오크 족과 난쟁이족에게
데미지 10%증가.

보상은 좀 아쉬운 느낌이 있었으나, 족장 난쟁이가 남긴 대
검은 현재까지 등장한 대검 무기들 중에서도 거의 톱에 꼽는
수준의 공격력을 가지고 있었다. 게다가 C+그레이드 레어! 어
쩌면 지금까지 드랍된 모든 아이템들을 하나하나 다 꼽더라도
최상급에 들어갈 수 있을지 몰랐다. 다만 아쉬운 점은 수련 자
신에겐 맞지 않는 검이라는 사실.

─인벤토리가 부족합니다.

"아."

하필이면 인벤토리가 부족하다니……. 수련은 주변을 살펴
뭔가 보따리를 만들 만한 천이 없는지를 살폈다. 인벤토리가
부족하더라도 어깨에 짐으로 메고 가면 된다. 여기 있는 병장
기나 아이템들을 다 끌어 모으면 상당한 금액이 될 텐데, 이걸
그냥 두고 갈 수는 없었다. 수련은 진이 빠져 멀거니 서 있는
오크를 흘끗 보았다.

"또츄, 혹시 가죽 배낭 같은 거 안 갖고 다니나?"

"취익, 그, 그런 게 있을 리가……."

갑작스런 수련의 말에 당황한 또츄가 아연한 목소리로 말을 더듬거렸다. 어안이 벙벙한 얼굴. 갑자기 살아난 수련이 난쟁이들의 족장을 찔러 죽이고, 이제는 병장기까지 수거하기 시작하니 그럴 만도 했다.

수련은 별수없다는 표정으로 근처의 시체들을 뒤지더니 이내 오크들이 떨어뜨린 동물 가죽을 얼기설기 엮어서 보따리 하나를 만들었다. 그리고는 병장기를 하나둘씩 던져 넣었다.

"이 정도면 되겠지."

대충 자신이 들 수 있는 한계치까지 아이템들을 그러모은 수련은 왼손으로 땀을 훔치며 굽이쳐 흐르는 가까운 곳의 로드 스트림을 바라보았다. 요염하게 몸을 비틀며 요동치는 물살은 언뜻 봐도 거세 보였다.

헤엄쳐 건널 수는 없다.

수련이 발걸음을 옮기기 시작하자 또츄가 다급하게 외쳤다.

"취익, 시, 시릴츄! 어딜 가는가! 으, 응? 이, 이건……."

수련에게 가까이 다가선 또츄가 코를 벌름거리더니 이내 기괴한 표정을 지었다. 불신과 배신감이 반반씩 섞인 기묘한 얼굴이었다. 수련을 덮고 있던 공기의 색채가 점점 옅어지더니 마침내 본래의 그것으로 돌아왔다.

인간의 냄새.

안색이 변한 것은 삽시간이었다.

"취익, 시, 시릴츄……."

찌이익.

낡은 스크롤이 찢기는 소음이 피폐해진 허공을 울렸다.

그리고 다음 순간 수련은 로드 스트림의 건너편에 있었다. 또츄는 자신이 헛것을 보는 건가 싶었다. 순간 이동이라니? 시릴츄는 마법사였다는 말인가?

몬스터는 로드 스트림을 건너지 못한다.

로드 스트림은 금역(禁域) 로드 플레인(Lord plain)으로부터 흘러내려 오는 신성한 강. 카를 숲에 기거하는 모든 몬스터들은 로드 스트림의 근처에 가는 것을 두려워했다.

그 사실을 아는 수련은 자신의 옆에 짐을 내려놓으며 처연한 표정으로 또츄를 보았다. 어떻게 해야 할지 모르겠다는, 조금은 심란한 표정이었다. 보상으로 받은 목걸이의 매끄러운 감촉이 손끝으로 전해졌다. 순간 유혹이 치밀었다.

이걸 쓰면 NPC인 또츄는 꼼짝없이 그를 친구로 받아들이게 될 것이다. 하지만…….

이상하게 망설여졌다. NPC인 것을 이용해 실컷 이용해 먹기만 하다가 이제 와서 양심 같지도 않은 양심을 챙기는 게 우습게 여겨졌지만, 그래도 내키지 않는 것은 내키지 않는 것이다.

또츄는 오크고, 몬스터고, NPC다. 유저가 아니다. 그래, 그건 그저 아무것도 아니다. 한낱 그래픽 덩어리에 불과할 뿐이다. 그래픽 덩어리가 지능을 가지고 있는 것에 불과한 것이다.

그럼에도 수련은 왠지 그에게 이 상황을 설명해야 될 것만 같은 충동에 휩싸였다. 수련은 조심스레 목걸이를 주머니 속에 집어 넣으며 입을 열었다.

"사실 난 오크가 아니다."

"취익⋯⋯."

"난 인간이다, 또츄. 나는 너를 속이고 너의 종족을 속였다. 게다가 이용하기까지 했다. 그리고 어쩌면 앞으로도 속여야 할지 모른다. 저지르고 나서 미안하다고 사과를 하는 것이 얼마나 무책임한 짓인지 나는 잘 알고 있다. 하지만⋯⋯."

수련은 말끝을 얼버무렸다. 그리고는 다시 또박또박한 발음으로 입을 열었다. 오크인 또츄가 알아들을 수 있도록 천천히, 그리고 뚜렷한 목소리로.

"그래서 더욱 미안하다."

오크는 혼란스러운 표정이었다. 방금 전까지 동료로 믿었던 자가 알고 보니 그들의 원수인 인간이라니⋯⋯. 또츄는 몇 번이나 그 큼지막한 입술을 우물거렸으나 끝내 말을 꺼내지 못했다.

강이 흐른다. 모든 시간을 담아내고, 모든 세월을 덮으며 유유히 흐르는 거대한 강. 로드 스트림의 거대한 지류가 마치 경계선처럼 오크와 수련 사이를 갈라놓고 있었다.

적막이 눈처럼 내려앉았다. 어깨를 짓누르고, 마음이 젖은 솜뭉치처럼 무겁게 가라앉는다.

우스웠다. 그래, 처음부터 안 되는 거였지.

천천히 몸을 돌린다. 상대는 NPC다. 이런 감상은 적절치 못하다. 수련은 눈을 깜빡이며 생각했다.

그가 자신의 말을 이해했든 안 했든, 그건 어쩌면 중요하지 않은지도 모른다.

이건 단지 자기 자신에 대한 변명일 뿐.

포기가 가까워져 온다. 수련은 망설임을 멈추고 걸음을 옮기기 시작했다.

그리고 그때, 오크의 입이 열렸다.

"시릴츄."

놀랍게도 그는 취익거리지조차 않았다. 지금 이 순간, 그는 오크 전체를 대표하는 최초의 진지한 오크였다. 그것은 종족의 긍지마저 넘어선 외침이었다.

수련은 등을 돌린 채 그의 말을 들었다.

"나는 네가 인간이라고 해서 원망하지 않는다. 너는 특별하다. 너는 우리 종족을 구했고, 난쟁이족에 맞서 싸워주었으며, 나의 생명을 구해주었다."

어눌한 어투로 더듬더듬 말을 이어나가는 또츄는 시무룩하다기보다는 무서운 느낌이었다. 뜨거운 진중함이 오크의 눈동자에서 불타오르고 있었다.

"너는 내 은인이다, 시릴츄. 네가 인간인 것은 중요하지 않다. 다른 오크들 모두가 너를 외면하고, 배척하고, 왜곡시키고, 또 비난하더라도… 나만은 너를 오크 시릴츄로 기억하고 있겠다. 언제고 네가 나의 도움이 필요할 때 나는 반드시 그곳으로 달려갈 것이다."

고개를 숙인 수련은 살짝 미소 짓고 있었다. 실은 이미 예상하고 있었는지도 모른다. 그가 자신을 용서할 것이라는 것을, 그리고 그와 같은 말을 할 것이라는 사실을.

어떻게 보면 당연한 결과였다.

수련은 이미 클로즈 베타 테스트 때 또츄를 만났었으니까. 다만 퀘스트의 시작이 조금 달랐으며, 이번에는 조금 일찍 만났을 뿐이다. 돌아선 수련은 한 손을 가볍게 들어 보였다. 오크의 얼굴이 궁금했으나 이별은 언제나처럼 짧은 것이 좋다. 입술을 살짝 오므리며 가볍게 목소리를 낸다.

"취익취익."

로드 스트림을 두고 멀어지는 두 생명체 사이로 승전을 장식하는 오크들의 울음소리가 구슬프게 울려 퍼졌다. 종족을 넘어선, 생명의 경계를 넘어선 신성한 울음이었다.

수련은 다시 만날 때까지 그가 또로 시작하는 세 음절의 단어 뜻을 알지 못하길 간절히 기도했다.

*　　　*　　　*

게임 뉴스가 흘러나오고 있었다. 얼마 전부터 케이블을 벗어난 게임 방송은 정규 방송에도 등장하는 등 대한민국의 방송계를 조금씩 장악해 나가는 중이었다.

최근 정규 방송의 한자리를 차지한 '집중토론 론도' 또한 그중의 하나였다.

"가상현실 게임 론도가 오픈한 지 일주일이 지났습니다. 최근 유저들 사이에서는 시점에 관련된 문제가 뜨겁게 달아오르고 있습니다. 제작사에서 추천한 3인칭과 몇몇 유저들 사이에서 추천하는 1인칭을 두고 갑론을박의 토론이 한창인데요, 이에 관련해 두 분의 유저를 모시고 인터뷰를 준비했습니다. 먼저 3인칭을 사용하고 있으시다는 한 유저 분의 의견입니다."

곧 화면이 오버랩되며 게임 속 장면으로 보이는 영상이 떠올랐다. 아마 레볼루셔니스트에서 게임 내 취재를 허락해 준 모양이었다.

"안녕하세요? 집중토론 론도의 귀염둥이 기자 슈크림입니다! 크림이라고 불러주세요."

기자는 앙증맞은 고양이 귀를 착용한 채 어디 코스프레에나 나올 법한 블랙 미니스커트를 입은 귀여운 소녀였다. 파도처럼 출렁이는 긴 블루블랙 머리카락이 묘한 매력을 풍겼다.

이것도 최근 불타오르는 '론도 열풍'이 낳은 '론도 효과' 중의 하나라고 할 수 있었는데, 론도 효과가 지대한 영향을 미친 곳 중의 하나가 바로 연예계였다.

사이버 아이돌의 등장. 슈크림뿐만 아니라 리아, 레나, 소프 등 다양한 이름을 가진 사이버 아이돌이 최근 매체에서 큰 인기를 끌고 있었다.

진지한 토론 프로그램이라도 역시 대세를 거부할 수는 없는지 얼마 전부터 인기 사이버 아이돌인 슈크림을 기자로 고용하여 사용하는 추세였다.

"자, 그럼 유저 분을 한번 모셔보겠습니다아~"

간드러지게 비음을 섞어 말끝을 올리는 것도 아이돌만의 특징. 수련은 왠지 닭살이 돋는 것을 느끼며 팔을 벅벅 긁었다.

"3인칭을 사용하고 계시다면서요?"

"네. 저는 3인칭 유저입니다."

어딘가 익숙한 목소리에 반사적으로 화면을 쳐다본 수련은 멍하니 입을 벌렸다. 어디선가 본 듯한 얼굴이라는 생각이 스침과 동시에 유저의 얼굴 아래쪽에 작은 아이디 같은 것이 떠오른다.

베로스.

"솔직히 말해서 저는 3인칭 플레이를 좋아하지만, 최근 들어 3인칭 플레이에 관해 상당한 의구심을 품고 있습니다. 물론 게임사에서 왜 3인칭을 추천했는지 어느 정도 이해는 할 수 있습니다. 아마 1인칭 상태에서 유저가 느끼게 될 압박감이라든가, 일정 부분 소멸되는 익명성을 고려해서였겠지요."

확실히 그렇다. 1인칭 상태가 되면 통각 부분을 제외하고는 캐릭터와 유저가 거의 완벽하게 같은 감각을 공유하게 된다. 후각, 미각, 촉각에서부터 시작해서 사람들의 시선이라든가, 누군가와 말을 한다든가와 같은 심리적인 감각까지.

'나—캐릭터—다른 사람'으로 이어지는 3인칭 시점의 간접적 교류에서, '나—다른 사람'으로 바로 이어지는 직접적 교류로 바뀌는 것이다. 만약 현실에서 내성적이고 수줍음이 많은 사람이라면 그 부담감은 더욱 커진다.

예의 프리스트인 네르메스라든가 루피온이 아마 현실에서 그런 타입이었을 것이다. 베로스의 말은 계속되고 있었다. 방송이라서 그런지 특유의 시니컬한 말투는 얼마간 자제하는 모습이었다.

"얼마 전 저와 같은 레벨에 저보다 훨씬 빠르고 정교한 컨트롤을 구사하는 플레이어를 보았습니다. 유저의 얼굴 표정이 다채롭게 변하는 걸로 봐서 1인칭 플레이어가 틀림없었습니다. 믿을 수 없는 수준의 컨트롤과 반사신경, 그리고 전투 센스까지. 그와 싸우던 5레벨의 플레이어도 굉장했지만, 제가 보기엔⋯⋯."

베로스의 말과 함께 자료 화면의 일부가 출력되었다. 프라이버시를 고려한 탓인지 얼굴은 모자이크 처리가 되어 있었으나, 그것은 분명히 수련과 마태준의 대결이었다. 폭음과 함께 점멸하는 섬광! 작렬하는 홍염의 검날에 대항하는 다섯 개의 환영!

수련은 전투의 끝을 반추하며 눈꺼풀을 깜빡였다. 다시 싸우면 이길 수 있을까.

반드시 이길 수 있어야 한다.

순간 이상한 잡음이 끼어들며 화면이 다시 베로스를 비추었다. 아니, 정확히는 베로스가 아니라 그 앞에 나타난 익숙한 금발의 남자를 비추었다. 방송 사고인가?

"1인칭이 최고라고요! 다들 1인칭을……."

루피온이었다.

"두려워하지 말아요! 1인칭은 1인칭만의 재미가 있답니다. 전국의 히키코모리 여러분들! 다들 1인칭을 사용해서 내성적인 성격을 고쳐 봅… 읍읍."

여전하구나. 수련은 자신도 모르게 미소를 그렸다. 헤어진지 얼마 되지도 않았지만 벌써부터 그가 그리워졌다. 몇 마디채 나눠보지도 못한 사이지만 그는 파티의 생존을 걸고 함께 싸웠던 남자다.

"헉헉, 우리의 개그는… 읍읍."

루피온의 입을 막기 바쁜 것은 네르메스였다. 그 짧은 시간동안 셋은 제법 친해진 모양이었다. 루피온이 진정되자 이번에는 베로스가 말썽이었다. 어차피 망친 거 막 나가자는 표정이었다.

"이 망할 자식들! 왜 3인칭을 추천한 거야! 나도 1인칭으로 시작했으면 지금쯤… 읍읍."

역시 성격은 쉽게 죽지 않는 것일까. 프리스트 네르메스에게 끌려가는 두 남자를 보며 수련은 황망히 웃었다.

"아, 하하하! 첫 인터뷰는 여기서 이만 마치도록 하겠습니다."

생방송이었던 걸까? 예상치 못한 상황에 땀을 뻘뻘 흘리던 기자가 필사적으로 제스처를 보내며 화면을 바꿀 것을 요청해왔다. 기자의 뒤쪽에서는 서로 엉킨 채 다투는 루피온 일행이 보였다.

곧 화면이 바뀌고, 기자와 인터뷰의 대상도 바뀌었다. 이번에는 인터뷰 대상자의 얼굴에 모자이크가 되어 있었다. 수련은 혹시나 자신이 아는 사람일까 싶어 얼굴 윤곽을 가지고 추측을 시작했으나 짐작도 가질 않았다.

하긴, 그게 당연하다. 세상에는 아는 사람보다 모르는 사람이 더 많다.

"안녕하세요? 저는 1인칭으로 플레이하는 프로게이머입니다. 사정상 이름은 밝힐 수 없습니다만, 최근 유저 분들이 궁금해하는 시점에 관한 의문점을 풀어드리기 위해서 이 자리에 나왔습니다."

프로게이머의 어투는 굉장히 진중했다. 가만히 듣고 있으면 뭔가 큰일이라도 벌어질 것 같은 그런 중압감이 담긴 목소리. 수련은 그가 육감에 관한 비밀을 발설할까 봐 긴장하기 시작했다.

아니다. 어차피 언젠가는 밝혀질 거였으니까.

조금 의외이긴 했지만 프로게이머 중의 누군가가 1인칭의 비밀을 밝힌다고 해서 이상할 것은 없었다. 다른 프로게이머들의 질책을 받지 않는 것이 목적이라면 모자이크로 얼굴을 가린 것도 이해가 갔다.

"여러분들도 아시다시피 최근 1인칭으로 플레이하는 유저가 종종 보일 겁니다. 3인칭이 편한데 왜 굳이 1인칭을 하느냐고요? 많은 분들이 의아하게 생각하실 테지만, 사실 1인칭에는 비밀이 숨어 있습니다. 바로 '정교한 컨트롤' 입니다."

"정교한 컨트롤이요?"

빤한 사실이었지만 그래도 기자는 프로게이머의 흥을 돋우기 위해 형식적으로 질문을 던졌다.

"예, 그렇습니다. 1인칭 상태에서는 3인칭 상태보다 더욱 정교한 컨트롤이 가능합니다. 예를 들어, 3인칭에서 배쉬를 사용하면 돌격 시 검의 움직임을 전후좌우 정도로밖에는 조절할 수 없습니다. 하지만 1인칭에서 배쉬를 사용하면 검을 비스듬히 눕혀 대각선으로 베어 들어갈 수도 있고, 아예 투로를 변경해 검을 찌를 수도 있습니다. 사실 그럴 수밖에 없는 것이, 3인칭 상태에서는 캐릭터와 유저가 분리되어 있는 것이나 마찬가지이기 때문에 순간적으로 입력할 수 있는 명령에 한계가 생기게 됩니다. 유저가 느끼는 긴장감도 1인칭과는 전혀 다를 수밖에 없지요."

"그럼 1인칭을 사용하는 것이 좋다는 말씀이신가요?"

기자의 질문에 프로게이머는 조금 고민하는 표정이었다. 그는 아직 결정적인 단어를 유보하고 있었다.

말할 생각일까, 아니면……

"그건 유저 분들 개인의 생각에 맡기고 싶습니다. 아시다시피 1인칭은 이러한 장점에도 불구하고 결정적인 단점이 있습니다. 바로 기습에 제대로 대처하기가 힘들다는 것이지요. 아무리 정교한 컨트롤을 구사할 수 있더라도 뒤에서 공격이 날아오는 것을 깨닫지 못한다면 말짱 헛것이나 마찬가지이니까요. 1인칭 상태에서는 꾸준히 배후에 신경 쓰면서 싸워야 하기 때문에 기습을 바로바로 알 수 있는 3인칭보다 시야가 좁다는 점을 감수해야만 합니다."

프로게이머의 말은 결정적인 부분에서 엇나가 있었다. 아마 자신의 이름을 밝히지 않은 것도 그 때문이리라. 결국 프로게이머는 육감 스킬에 대한 언급을 하지 않았던 것이다.

"가능하면 오랫동안 1인칭의 비밀을 숨겨보고 싶다는 거로군."

수련은 냉수를 벌컥벌컥 들이켜며 텔레비전에서 눈을 떼지 않았다. 싸한 기운이 위를 넘어가며 머리가 띵하고 아파왔다.

1인칭 시점을 오래 사용할 시 특수 스킬로 육감을 배우게 된다. 육감을 배우면 주변의 살기나 기척에 더욱 예민하게 되고, 현실보다 더 재빠른 반응을 보일 수 있게 되는 것이다.

수련은 남자의 인터뷰를 통해 설전이 더 불거질 것을 예감했다. 무엇보다 남자의 실수는 이름을 밝히지 않았다는 점에 있었다. 익명의 제보는 신뢰성이 떨어진다. 정말로 그 사람이 프로게이머인지 아닌지 어떻게 안다는 말인가? 이름을 말한다는 것은 그 정보에다 그 사람의 명예를 함께 건다는 것과 같은 말이다. 다른 프로게이머들의 질책을 피하기 위해 익명의 제보를 했을 거라 믿는 시청자가 있을지도 모르지만, 그건 아마 극소수일 것이다.

하지만 이름을 밝히지 않은 것은 개인의 입장에서는 옳은 선택이기도 했다. 어차피 머지않아 육감 스킬의 진실은 밝혀질 것이다. 그렇게 되면 하나둘씩 1인칭 유저들도 증가하기 시작할 것이고, 이름을 밝히지 않았기 때문에 그는 딱히 네티즌들로부터 문책을 받지 않아도 되겠지.

삑.

"가상현실 게임 론도가 오픈한 이래로 유저들 사이에서는 '바른 말 사용 운동'이 유행처럼 번지고 있습니다. 이것은 NPC나 음성 인식 시스템이 기존의 사투리나 잘못된 비속어를 인식하지 못해 벌어지는 문제들 때문에 불편을 겪은 유저들 사이에서 자연스럽게 발로한 것으로, 전문가들은 이를 두고 가상현실 게임의 유익한……."

다른 뉴스에서는 언론 플레이가 한창이었다. 아마 론도가 오픈한 지 얼마 안 됐기 때문에 최대한 좋은 이미지만을 확보하려는 심산이리라.

텔레비전을 끄고 냉수 한 잔을 더 마신 후, 긴장을 풀기 위해 약간의 체조를 했다. 계속 자리에 가만히 누워 있게 되면 척추라든가 관절에 좋지 않기 때문에 정기적으로 일어나서 몸을 움직여 줄 필요가 있었다.

창문 밖의 하늘은 이미 검게 변색되어 있었다.

밤거리를 밝히는 네온사인들을 멍하니 바라보며 나지막이 한숨을 내쉰 수련은 여동생과 어머니가 잠든 것을 확인하곤 다시 드림 컨트롤러를 착용했다.

로드 스트림을 건넜다고 만사가 해결된 것은 아니었다. 근처에 로드 스트림이 흐른다는 것은 여전히 로드 플레인의 변경 지역이라는 이야기였고, 그렇다는 것은 곧 로드 플레인에서 뻗어 나온 숲이 이어지고 있다는 말이 된다.

그러니까 무슨 말이냐 하면⋯⋯.

"케룩."

강한 몬스터가 나온다는 말이다.

리자드 나이트는 자신 앞에서 눈을 까뒤집고 쓰러져 있는 한 인간을 창끝으로 쿡쿡 찔러보았다. 그래도 인간은 반응이 없었다.

죽은 건가?

한참이나 유저의 근처에서 서성거렸음에도 반응이 없자, 리자드 나이트는 창촉을 들어 제대로 한번 찔러보기로 결심했다.

휘익!

하늘 높이 솟아오른 창대에서 시퍼런 서슬이 번쩍이고 있었다. 그대로 찔러 버릴 심산일까? 섬연한 궤적을 그리며 움직인 창극은 시체의 바로 앞에서 멈춰 섰다. 갈등이 생긴 것이다.

그냥 찌르지 말까?

리자드 나이트는 순간 망설이는 것처럼 보였다. 보아하니 어차피 죽은 것 같고, 혹시나 죽지 않았더라도 가만히 내버려두면 죽을 것 같았다. 괜히 죽은 녀석을 한 번 더 찔러서 생사를 확인할 필요가 있을까?

아냐! 그래도 찌르자!

형형한 안광을 빛내던 리자드 나이트가 창대를 부르쥔 채 그대로 인간을 향해 찔러 들어갔다. 그러나 창극은 또다시 시체의 일 촌 앞에서 멈춰 서고 말았다.

"케룩케룩!"

동료 리자드 나이트의 목소리였다. 아무래도 반대쪽 강 어귀에서 인간의 흔적을 발견했다는 것 같았다. 흔적! 싱싱한 사냥감이 근처에 있다는 소리다. 이놈의 흔적일까? 리자드 나이트는 쩌렁쩌렁한 목소리로 동료를 향해 괴성을 질렀다.

"케룩끼룩!"

"켈룩콜룩!"

동료의 말을 들어보니 아무래도 사냥감은 사람이 아니라 오크인 듯했다. 오크. 조금 냄새는 나지만 오랜만에 싱싱한 고기를 먹겠군!

리자드 나이트는 천천히 창끝을 내리더니 착잡한 눈으로 인간의 시체를 흘끗 바라보고는 커다란 몸체를 돌려 성큼성큼 걸어가기 시작했다. 죽은 인간의 고기는 오크를 사냥하고 나서 해치워도 늦지 않는다.

꾸르륵.

번쩍!

리자드 나이트는 순간 시체로부터 들려온 괴상망측한 소리에 고개를 팩 돌렸다. 그러나 그 날카로운 시선은 어떤 특별함도 잡아낼 수 없었다. 잘못 들은 걸까?

고개를 갸웃거리던 리자드 나이트는 의심의 눈초리를 지우지 못하고 한참 동안이나 다시금 시체를 바라보더니 결국 포기했는지 육중한 몸을 흔들며 멀어지기 시작했다. 얼마나 시간이 흘렀을까.

죽은 줄만 알았던 인간이 불사신처럼 자리에서 벌떡 일어났다.

물론 인간은 수련이었다.

"후우."

시도 때도 없이 죽은 체하기 스킬을 사용한 까닭에 스킬의 레벨이 이미 10을 넘어서고 있었다. 그 덕분에 그보다 레벨이 높은 리자드 나이트 같은 몬스터도 스킬을 사용한 그를 쉽게 인식할 수 없게 되었다.

가능하면 쓰러뜨리면서 전진하면 좋겠지만, 리자드 나이트의 레벨은 7 후반. 얼마 전 전투에서 운 좋게 비슷한 레벨 대인 난쟁이 돌격대장을 해치웠다고 하지만, 타고난 사냥꾼인 리자드 나이트와 난쟁이 돌격대장은 전투력에서 월등한 차이가 났다. 현재 수련의 레벨 경험치는 6에 육박했으나, 신전에 가서 정화의 의식을 받지 못한 탓에 실질적인 전투력이 5정도밖에 안 되었다. 의식을 치르지 않으면 구간별로 주어지는 스테이터스 포인트도 받을 수 없었다.

"하마터면 들킬 뻔했어."

스태미나가 부족했던 탓에 배에서 생리현상이 발생했던 것이다. 제때에 미리미리 음식을 먹어뒀어야 했는데 실수였다.

"아무래도 주술계의 기본 스킬에도 한계가 있는 것 같고."

이상하게 리자드맨들에게는 방어계 주술인 일시적 동화가 먹혀들질 않았다. 레벨 8의 오크 족장도 속였는데, 왜 레벨 7의 리자드 나이트를 속이지 못하는지는 의문이었으나, 수련은 가능한 좋게 생각하기로 했다. 밀림의 밀집도가 약해진 탓인지도 몰랐다.

사실 오크 족장이 그의 변신을 제대로 알아채지 못한 이유는 오크 족의 호감도를 올려주는 리츄의 오크 투사 목걸이 때문이었으나, 그것을 수련은 알지 못하고 있었다.

수련은 차근차근 전진했다. 급하게 마음을 먹었다간 지금까지 힘들게 쌓은 공이 한 번에 무너질 염려가 있었기에 더욱 신중한 발걸음이었다.

미노타우르스 무리에게 쫓기고, 고블린 스카우트의 습격을 받고, 자이언트 스파이더의 거미줄에 걸리고… 한 치의 빈틈도 허용하지 않는 순간의 연속이었다.

"푸하!"

그리고 드디어 페르비오노의 국경이 눈앞으로 다가왔다.

숲이 끝나고, 야트막한 풀숲을 건너 마침내 나타난 용병의 언덕. 페르비오노를 상징하는 그 긴 능선 위에 선 수련은 그 아래로 드넓게 펼쳐진 초록의 물결을 보았다. 부유하나 혼란스럽고, 언제나 다툼이 끊이질 않는 용병의 땅 페르비오노.

떨려오는 감격에 몸이 젖어들기 시작했다.

드디어 페르비오노 왕국의 땅이다

멀찍이 보이기 시작하는 마을. 수련은 반가운 마음에 한달음에 뛰어갈 수 있을 것 같았다. 목표가 코앞이다. 이제 본격적인 계획에 착수할 수 있다. 그런데 다음 순간, 수련은 언덕 위에서 일렁이는 인영을 발견하고 말았다.

잘 보이지는 않았지만 남자 같았다. 조금은 남루해 보이는 옷차림에 깊게 눌러쓴 밀짚모자 사이로 얼핏얼핏 드러나는 수려한 금발.

NPC? 수련은 고개를 저었다. 자신의 기억에 의하면 이 근처를 돌아다니는 NPC는 없었다. 생각을 거듭할수록 안색이 창백해져 간다.

어쩌면 어느 정도는 예상하고 있었는지도 모른다. 하지만…
그는 이제 믿을 수 없는 현실을 인정해야만 했다.

"먼저 온 유저가… 있어?"

수련이 황망한 표정으로 중얼거렸다.

마음이 급해진다. 안 돼. 안 된다. 여기에 일찍 오려고 별 고생을 다 했는데 나보다 먼저 온 유저가 있다니……!

언덕 위에 드러누워 있던 유저 또한 수련을 발견했는지 반갑게 왼손을 살짝 들어 보였다. 거리가 가까워지며 수련은 살기를 자제하기 위해 애써야만 했다. 그만큼 수련은 화가 났다.

빌어먹을. 오크들 때문에 조금 늦었다고는 하지만 먼저 온 사람이 있다니……. 모든 계획이 여기서부터 시작되는데……!

저벅저벅.

남자는 물 위를 걷듯 가볍게 언덕을 내려왔다.

코앞까지 다가오자 수려한 남자의 인상이 조금씩 드러나기 시작했다. 날카롭게 깎인 파르스름한 턱과 가늘게 웃는 눈, 풀 잎 같은 것을 문 새빨간 입술. 풀피리일까?

편안한 인상은 둘째 치고 수련은 남자로부터 이상한 거리 감, 혹은 기시감(旣視感) 같은 것을 느꼈다. 아무리 친해져도 결코 메울 수 없을 간극 같은 것이 남자의 얼굴을 볼 때마다 계 속해서 수련의 신경을 자극했다.

그리고 다음 순간, 남자가 건넨 한마디에 수련은 경계를 더 욱 곤추세워야만 했다.

"이제야 도착했나? 늦었군. 꽤 오랫동안 기다렸다고."

남자는 긴 속눈썹을 드리운 채 기묘하게 웃고 있었다.

『론도』1권 끝